磨铁读诗会
xiron poetry club

诗不在远方

磨铁读诗会 编

汉语先锋·第二辑

江苏凤凰文艺出版社
JIANGSU PHOENIX LITERATURE AND ART PUBLISHING

图书在版编目（CIP）数据

诗不在远方：汉语先锋．第三辑 / 磨铁读诗会编
．-- 南京：江苏凤凰文艺出版社，2024.5
ISBN 978-7-5594-8567-0

Ⅰ．①诗… Ⅱ．①磨… Ⅲ．①诗集 – 中国 – 当代
Ⅳ．① I227

中国国家版本馆 CIP 数据核字（2024）第 065340 号

诗不在远方：汉语先锋．第三辑

磨铁读诗会编

责任编辑	周颖若
特约编辑	胡瑞婷
封面设计	别境Lab
出版发行	江苏凤凰文艺出版社
	南京市中央路 165 号，邮编：210009
网　　址	http://www.jswenyi.com
印　　刷	河北鹏润印刷有限公司
开　　本	880 毫米 ×1230 毫米　1/32
印　　张	17.5
字　　数	340 千字
版　　次	2024 年 5 月第 1 版
印　　次	2024 年 5 月第 1 次印刷
书　　号	ISBN 978-7-5594-8567-0
定　　价	52.00 元

目录

磨铁诗歌奖·2021年度诗人

磨铁诗歌奖·2021年度汉语十佳诗人

磨铁诗歌奖 · 2021年度汉语十佳诗人专访

汉语先锋 · 2021年度汉语最佳诗歌100首

汉语先锋·2021年度诗歌资料

磨铁诗歌奖

2021年度诗人

磨铁诗歌奖·2021年度诗人

杨黎

杨黎，1962年8月3日生于成都。二十世纪八十年代开始写作，曾与万夏、于坚、李亚伟、韩东等开创第三代诗歌运动，是这个运动的发言人和主要代表诗人之一。“废话理论”提出人。著有诗集《我写，故我不在》《五个红苹果》《小杨和玛丽》《废话》《找王菊花》《祝福少女们》等。曾获“磨铁诗歌奖·2020年度汉语十佳诗人”。

授奖词

我们一直在讲美学，我们不断讨论观念！这些当然非常重要，但还有没有更重要的呢？有，诗歌拼到最后，拼的其实是人。最后诗歌形成的，应该是一个完整的诗人。

写到某一个阶段，你就会发现，你是什么样的人，就会写什么样的诗。诗人创作诗歌，而诗歌最终也塑造了诗人。诗人最终的作品，是诗人自身。

“磨铁诗歌奖”每届的年度诗人大奖，并非从十佳诗人中选出最佳，事实上，也选不出来。而是每年都在推举某种美学成就，推荐某种美学倾向，推举某位诗人所创造的、我们认为特别值得彰显的诗歌现象，推崇某种我们特别想推举的诗歌个性，等等。而这一届，我们想推举的是人，是某位诗人本身，是诗人的意志和个性，是诗人的创造力与自由不羁的生命力。

他是中国当代形象最鲜明的诗人之一。他的诗歌是中国当代诗歌的一大现象，他的人也是中国当代诗歌的一大现象。他的诗只能属于他这样的人，他的人必将创作那样的诗。

在2021年10月，上一届磨铁诗歌

奖举办的“诗人的演讲”活动现场和颁奖典礼现场，诗人杨黎躺在病床上，通过线上视频的方式参与，给与会诗人和观众留下了深刻的印象。过去几年，是杨黎与重病搏斗的几年，也是杨黎诗如泉涌、自由奔泻的几年。一方面，我们在视频和照片上，看到了一个消瘦的杨黎，满头白发的杨黎，躺在病床上的杨黎；另一方面，我们在杨黎的诗歌中，看到了一个生命意志空前强悍的杨黎，茁壮而繁茂的杨黎，自由不屈的杨黎，桀骜的杨黎，柔情的杨黎，丰富的杨黎！病重的杨黎和诗中的杨黎，构成了一种强大的张力，塑造了一个完整的诗人形象。

病重的杨黎，又同时遭遇了2021年的困守，强烈地激发了诗人杨黎与外在世界撞击的欲望。其那段时间的写作，具备了前所未有的社会性，这令杨黎的诗人形象达到了前所未有的饱满度。

身为诗人，当如杨黎。

为此，“磨铁诗歌奖·2021年度诗人大奖”特授予如今已从病中痊愈，安然无恙，得胜归来的诗人杨黎。

磨铁读诗会

沈浩波执笔

杨黎——2021年底作品展

数一数二

我从小就
喜欢数一
数二。但我都是
从三数起
我把一忘了
我又觉得二
比较二
作为一个数字
的开头
我难以启齿
还是三好
我虽然不知道
三好哪里
但我很愿意
用三
开始数。像一个女人
从乳头开始
像一次性生活
从下午开始
我喜欢下午
特别是
有小雨的下午
我和莲二嫂

在院子里
莲二嫂不是莲二
的女人
莲二没有女人
我也不认识
一个叫莲二的人
我只认识
莲二嫂。她二十年前
我认识她
二十年后我还
认识她
有小雨落在她的衣服上
二十年了
她美得像
没有
穿衣服。她其实
穿了衣服
但总像没穿
她真美

好多猫

院子里好多猫，肯定是错误。
我从院子外面进来，有点累，我在院

子里，居然找不到一根空着的条凳可以坐下来休息。几乎每一根条凳，都长躺两三只猫。有一根还躺了七八只，我路过它们旁边，它们还冲我使劲地叫。

我养过猫，曾经和猫睡过一张床。这让我很气，一会儿又很怕。

我真的想坐下休息一下。

有一个大妈坐在条凳的一边，她低着头正在喂一只小猫。

小猫是乖。

我在她的条凳旁边坐下，看她喂小猫，还忍不住夸奖了一句。大猫也乖。她没抬头，只是冲我回了一句。

太多了还是可怖。

钱多了也可怖。她又回一句，然后直起头，叫了一声。

我听得很清楚，这是猫的声音。

云眠

一个下雨的
夜晚
不是淅淅沥沥

是哗哗哗
我听一首
很抒情的老歌
听了好久
都听入神了
直到
杨又黎回来
他问我在
干啥子。我说听歌
他四处看看
又侧耳倾听
问我歌呢
我一惊，问他
外面还下雨？
没有。他说没有
今天就没
下过雨
我说原来啊，那是
昨天晚上的事
我依稀记得
歌曲非常打动我
我听着听着
就入了神

比喻

一是比喻
二是说
比喻的嘴巴
三是听说
比喻的耳朵
四是比喻
它们目的和
别人的目的
五是比喻
产生
的效果和影响
六是比喻
它和被比喻的
那一点差别
哪怕一点
一点点
也特别特别地大
七是听见
比喻后，我们的沉默
八是
错误类比
它据说
不属于比喻

它只是
比喻多了而管不住
自己的东西
听笑话的
东西。呃，还是九好
它不仅不比喻
也不被比喻
它乳房是乳房
屁股是屁股
而我喜欢
她的腿：大腿
大腿
弹力的朽木

副词

我们一直在
争论这个问题
就是夏天
淫荡还是冬天
更淫荡
我说是夏天
但小王说
咋个是夏天呢

当然是冬天
整个冬天（嘻嘻嘻）
没有一个女人
想起床

为什么女人比男人先坏

1974年我12岁
她已经13了
一天在她家耍
她让我闭上
眼睛，说她要换内衣
我赶紧闭上眼睛
心跳得直响。过了好久
她从外面进来
问我还闭着眼睛干啥子
我二话没说
一趟子跑回我家

我想告诉华楠

马雅可夫斯基
比金斯堡

更像诗人
关键的是他穿过
冻成尿布一样
的俄罗斯
比从加利福尼亚超市
买西红柿出来的
美国人惨多了

磨铁诗歌奖

2021年度汉语十佳诗人

春树

磨铁诗歌奖·2021年度汉语十佳诗人

春树，1983年出生，作家、诗人，已出版长篇小说六部、个人诗集两部及散文集若干。其《北京娃娃》在全世界二十几个国家翻译出版引起巨大反响。近作《乳牙》。2016年获评“磨铁诗歌奖·2016年度汉语十佳诗人”。2017年获“李白诗歌奖”银奖。2022年参加美国艾奥瓦大学的国际写作计划。

授奖词

诗人春树以《我们都爱海明威》《为了自由你愿意付出多少代价》《这座城市与我》三首诗入选“汉语先锋·2021年度最佳汉语诗歌100首”。

事实上，这一年她还写出了更多佳作，《美好人生》和《一个操蛋的男人》从某种程度上，更加令人印象深刻。

一晃，当年的“北京娃娃”春树，旅居到德国已经快八年了。从去国离乡、初为人母，到离婚诉讼成为单亲母亲……这当然不是花团锦簇的八年，而是饱含着动荡、不安、焦虑、孤独的八年，当然，还有那么多的爱与付出。生活到底是会淬炼一名诗人，还是毁掉她？春树给出的答案全在她的诗里，她的诗越写越好，越写越丰富，其中始终充满着生命的骄傲和尊严。

生活若不能摧毁掉诗人的意志，那就会成全诗人的品质。而春树，是那种岁月和时间摧毁不了的诗人。从其出道开始，她就是八〇后一代中最锋芒毕露、最具代表性的诗人，而在岁月的冲决中，春树已经成为我们时代最好的诗人之一。

年轻时的春树，充满勇气和欲望，赤诚而热烈，单纯而直接！而正走向中年，过尽千帆的春树，我们再读她的诗，会惊讶地发现，她依然充满勇气和欲望，依然赤诚而热烈，依然单纯而直接，这些美好的品质，她未曾有一点丢失，几乎全部、全然地保留在她的身体里！当然又有了很大的不同，她的热烈变得更丰富了，多了很多细微的生命层次；她的单纯变得更复杂了，她的诗中多了那么多复杂的生命经验，却依然保持了最可贵的那种单纯！

她依然写着那种最直接、坦率而真实的诗，足以容纳生命的丰富与复杂，容纳美好，也容纳残损。每一首诗都是她骄傲而赤裸的身体。为此，我们评选春树女士为“磨铁诗歌奖·2021年度汉语十佳诗人”。

磨铁读诗会

沈浩波执笔

春树受奖词

很惊喜，也很意外得到这个奖。上一次得到磨铁年度十佳诗人奖是2016年，记得那时候我写了很多诗，初为人母，生活剧烈的变化给了我新的生活感受，也让我写诗多了新的素材。我拼命写了许多诗，那一批诗从题材到风格上，都与我之前有所不同。几年过去了，我的生活其实一直处于波动中，如果说我的生活是一条路，那么这几年就是一个小坎坷加上一个小坎坷，如果不能算得上是最低谷的话。我并不想在这里诉苦和抱怨，刚到德国（2015年）那一年，我在朋友圈里的抱怨引得伊沙感慨，从来没见春树这么怨天尤人过。我吐槽了好几年，直到2021年底，我终于停止了自怨自怜。在这个过程里，我写了一本以女性及移民为题材的小说《乳牙》（2019年十月文艺出版社出版），也一直在写诗。这两年的诗歌，我一直在写自己的感受，我的所见所闻、异国他乡的生活、对孤独的理解、对当母亲与当一个作家之间冲突。如果2015—2010年我的关键词是“孤独”，那么2021年我的关键词就是“焦灼”。

我得面对真实的生活，处理真实的生活，比如找房、付房租、找兼职等，也就是人活在这个世界上要面对的真实生活本身。早在二十年前我的经济就独立了，但结婚，生子，移居，办离婚这几年我无法做到经济独立，这让我很焦灼，也反复自省。如果一个从十几岁就努力自立的人直到将近四十岁的时候突然变得一无所有，那么到底是哪里出了问题？该如何解决？当然，我不能说我真的一无所有。我有一本在全世界许多国家和地区出版的小说，我拥有两本在大陆独立出版的诗集，我有许多的读者，虽然现在流失了不少，我还拥有我的猫和我的儿子。我只是生活上出现了困难，生活的困难同时也让我精神出现了危机。这困难一是由于我的性格造就，二是用现在流行的话说，社会结构性问题。当然也包括女性问题。无论是何种问题造成的，我都得试着面对和处理。过程不堪回首，我抑郁和痛苦了很久。最终还是文学帮助了我。我在写诗的时候从来不考虑读者，更不会考虑写完之后的个人得失或荣誉。用海明威的话说："我只希望写下一个准确的句子。"我得行动起来，做点什么。哪怕开头很困难。从2021年开始，我在柏林线下及线上开始教授"中国当代诗歌鉴赏与写作"课程，我拥有了一些对中国当代诗歌感兴趣的同学。在教他们的过程中，我也得到了许多乐趣，我也通读和了解了一下从"五四"白话文时期到现在为止的诗歌创作，这种通读对我的创作一定是有好处的，即便现在尚未知晓。我的生活就像十几岁或二十岁出头一样，简直像重新活了一遍。以前没经历的都经历了，这让我变得接地气了，也让我明白普通人生存之艰难，当然，我不会忽视生活中的欢乐和美。我从十九岁成名，现在已经三十九了，我的个人经历是特殊的、不具代表性的，但我的写作，我通过写自己，写身边的人与事，与这个世界有了更多关联，也给了一些人启发和安慰。描写出困境和痛苦，让有同样困境和痛苦的人看到，就是一种安慰。我们需要的是内心生活，文学就是通过写社会来写内心。感谢沈浩波与磨铁读诗会，他们的慧眼与丰富的内心让他们识别出了我，他们的欣赏与肯定对我来说难能可贵，这是同行之间的辨认，也是人性的辨认。

再次感谢！谢谢我的读者，谢谢大家！

2022.12.21

春树

——2021年度作品展

我们都爱海明威

何殇在朋友圈贴了一页海明威的《乞
　　力马扎罗》
我回“经典啊”
他回“啥时候一起爬乞力马扎罗”
我回“好啊，虽然我已经爬过一次了”
那次W和我一起去的
在山顶挂了把
象征爱情的锁
把钥匙扔进山下的
大洋（忘了叫什么）
我们依然离婚了
因为——
景色虽美
自由更可贵

为了自由你愿意付出多少代价

樱花树下
友人第一次见到馅饼
馅饼先于我冲出幼儿园
“阿姨！”
并且用中文

友人说
她忘不了这第一次会面
他是如此阳光
如此活泼

她没有生孩子
不是不想
这么多年了
一下子也就过去了
甚至没有深究
到底是谁的责任
现在卵子已失去活力

印象深刻的还有
那天我的急躁
当馅饼站在路边看喷泉
玩木棍儿不走
爬上别人的摩托车
我想赶紧回家
我在焦虑
改不完的小说
写不完的诗
未来何去何从

她爱上了馅饼

与我不是一种爱
同样是爱
她在与馅饼在一起时
成为一位母亲
比我更体贴
馅饼走在我们中间
毫无疑问
健康阳光明亮
是我们女人共同的孩子

这座城市与我

无法做到无坚不摧
我如影子一般 穿行在这
空荡荡的城市
我路过
空空如也
写着“出租”
字样的橱窗
路过
路灯杆上的
小广告
路过寻猫启事
一只白色的猫

仔细看
有蓝色双眸
为防止被雨水淋湿
还覆了层
塑料薄膜
这只猫
我每天都会看见
它被贴在花坛边的木栅栏上
在垃圾箱下侧
它一如既往
白色
像雪
优雅
纯洁
庄重
蓝色双眸
望着
每一个望着
它的人

美好人生

我想见陌生人
与他们攀谈

调情
或者上床

我只想见陌生人
一无所知
或所知甚少
他们不问我的过去
我也不问他们将来

唯有陌生人可靠
唯有一别两欢
让人放心
多么潇洒
多么放松
我们在风里
叮咛对方
“好好休息”
“保重啊”
随后独自踏进出租车

一个操蛋的男人

我们睡过共同的男人
今天我又见到了他

在公众号上
他的脸
比我年轻的时候见到的
要老
当然了
这么多年
我们都老了很多
我仔细看他的眼神
试图猜测他
月亮什么星座
这个操蛋的男人

他对另一个女孩干过
更耸人听闻伤人的事
他有了皱纹
眼神还挺执拗
这半人半鬼的浑蛋
我不得不承认
他没那么庸俗

我的精神世界分裂成无数碎片

它们分散在每个角落
我不是小红帽

不是美人鱼
不是白雪公主
不是爱丽丝梦游仙境
这里没有童话故事
我爱上我的过去
的投影
我未曾选择的那条路
我以为我忘记了
但它明显
还在
我忘记了一切
我渴望
与之相拥
我渴望与我未曾选择的过去
生活在一起
那可能会让我忘记
我所有的经历
让我沉沉睡去
可问题很严峻
问题就是
我无法回到过去
我无法让时间倒流
我不想否认自已
我不想否认自已的现在
意味着我不能否认

我的过去

那粉红色的梦
少女的祈祷
是我早就抛弃的
农业文明的缩影
我知道它们会出现
一遍遍
它们最终会消失
像一道道划痕
像一道道
劈向村头那棵白杨树的闪电

能不能简单点

能不能简单点
能不能
说一下自己是男是女
能不能
直接说一下自己的性取向

我已经不想
费力琢磨
你的性别

我已经不想
费力思索
你到底喜欢男人女人
我已经厌倦思考
你到底是喜欢我
还是
不
我累了
在众多的id中
在全世界七十多亿人中
我只见到一个女人
璀璨如钻石
真心实意地痛苦于
到底是要离婚
还是保持现状
我只见到一个灵魂如火
咕咕流淌
燃烧到快要成为灰烬
而我除了旁观
毫无办法

何小竹

磨铁诗歌奖·2021年度汉语十佳诗人

何小竹，1963年生于重庆彭水县，现居成都。二十世纪八十年代参与“第三代”先锋诗歌运动，为“非非”诗派成员。二十世纪九十年代开始小说创作。出版有诗集《6个动词，或苹果》，小说集《女巫之城》《他割了又长的生活》《动物园》，长篇小说《潘金莲回忆录》等。

授奖词

诗人何小竹以《最近打碎两只碗》《蔡某的左手》两首诗入选“汉语先锋·2021年度汉语最佳诗歌100首”。其中《蔡某的左手》写得尤为奇妙，当成为何小竹的又一名作。

如果说杨黎代表着废话派诗歌美学的高蹈体验和充满超越性的精神感召力的话，那么何小竹则奠定了废话派的美学范式，令这一美学思想获得了非常具体的文体支撑。

何小竹创造出了新的诗歌文体，并且经由这种文体，实现了一种新的美学、新的诗歌。他是那种具备开创意义的诗人，并且绝不仅仅让自己停留在最初的开创之中，而是多年如一日不断对此进行丰富和加深。

他是那种对诗性的认知极为深刻的诗人，既能通过语言的魔法令诗性无中生有地被创造和托举出来，又能令诗性在某种似有还无、有无相生的语境中不断展现其迷人的幽微感。他能令具体获得抽象的轻盈力量，又能令抽象获得具体的质量。

如同他在这一年所创作的诗歌《最近打碎两只碗》《蔡某的左手》中

表现出来的，何小竹越来越习惯于，站在日常生活的湍流中，轻轻伸出双手，掌心里便绽开了一朵晶莹的水莲花，转瞬又消逝，重新融入那片永在流淌的生活中。为此，我们评选何小竹先生为“磨铁诗歌奖·2021年度汉语十佳诗人”。

磨铁读诗会

沈浩波执笔

何小竹受奖词

诗人不应为获奖而写诗，但写的诗获了奖，自然会感到高兴。感谢浩波和磨铁读诗会，将“磨铁诗歌奖”2021年度汉语十佳诗人颁发给我，这是值得珍藏的一份荣誉。

浩波创办磨铁读诗会，设立“磨铁诗歌奖”，编选年度最佳诗歌100首，评选年度十佳诗人，其目的是向公众推荐有创新意识的佳作，引导公众对诗歌的欣赏趣味，逐渐达成一种何为好诗的共识。对他和磨铁读诗会的这项带有建设性和普及性的工作，我十分钦佩。

新诗百年，却并未在大众中得到应有的普及，甚至连大学里的文学教授也所知有限。做普及、推广的工作十分艰辛，必须持之以恒，才会见出成效。“磨铁诗歌奖”已经颁发了六届，在公众中获得了良好的口碑，产生了广泛的影响，受到了诗人的普遍认可和读者的充分信任，其意义与价值已经不言自明。在此，我也向获得2021年度汉语十佳诗人的其他九位诗人表示祝贺。也期待着2022年度汉语十佳诗人的产生。

再次感谢浩波及磨铁读诗会为新诗的发展、普及所付出的心血与智慧。

2022.12.20

于成都

何小竹
——2021年度作品展

蔡某的左手

他在吧台拿了一把刀
持刀前往809包房将蔡某的左手砍伤
凌晨1时30分左右，还未解气
返回酒吧，再次持刀砍向蔡某的左手
半小时后，在十字路口
又看见准备前往医院就医的蔡某
他让蔡某跪下来给自己道歉
同时用脚碾压蔡某的左手
直到最后，这则新闻都没告诉我们
他为啥那么恨蔡某的左手

最近打碎两只碗

一次是左手端着
从饭厅进厨房
手臂在门框上碰了一下
碗掉地上了
另一次也是从饭厅进厨房
端着一只从冰箱里
拿出来的碗（里面是昨天的剩饭）
边走边想撕开碗上的保鲜膜
那碗自己就掉地上了
这现象怎么解释呢

她说，有什么好解释的
以后想做什么的时候
把碗放到桌子上
再做

情况越来越不好

不到七点就被母亲叫醒
她说父亲把自己的鞋子打湿了
她没有办法
我帮父亲换了鞋子
又去帮他们蒸了两只鸡蛋
想再睡个回笼觉，但睡不着
又从床上起来去察看他们的情况
看见父亲把一只塑料袋套在头上玩耍
母亲在厨房把我刚刚蒸起的鸡蛋
从蒸蛋器里拿了出来
我说妈妈你怎么搞忘了
要看蒸蛋器的指示灯
灯灭了才表示好了
我又再次提醒她，奶粉在桌上
桌上的面包是可以吃的

笔记 03-27-36

当汽车加上长途二字
就有了一种延伸和翻越的感觉
正如我12号坐长途汽车从彭水来到成都
今天（19号，离发车还有6个小时零3分）
我又将坐长途汽车从成都回到彭水
长途汽车，它不仅可以是一首诗的标题
同样也可以是一部电影的片名
作为诗，它带有叙事的成分
作为电影，则有你意想不到的悬念

神童

我想到的神童
一定要是个女孩
9岁，不写诗，不画画
也不参加奥林匹克数学竞赛
而是拿一把小提琴
站在舞台上
演奏帕格尼尼和柴可夫斯基
神态稚气而又沉稳
她的名字叫吉村妃鞠
出生于2011年
有视频
你要不要

劳淑珍

磨铁诗歌奖·2021年度汉语十佳诗人

劳淑珍，丹麦人。翻译家、诗人。1975生于丹麦奥胡斯。毕业于奥胡斯大学比较文学系（主修中国当代诗歌）。译作有余华的《兄弟》《第七天》《许三观卖血记》《现实一种》，残雪的《苍老的浮云》（合译），王小波的《黄金时代》《似水柔情》，孙频的《无极之痛》《万兽之夜》，于坚的《0档案》《拒绝隐喻》，等等。也经常翻译中国当代诗歌。曾获“磨铁诗歌奖·2020年度汉语十佳诗人”。

授奖词

又见劳淑珍。

2021年度，劳淑珍延续着她的疯狂。以《柏油路尽头》《我真爱我妈，她是最纯粹的诗》《流产》三首诗入选“汉语先锋·2021年度最佳汉语诗歌100首”。

而她在这一年度写下的有竞争力的诗远远不止三首，一度曾有二十首诗通过了初选。是所有诗人中入选诗作最多的。

从2020年到2021年，劳淑珍是表现最令人震惊的诗人。她几乎每天都在写诗，用各种各样的方式写，用各种各样的身体姿态写，她几乎在把生活中的一切和内心中的一切全部转化为诗。她从心灵的泉眼往外喷诗，她从肥沃的身体往外长诗，不管好坏，不顾一切地写诗。

她是身体美学的最杰出代表，她的诗歌是身体的交响乐，是身体的奇观。她用身体撞击着世界，撞出巨大的轰鸣声。她的诗歌时而宁静而美好，端坐如淑女；时而疼痛而忧伤，如被针尖穿刺；时而暴跳而嘶吼，如同母狮在奔跑；时而冷静而讥诮，如同一把匕首……她与世界，与事物建立起了最丰富而深刻的身体关系。

我们在劳淑珍的诗歌中，既能看到精确客观的意象描述能力，又能看到跳跃流淌的叙述能力，还能看到穿透力很强的抒情能力，她用最自由的方式写诗，没有什么能限制诗歌在她身体上生长与繁殖。

写，写，写，生长，生长，生长，呼喊，呼喊，呼喊，如同野草，如同藤蔓，如同饥渴的旅人，生命在蔓延，充满着渴望，诗的渴望，就是生命的渴望，生命的意志，就是诗的意志！

劳淑珍是一位具备强力的诗的意志的诗人。为此，我们评选劳淑珍女士为“磨铁诗歌奖·2021年度汉语十佳诗人”。这是她继上一届后蝉联这一荣誉。

磨铁读诗会

沈浩波执笔

劳淑珍受奖词

诗是什么？

让我，一个只能吞吐汉语的外国人，跟得上一群用大半生考虑并写出诗歌的中国人，试图真诚地感谢你们的关心，似乎让我紧张得变成个哑巴。怎么感谢你们让一个来自“童话的国家”的“纯净欧洲人”在你们那边的“诗歌帝国”出头变成一个“地下先锋诗人”？我甚至坦白地说，我已经写了一篇受奖词，再读却觉得过分甜蜜了，不适合“我”这个外来的“硬邦邦下半身女诗人”。于是在旁边的白纸上写了更牛的题目：“像狼一样吼叫的母狗”，“冲下阴道时嚓嚓地在墙壁上写诗”，“两次拧转了脖子的女性公鸡”，等等，这样想给自己打气，却没用。只不过变成重复的话。

还是回到原本的题目：诗是什么？如果这次也甜蜜得让你们呕吐，请原谅我。

诗人后乞最近问我读到磨铁十佳的授奖词有什么感觉。

我感到莫名其妙。我感到无奈。我感到无力而渺小，也感到非常感激。这些年完全疯狂了，不仅仅因为我们共同的世界有了巨大的变化，对于我来说也发生了出乎意料的变化。我不仅仅变成一个诗人，也逃避了自己的母语，让我的诗在汉语里扎根。而现在我可以断定去年获磨铁最佳诗歌奖的我，还不完全能算是一个诗人。我当时努力写诗，同时努力不写诗。我想让自己出现，同时愤怒地撕破了什么自我。而正在这个过程中，有人把我拉出来宣布我是一个诗人，于是我一方面乖乖地去当个诗人，却同时继续撕掉一切可以算是诗的事。为什么要这样做？肯定有很多原因，我也曾经在不同的地方给了不同的答案。这里只想说，也是和我的工作有关。我是文学翻译家，我需要理解汉语的语言能力，需要看清汉语怎么表现现实、自我、世界。诗在这方面是一个能摸到语言本身的写作方式，写诗让你更好地了解一种语言。而在这个过程中，我就狠狠地依靠了一个诗人，不时向他投句子再看他有什么反应，从他的反应得到结论。我在汉语里算是半盲目的，我只能摸索，没法完全知道我在做什么，只好看他人的表情再去分析我在那边怎么浮现。于是，可以说我把他人当作是外面的固定点，而自己却变得不固定。这样我的自我不再是固定而稳定地用于证明我本人，我变成材料，用于投进语言玩。只是，别忘了，在外面站了一个人 ，可以说他是一面墙，他把我的句子反弹了。我可以变得不稳定，因为他是固定了。他从外面告诉我什么是诗，哪里有身体感，于是我从里面努力炸毁那个从外面被确定的“诗”以及“我”。这样写给了我不少快乐和自由。但如果这样理解，也应该说这个“劳淑珍”本来是一个合作。“劳淑珍”当时不是一个人编造的角色，她在过程中有一个具体的里面和一个具体的外面，而在里面和外面之间出现了那个被跨越的线。

那么，诗是什么？诗可以是一个不定不常的内心向固定的外面之墙投句子和句子的反弹和回音。诗可以是一种从里面努力炸毁“诗”以及“自我”的失败尝试。

再说几句话，关于你们的诗坛。我知道这些话对你们来说听起来可能很奇怪。你们会觉得，我是过分浪漫的或不了解你们的国家，而你们大概也对了。但是，我在这里想说，你们那边对诗歌的重视、你们那边一直努力为诗歌而干活儿的人，你们那边的敏感而活泼的诗歌环境……这是我在丹麦从来没有看到的。我知道你们的国家比我的国家大得多，这也许是一个原因，你们在新世纪也拥有了新的发表方式，在网络上分享和发表。这样做也大概影响了你们的诗歌，它们似乎差不多会在同一时刻被写出并分享了（有这种感觉），这样诗不再仅仅是一个诗人的孤独声音被放进一本书，它变成很多嗓子同时说出话，这样此刻凸出来变成颤抖而多元的一刹那，让今天最小的单位——此刻——在一种众体的话语里活跃起来。

这当然是理想化的话，也肯定是因为我本来是个浪漫的母狗，但无论如何，这个风景依然让我非常感动。那么诗是什么？诗也可以是这么一个美丽的、有活力的时刻。而我能作为这个活跃时刻的诗写的一个小部分，让我非常荣幸。

谢谢你们这样来合作，让诗歌丰富地多元地待在此刻。谢谢磨铁读诗会的人这么努力推荐诗，这么努力维护一个健康的诗歌环境。我觉得，这是值得赞许的成就。

柏油路尽头

当年去中国。不认识几个字。一切很陌生。很有
土气。
是好多年前。骑自行车。太阳真炎热。柏油路
漆黑。
柏油路的尽头，金黄玉米田出现。周围很安静。
也没有人。
就在我脚边，一片粪坑。被放在柏油路尽头。
那是我第一次看到粪坑。周围很安静。没有人。
太阳炎热。
柏油路漆黑。玉米金黄。粪坑发出唯一的动静。
在温暖深褐色的粪便里
成千上万的小虫子快乐地奔腾。

我真爱我妈，她是最纯粹的诗

经常是这样，妈的诗力强得可怕

她正在奔驰过的火车里，所以给我打电话
她说呀，说呀，说说说呀
说到那个可恶的男人怎么操了一个十五岁的女孩
很可恶啊，这样干、操、日一个年轻的女人，我妈呀

她生气了，我说妈，礼貌一些，好吧，然后我们笑了

她又说日、说干、说操

说脏猪，说老公羊

我说妈呀，礼貌一些好不好，不要那么骂人

她说以色列不帮助巴勒斯坦人
说丹麦最近怎么把叙利亚难民赶走
AstraZenica 如何如何
我们那么同意，那么
觉得这世界不公平、可恶

我们说到那位喜欢舔女人的耳朵的市长
我说如果有男人舔我的耳朵舔十秒钟
我肯定会移开头呢
然后她说她经常舔我爸
她咬定十秒钟不算长时间，她宣布自己用
爸的胡楂儿把舌头磨清

我们互相大笑，我的妈呀，那么活泼

然后她沉默了，说
眼睛越来越坏

她看不见，这让她难过
甚至，昨天
她弯了腰捡起了
一束阳光

我哇了一声，说：妈
那可真是最美丽的动作

她回答说：这很可能
对你来说是一个很美丽的动作
而我却觉得
是很可怕，怎么
突然分不清一片纸和一束光？
阳光是拾不起来的，女儿

流产

梦见医生就像摘下
什么苹果，什么桃子，什么蘑菇
什么花蕾，掏出我的胎儿
于是我像什么母猪或者树木静静站着，身体发冷

可真正的流产是另一回事
我坐在马桶上

死掉而变形的小血滴子
拧紧我身体
最后啪嗒一声
掉进马桶往下沉

(犹如我此刻骑自行车快速奔驰
下山，突然失控狠狠摔倒，滑过柏油路
身体的皮肤全被割去了
于是我变成血红的坠落嘶喊)

之后是那个护士问我
你不怕吗？一个人在马桶里流产？
对，我不怕

之后是那个医生哈哈大笑说
放心啊，尽管我找不到你的血脉
我保证它们居然还在咯，哈哈哈，哈哈哈，哈哈哈
他就那么一直大笑，直到我昏迷过去
之后他们清除了体内的爆炸苹果

之后我就待在我脑子里，从远处听见了身体的古怪哭泣

之后就这样，流产
就像血红的坠落嘶喊

来自同一个子宫

他当然知道了
因为我出生之前
在子宫的壁上留了笔迹
而我刚刚走了，他就搬进

我在壁上写了：别相信他们的话

而他像个快乐的尾巴
游来游去，直到他也
被冲下那漫长的排水管
掉进水沟
尖叫度过生命
又如片羽绒
回归于鸟

身体

走进树林，抬头看你的
创痕身体，被割掉的树枝，和树皮后的结疤
你随着时间的变化生长，歪歪扭扭镇静站着
我被你赤裸而老实的身体，踏实的灵魂
感动了，脱衣服让你

看这个也随着时间变形了的身体，它
徒劳的生长，它的伤疤，疙瘩，腰上的肿块
我渴望以身体看身体
我抚摩你粗老的厚皮
我抚摩你厚皮的灵魂
(灵魂吗？灵魂？)
向世界接触（接触吗？)
你无法把生活的价值
兑换成硬币
你扎根
愉快被凝成皱纹
(愉快吗？愉快？)
你用伸出的手指
开叶，而我
敢用它们
开诗？

天啊，问

而如果只爱你的
身体，怎么办？
有责任爱
整个你？
如果我爱的部分

越来越小，如果
只爱你的下半身
的一个睾丸
的一根毛
也就足够了吗？

那么，舔舐我的灵魂

那么，舔舐我的灵魂
舔吧，舔舔舔
舔得灵魂开始融化，继续舔
看我灵魂变成体液，继续
舔舐、吸吮，吸溜、吸进它
把我身体倒过来啊，让最后一滴灵魂
流进你的粗野喉咙，尽快，尽力，尽量，尽兴喝进我
把我身体全吸空了，来来来
我没关系，我没啥了，
我就让我这个身体
容纳茫荡荡的空洞
又从血肉酿出新
的一个漂泊灵魂
这个新的也就立刻
向你挤眼挥挥手
俯下虚体，举步旋转，哈哈笑

祁国

磨铁诗歌奖 · 2021年度汉语十佳诗人

祁国，1968年生。诗人，剧作家，书画家。著有个人诗集《天空是个秃子》。主编或合作主编《同志诗报》《中国新诗选》《新流向当代经典诗库》《中国当代风景诗选》《当代传世诗歌300首》《苏州诗院学刊》等。作品入选《中间代诗全集》《荒诞派诗选》多种权威总集。曾获当代诗歌精神骑士奖、黄河金岸诗歌节鸿派国际诗会新世纪十年诗歌推动奖、《诗参考》创刊30周年中国诗歌贡献奖、第五届北京诗歌节金向日葵奖章、第三届纽约法拉盛诗歌节《一行》诗人特别奖等荣誉。

授奖词

诗人祁国以《瘦金体》《仪式感让生活有了点小意思》《鬼歌》三首诗入选“汉语先锋·2021年度最佳汉语诗歌100首”。

这是三首妙趣横生的诗歌。祁国是中国当代最具荒诞意识和幽默精神的诗人，幽默是一种现代意义上高级的美学品质，唯有内心自由活跃者才能在诗歌中尽显幽默，而祁国的幽默又因其荒诞意识而更能抵达深刻之境，是一种境界很高的幽默。

穿透祁国诗歌嬉笑怒骂的表层，其内里有一颗严肃的，对现实深切关照的诗心，这才是祁国诗歌真正的底色——现实的底色。

正是基于这种现实的底色，基于其深切的情感关照，祁国诗歌中的荒诞和幽默，才没有仅仅停留在机巧与聪明的层面，而是日渐形成了一种开阔粗壮的生命气象、桀骜不驯的精神气质、自由奔放的生命意志。

出生于1968年的祁国，是那种大器晚成的诗人，近年来越写越成熟，越写越丰富，越写越有现实的质感，越写越进入自由之境。其原因大约正在于：一、他始终在以最高的现代性和先锋性精神要求自己，绝不退却半步；二、他的心中有真正深切的现实关怀。融此二者于一炉者，祁国也。

内心的丰沛与美学的探索，共同塑造出了一个与众不同的诗人。为此，我们评选祁国先生为“磨铁诗歌奖·2021年度汉语十佳诗人”。

磨铁读诗会

沈浩波执笔

祁国受奖词

非常高兴获得了这项内行诗歌奖，这是对我本人写作也是对“磨铁诗歌奖”的双向肯定，更是对那些真正致力于当代诗歌创造同人的共同激励。

我所实验的荒诞主义诗歌写作，早期一度被误解为一种被观念局限的写作，一种哗众取宠的轻浮写作。首先我认为，当代诗歌必是观念写作。观念本身即是一个生命体，是在不断丰富、不断生长的，何况写作的创造性从来都是把观念作为一个对话的原点，从来都是被超越的。只有观念写作，才可能形成一种系统的无限写作。比如一旦打开荒诞主义诗歌这个崭新空间，你所踏足的全是处女地，你所收获的必是更多的自由与可能。那些声称非观念写作的，必是面目模糊不清、举止东摇西摆的不自觉者。再则荒诞主义诗歌，必是精神与内容绝对统一的难度写作，必是人诗合一的诚实写作，何来哗众取宠的轻浮？

事实已证明，通过这二十多年的探索，我已创造性地完成了荒诞主义在诗歌这种顶级文学形式上的成功表达。这不仅仅是填补一项关于诗歌自足性的重要文学空白，更是用一种私人化的荒诞诗意预言了一个时代的现实，实现了一个诗人在当代文明语境下所能想象的精神发言与诗意关怀。

再次感谢“磨铁诗歌奖”所传递的温暖！

并特别感谢诗人沈浩波先生的知己之评！

2023.1.9

新冠初愈于苏州诗院

祁国——2021年度作品展

瘦金体

数字
穿上了
警服
文字
写成了
囚徒
哲学
断流
冰川
无冰
虚拟的
货币
虚拟了
无限
人类
正在
转基因
大地
将被
格式化
亲爱的
亲爱的
我们

是
一组
无法
升级的
古老
程序
一堆
逆向
仿制的
碳水
化合物
我们
替代了
吴刚
替代了
嫦娥
我们
改道
登陆了
火星
我们
成了
最远的
两个人
两个

远在
神话
尽头的
人
两个
最后的
人
在
荒凉的
地球
副本上
我们
手拿
月饼
优惠券
假装
在
柜台前
排队
一会儿
瞄
一眼
月球
一会儿
瞟

一眼
地球
还有
其他
各种
球

仪式感让生活有了点小意思

我喜欢笔直地站着
笔直地坐着
喜欢一字一句地说话
点头总是点到90度
哪怕一次握手
我也总是用双手
缓慢而匀速地握上去
一点一点握紧
再一点一点松开
有时我忘了松开
再被对方一点一点扒开

鬼歌

我爱鬼貌堂堂
我爱亭亭鬼立
我爱鬼高八斗
我爱一表鬼才

我爱这内心的黑暗
也胆怯地爱着那外面的光亮

我爱鸡飞鬼跳
我爱兵荒鬼乱
我爱鬼不聊生
我爱苦鬼无涯

我爱这地狱的苦难
也自卑地爱着那人间的烟火

我爱鬼尊女卑
我爱先鬼后己
我爱鬼为人表
我爱大鬼灭亲

我爱这连篇的鬼话
也矛盾地爱着那天下的真理

我爱守株待鬼
我爱刻舟求鬼
我爱命与鬼谋
我爱楚鬼对泣

我爱这老掉牙的鬼故事
也痛苦地爱着那天堂里的童话

我爱由灵生人
我爱由人生鬼
我爱由鬼生恨
我爱由恨生爱

我爱我是一个万劫不复之鬼
也悲凉地爱着那不断重生的济世之人

仰望星空

星星的探头
布满了飞机的航线
人脸识别系统
又一次捕获了月亮
风

被导航仪吊销了驾照
嗯，先仰望到这里
我的颈椎病又犯了

缝隙

海面上
挤满了水
我用食指
插进了大海

我们终于成神了

有史以来第一个
可自我繁殖的活体机器人
终于诞生了
这是一种全新的生命形式
是真正的生物体
在此
我代表人类宣布
我们终于进化成神了
现在最迫切的
是改造好旧神的思想

安排好旧神的退休事宜
剩下的问题很简单
就是搞好
由人向神转型的系统工程
加强神类伦理学
和神类社会学的研究
允许一部分人先神起来
再让先神的
带动后面的神起来
力争到本世纪中叶
达到全民皆神的目标

盛兴

磨铁诗歌奖·2021年度汉语十佳诗人

盛兴，1978年生，山东莱芜人，曾获“磨铁诗歌奖·2018年度诗人大奖”“磨铁诗歌奖·2019年度汉语十佳诗人”，著有诗集《安眠药》《我还没有》。

授奖词

诗人盛兴以《娘炮》《想起一个骨瘦如柴的女人》《忧伤的蚂蚱小提琴》三首诗入选“汉语先锋·2021年度最佳汉语诗歌100首”，其中，《忧伤的蚂蚱小提琴》有望成为其又一名作。

盛兴能杀进最佳诗歌100首的诗远不止三首，另外还有三首备选诗我们在选编时也都不忍割弃。尤其是《老爱人》，令人印象极为深刻。如果说《忧伤的蚂蚱小提琴》写出了一种“美”的意境，《老爱人》则写出了一种恶狠狠的“丑”。考虑到这首诗的价值问题，我们最终没有选入。

真实可以形成美，也可以形成丑。诗人的内心并无美丑，只有真实，美和丑都只是读者在面对诗人的真实时形成的内心体验。这正是盛兴诗歌的特点，用对事物入骨三分的真实呈现，形成对读者的撞击和唤醒，逼使读者产生各种强烈的感官体验。

盛兴通过其苦行僧式的写作训练，逐渐建立起一种稳定的美学范式。某种程度上，甚至可以说他舍弃了风格和个性，舍弃了短暂地为某一首诗而燃烧的写作热情，他把自己的风格和个性内化成了一套完整的美学，他为自己所建立的美学而不断重复地劳作。

如同雕塑工人手握刻刀和凿具，于盛兴而言，诗性的呈现渐渐变成了一种肌肉记忆，遵从于其美学的律令。他正在成为一个整体意义上的诗人，一个高度稳定的、站立在自我创建的美学高地上的诗人，他也必将陷入更深的孤独。为此，我们评选盛兴先生为“磨铁诗歌奖·2021年度汉语十佳诗人”。这是盛兴继2018年、2019年后，第三次成为年度十佳诗人。

磨铁读诗会
沈浩波执笔

盛兴受奖词

沈浩波在授奖词中指出，“舍弃了短暂地为某一首诗而燃烧的写作热情，他把自己的风格和个性内化成了一套完整的美学”，是的，这套完整的美学就是“真实是一个最小的语言单位”。我不愿意将其视为是一项诗学观念，更愿视为一套“生活本质”，唯有我们眼前真实的生活才能完全地显现这一本质。整整两年的时间，我都在苦苦地探索这个“最小的语言单位”，从着迷到疯魔，再到成为一块内心的压舱石，获得了暂时的安宁。那是一种数学家式的孜孜以求，演算演练，推翻求证，有机会我会把这个最小语言单位内部的疾风骤雨、惊心动魄，绝美的颗粒度和数字化演示给大家。

这几年，我逐步意识到，关于诗歌的“身体性”，就是能切实解决诗人的现实问题和生活问题。由语言到身体就是诗人人生一次艰难的破冰之旅，如果你能真正地用身体把语言这带血之冰焐热了，它们必然会融尽在你的灵魂里。可惜的是，语言目前并没有完全融尽于我的灵魂里，我仍然在承受着那份割裂与分离，我诗歌中体现出来的身体性依然是一种未抵达式的或者灵魂出壳式的，诗歌依然无法解决它本来应该可以解决的全部生活问题，但我并不着急。

2023年，45岁，我着手建立一套人生的自我警醒机制，当傲慢、油腻、懒散、世故、自闭这些状况到来时，我希望能够自我报警。年轻时代的那些关于诗歌的问题，我希望它们继续存在，并不断刷新，也不要有人来回答，成熟是早晚的事情，你只需竭力保持稚嫩。

2023.1.1

盛兴——2021年度作品展

忧伤的蚂蚱小提琴

十六岁与第一个女友分手
我跑到镇子北边的山上
躺在树荫里
一只蚂蚱爬到我的手背上
我把它捏起来
送进嘴里吃了
留下一根带锯齿的大腿
我拿它在胳膊上锯着
一道一道白色的锯痕

娘炮

一家人在饭桌上讨论
教育部的“防止男性少年变‘娘炮’”
石头问
“你们觉得我娘炮吗？”
大家同时回答
“当然不”
石头说“不，我有点娘炮
但还不至于全部都是
这一点
你们没我自己知道”

石头又问“你们觉得咱家有娘炮吗？”
大家又回答“当然没有”
石头又说“不，我早就觉得我爸是个娘炮
只不过他现在老了
几乎看不太出来”

想起一个骨瘦如柴的女人

因为尝试过六十七种姿势
爱不可谓不技艺精湛　殚精竭虑
因为流过两次产
爱不可谓不生死攸关　生灵涂炭
因为爱她的原因是
“她爱我”
爱不可谓不水乳交融　电光石火
因为不再爱我的原因是
“我不再爱她”
爱不可谓不两手空空　长梦无痕

老爱人

年龄最大的一个爱人
他从不知道

皱纹舔起来
竟是如此粗粝
如此美味
他也不知道
皱纹才是
一个老女人的G点
当你的舌头滑过
这些雏鸡的秃尾巴
或者牛奶皮子
她就会
忘情
战栗
像在病床上一样
痛苦地呻吟

在父亲面前我常常迷失我自己

上完坟从林地里出来
来到树下的汽车旁
爹打开车后座的门
坐进去
我也随之打开另一侧车后座的门
坐进去
这样我们父子就坐在了一起

我爹侧头看了我一会儿
那个像八大山人画的鸟一样的眼神
令我发毛
我爹说
“那么谁来开车呢？”

早晨一个妇人在包子铺团团转

她带走一笼素包
又转回身来
扯了一个塑料袋
依次装上咸菜　辣椒面　醋
走到门口
又转回身来
坐到我前面的位置
把塑料袋里的包子
及咸菜　辣椒面　醋全部吃掉
然后她站起身来
走到门口
忽然又转回身来
带上一笼肉包
扯了一个塑料袋
依次装上咸菜　醋　辣椒面

出门而去
消失不见

楼下小院

从阳台上我看到
楼下待拆平房的院里
那个女人在给他的瘫老公洗澡
在一个大铁盆里
男人垂着头
坐在那里
任由女人摆布
洗完之后
女人从背后把他抱出来
他的腿又白又长
软绵绵地
从盆里升起来
去年的时候我也曾
看到过这样的场景
前年则没有
前年我只看到过那只大铁盆
在冬天
盛着满满一盆雪

磨铁诗歌奖·2021年度汉语十佳诗人

旋覆

旋覆，1981年生，毕业于河北医科大学中医系。诗人，曾就职于媒体，现出家，法名妙觉。

授奖词

诗人旋覆以《五月西湖凉似秋》《莲之力》《犹在镜中》三首诗入选“汉语先锋·2021年度最佳汉语诗歌100首”。旋覆在2021年一共只写了五首诗，非常低产。但这五首诗，却展现出了强大的诗歌能量。

在二十一世纪的起初十年，尤其是前五六年里，下半身诗歌和废话诗歌在北京形成了活跃的文化场域，北京成了某种新的诗歌文化的中心，大量新锐的七〇后八〇后的诗人在这里崭露头角，呼啸群聚，构成了一种文化现象。八〇后一代中，有三位年轻的女诗人，春树、水晶珠链和旋覆，尤为引人注目。在一个名叫“秦”的青年诗人团体中，旋覆绽放出了最为独特的光芒。

当北京越来越露出残酷的商业化都市的獠牙，旋覆过于文艺的生活方式，令她越来越与这个世界格格不入。酗酒，离京，漂泊，出家……旋覆走上了另外一条人生道路。但她的写作，却在断断续续之中，获得了一种奇特的生长。

几乎是在某种悄无声息的过程中，

旋覆已经成为我们时代最好的女诗人之一，也是八〇后一代中，罕见的那种具备了自己独特心灵、独特美学、独特诗歌力量的诗人。

我不想过于强调旋覆出家为尼这件事，在我看来，诗人的传奇性不应该大于其文本。但旋覆在出家前后的写作，确实有很大的变化和差异。年轻时的旋覆，出家前的旋覆，其诗歌强在身体感受力和对生命中幽微黑暗的致命体验，是典型的生命体验式的诗人。而出家后的旋覆，在其生命体验力的基础上，心灵更为开放和辽阔，心境更为明亮和从容，内在心灵与外在世界的万事万物建立了更深刻的、融为一体的联结。

旋覆2021年的诗歌，熔现代主义先锋诗性与中国古典的禅诗传统于一炉，宕开了诗的新风，建树了更为独特的美学，在当代诗歌的语境中，构建了一种新颖的诗人与事物的关系。为此，我们评选旋覆女士为“磨铁诗歌奖·2021年度汉语十佳诗人”。这是旋覆继2016年后，第二次成为年度十佳诗人。

磨铁读诗会

沈浩波执笔

旋覆受奖词

非常感谢，惶恐惶恐。禅和诗，都是我敬畏的。所以“禅诗”，我既不敢冒领，也不敢推卸。在我有限的体认里，禅诗并非只是静谧、空灵、禅理等面目，它仅仅是智性的：由于一切都能被智性照亮，所以它不与任何表达方式和美学倾向相抵触。实际上，我也不认为纽约派诗歌和“打起黄莺儿 / 莫教枝上啼 / 啼时惊妾梦 / 不得到辽西”有很大区别。

五月西湖凉似秋

诗，直写眼前事
一千年后
有人说当时乃因
五月刮了北风
而似秋的，并不是打比方
那其实是雨后
来自西伯利亚的凉。

可以想象当天，鲜暖的西湖
一时彻底清冷了
济颠道济禅师，人寿欲尽
拎酒穿花
在空无一人的湖边
问明年自己何在
凉风吹透人身及万物
荷苞们含笑
纷纷点头。

好个西伯利亚！

莲之力

早上莲花开了：
一只宋代的白瓷。
中午太阳晒，
它收了起来：
有力地。

犹在镜中

长路漫漫
折折弯弯
湾里出现了一片荷塘。
荷叶田田，荷花稀依
夹在玉米田里。
从宽敞的公车里看——
就像经过一个……狱中荷塘。
又一次长路漫漫
老路
几乎平于四周
那是一片被拆迁的村庄
拆得干净，只剩齐整的房基
日常的零碎全无。
像极了置景的舞台

假假的
就在手边。

现今我忆起这两帧画片
惊叹　所谓人生风景
真的是这样
——我们行驶在镜面上
美或意味，完全是无中生有。
而那时我在镜像上移动
在地图上
在地球上
很难说我不是逍遥的
而且只好是逍遥的！

路灯初升

树后的路灯
从高台看去
就像月亮
初升
今夜无论何时
它都
不移不动
如月亮初升

暖黄、闪金
夜夜初升
在一片梅花的高台上。
不动的
而非好的
传说中
“给人以希望”。

竹叶

竹叶像什么
夜路上一个声音问
像星星 绿色的星星吗
不 黑色的星星
不 聊斋里的星星：漫山遍野
有时可以煮着吃
有时是琴音的星云
很快地，月光会在里面轻轻鸣响
石桌上饭已盛好
衣服的声音就要出来……
你看聊斋出世就纯是安慰人的
很纯洁，没什么思想
就是世界宽大如是
你看夜里的竹子也是

所以要画墨竹
画离你这么近的地方就有星光目光
竹子纯是关怀
竹子就算做成了尺八，吹出了苍凉、
高峻、清纯
也是在应和
你

杨黎

磨铁诗歌奖·2021年度汉语十佳诗人

杨黎，1962年8月3日生于成都。二十世纪八十年代开始写作，曾与万夏、于坚、李亚伟、韩东等开创第三代诗歌运动，是这个运动的发言人和主要代表诗人之一。“废话理论”提出人。著有诗集《我写，故我不在》《五个红苹果》《小杨和玛丽》《废话》《找王菊花》《祝福少女们》等。

授奖词

诗人杨黎以《数一数二》《好多猫》《云眠》三首诗入选“汉语先锋·2021年度最佳汉语诗歌100首”。

《数一数二》充分体现了杨黎超越意义的美学意图，在语言推进过程中令诗意不断自动呈现；《好多猫》则是杨黎近年来在不分行诗歌上的代表作品；《云眠》足以成为杨黎新的经典，体现了高超的写作技艺，以一种出神的经验写出了入神的感觉。三首诗，三种不同向度的好，体现了杨黎的丰富性和写作活力。

杨黎是一个丰富的诗人，这来源于其心灵的活跃与情感的丰沛。一方面，杨黎是一个观念性极强的诗人，他的诗歌观念是二十世纪八十年代以来汉语诗歌对于诗歌这一古老文体最重大的贡献之一；另一方面，杨黎又是一个对世界用情至深的诗人，情感是他的重要依托。这两者的结合，构成了一个丰富的杨黎。他是一个观念性的诗人，但绝不是一个囿于观念的诗人，他的观念令其获得美学的标高，他溢出和不受控于观念的部分令他生机勃勃，永远保持着人的活力和创造性。

杨黎不断地对自己的观念进行更新，同时又不断地在诗歌中注入新鲜的情感和活力，注入爱与恨。这两者相辅相成，共同使得杨黎成为一个始终在为汉语诗歌贡献新的活力和新的可能性的诗人。

杨黎2021年的诗歌创作，有一个非常值得注意的特点——诗歌中的叙述能力。杨黎的叙述能力令他的语言才华获得了最好的载体，杨黎的语言在其叙述过程中展现出迷人的魅力，这又构成了其叙述能力中最明亮的部分。

形成和使用意象的能力与叙述能力是现代诗人最重要的两项能力，唯有这两种能力，才能令诗人与事物之间发生直接的关系。而杨黎，正是中国诗人中，叙述能力最强者之一。强大的叙述能力，令他的诗歌能够容纳更多的内容、更多的情感和更丰富的精神世界。为此，我们评选杨黎先生为“磨铁诗歌奖·2021年度汉语十佳诗人”。这是杨黎继2020年后，蝉联“磨铁诗歌奖”的年度十佳诗人。

磨铁读诗会
沈浩波执笔

杨黎受奖词

这是我第二次获得“磨铁诗歌奖”，有千言万语，但又不知道从何说起。感谢是真心的，是深藏在心底的，我一定要说出来。不说出来，就是装。

汉语诗歌很乱，谁都觉得自己是王者是老大。官方的，学院的，次官方的，民间的，都觉得自己牛。所以，在中国要评论诗歌，那需要勇气、格局、眼光和不怕死。浩波天赋异禀，承担起了这一责任，我很是佩服。同时，也是他勇敢行为的受益者。如果不是他这种有水平的人，我的诗怎么可能被评上呢？当今汉语诗歌，我就不说了，无论好人坏人，都以联合起来反对言之无物而成为时尚。这不是我的错，也不是他人的错，这只是彼此诗歌观念的不同。我不同意他们的写作，他们也不容我的写作。我以为这就是天然的矛盾了，谁知磨铁打破了它的限制。磨铁的评奖，揭开了汉语诗歌的僵局，其作为很有价值。这是浩波的功德，感谢他。

这是我的受奖词，非常真心地感谢磨铁，浩波和里所、后乞等。2022年，我还努力。

杨黎2021年度作品选见第6—13页

磨铁诗歌奖·2021年度汉语十佳诗人

伊沙

伊沙，原名吴文健，文学家，以诗名世。1966年生于四川成都，1989年毕业于北京师范大学中文系，毕业后于西安外国语大学任教至今。现已出版著、译、编作品一百余部。获国内外数十项诗歌奖及其他文学类奖项。应邀出席国内外众多诗歌节、文学节和其他交流活动。代表性诗集有《车过黄河》《鸽子》《蓝灯》《无题》《唐》《白雪乌鸦》等。

授奖词

诗人伊沙以《久违的鸟鸣》《征服北极》《犁过的土地》三首诗入选“汉语先锋·2021年度最佳汉语诗歌100首”。而伊沙写于2021年的另外几首诗，《即时诗：窗外》《巴勒斯坦片》《授课记》《鸟欲鸣》等，有着同样的单首竞争力，我们在选诗时非常难以取舍。

伊沙当然是那种一直在刷新“诗是什么”“诗意如何构成”等诗歌核心概念的诗人。他近些年所着力倡导的“事实的诗意”，就是一次重要的观念刷新。

伊沙近年来的诗歌创作，主要集中在三种美学向度上。一是其一直坚持的“有话要说”的诗歌美学，或可称为“说出的诗意”；二是其近些年来最为身体力行的“事实的诗意”；三是其虽未刻意倡导，但却天然具备的意象能力，形成和使用意象的能力，或可称之为“意象的诗意”。

“说出的诗意”，强调“说出”，就是更强调诗人的主观意志，它要求诗人有非常强大的自我。说出的内容，如何说出，以什么样的姿态说出，都是对诗人最赤裸的考验！读到此类杰作时，读者往往会给出最本能的反馈，“说得好！”“说得漂亮！”“说得对！”伊沙2021年的诗作中，《犁过的土地》《巴勒斯坦片》《授课记》都是这样的诗。

“事实的诗意”，强调的是事实本身的诗性，强调的是客观事物本身。《即时诗：窗外》和《征服北极》就是这样的诗歌。但这两首诗的共同特点在于，客观事物所包孕的事实的诗意藏得都很深，诗人得有犀利之鹰眼，穿透力极强的透视之眼，才能看到那样的事实并将其提取出来。这依然高度有赖于诗人的心智和天赋中的诗性。

而《久违的鸟鸣》《鸟欲飞》都是非常纯粹而经典的意象诗，尤其是《久违的鸟鸣》，写得美极了，诗意凝结在北风盗来的美妙铃声中。这首诗足以成为伊沙在这一美学向度上的又一经典名作。

从现代诗的基本能力——意象能力，到“有话要说”的言说能力，再到“事实的诗意”这一重要诗歌观念的确立，伊沙一直在自我革新，一直走在当代汉语诗歌的最前沿，一直是革故鼎新的急先锋。为此，我们评选伊沙先生为“磨铁诗歌奖·2021年度汉语十佳诗人”。这是伊沙继2020年后，蝉联“磨铁诗歌奖”的年度十佳诗人。

磨铁读诗会

沈浩波执笔

伊沙受奖词

我的道永远是在滔滔洪流中取一瓢饮！

欣闻蝉联“磨铁诗歌奖”，喜讯传来的那天是平安夜，我在学校监了一天研究生考试，并光荣染疫，迅即“阳”啦——对于自幼受集体主义教育长大的我们这代人来说，这没有什么好计较的，何况还有诗歌获奖喜讯的加持！

何况还有阿根廷夺冠梅西获得足球生涯金满贯（历史第一人）的特大喜讯加持！非球迷不会理解这件事对阿根廷迷与梅西迷的影响有多大！

在此我为什么要扯出自己的球迷身份？因为它严重影响着我的诗歌获奖观，有些同行看我喜欢搞诗歌竞赛，以为这来自我是球迷是体育男，殊不知这只是其一，其二是并不看重结果——因为把竞技体育与非竞技文艺分得清。

体育使人健康，包括心理上的健康，因为人类重竞技重胜负的那部分吁求通过长年观赛已经释放出去了，在软标准的文艺上不会有太多寄托。俄乌战争爆发将近一年了，在网上像看球赛一样津津乐道于战况者一定是非球迷，他们无的释放，只好任心态趋恶。

竞技体育的逻辑是：强者胜，胜者强。最终一切看结果。非竞技文艺的逻辑是：你是金满贯得主，你最有可能啥也不是；你从未得过奖，很可能是天选之人。所以得了后者，别搞得像得了前者似的，我因为懂，所以拎得清。

李安说得好：奥斯卡就是一场秀。

在我眼中，一年一度的“磨铁诗歌奖”也是一场秀，一场与我有关的诗歌专业秀。比奖杯更让我振奋的是由沈浩波执笔的极富专业性的授奖词：

伊沙近年来的诗歌创作，主要集中在三种美学向度上。一是其一直坚持的“有话要说”的诗歌美学，或可称为“说出的诗意”；二是其近些年来最为身体力行的“事实的诗意”；三是其虽未刻意倡导，但却天然具备的意象能力，形成和使用意象的能力，或可称之为“意象的诗意”。

其二不说了，大家说得太多了。

其三也有人看出，但很少有人说到点上。我大一、大二学艾略特、北岛没学通，但当时所学却留在了体内，等我把口语诗彻底玩通了，它也在体内长大了成熟了，翻译上的泛译可能给它淬了最后一把火。

其一是大发现，我自己发现得更早一点，就是越进入老年写作，童子功在其中所起的作用越大。且不说我本来就想法多（说“思想”有人又要齿冷了），即便是与他人同样的想法，我说出来似乎更诗意更训练有素一些，这就是童子功。

总之，此次获奖，我又有了诗内的大收获，这是最重要的。

最后，我还是想借用体育术语来说明：创作是联赛、是职业、是日常，评奖是杯赛、是专业秀、是嘉年华，尽管也会有杯赛型选手得了杯赛冠军，但那不是我的道，我的道永远是在滔滔洪流中取一瓢饮！

感谢浩波、里所、后乞！感谢磨铁读诗会！我们在诗上的每一分坚持，都让自《诗经》以来建立的伟大传统在不断加深加厚！

2023.1.5

新冠初愈于长安少陵塬兰屋

久违的鸟鸣

中湖公园
冬日里
稀疏的林间
有几声鸟鸣
父亲走后
久违的鸟鸣
仿佛北风
掩着耳朵
盗来的铃

征服北极

第一批到达北极的
挪威人
幸存于第一个到达后的
士气高昂
以及回程中舍得吃狗

第二批到达北极的
英国人
牺牲于第二个到达后的
情绪沮丧

以及回程中舍不得吃马

犁过的土地

从少年时代开始
我一直对
犁过的土地着迷
却又词穷
无法将之写出
直到此刻
我才知道
那叫分行的沉默

即时诗：窗外

窗外如画
老想叫人以手指扩屏
一条野狗
从右上角奔蹿到左上角
一只家狗
被主人遛着
从左下角蠕动到右下角
这是一个物种两种生命

前者每天拥有24小时的世界
后者每天拥有1小时的放风
但是前者的平均寿命
只有后者的三分之一

巴勒斯坦片

在加沙
人们挖有
地下通道
通向埃及
可是
有什么
可以
卖给世界的呢
苦难
沉淀在
童声合唱中的
苦难
他们爱听

授课记

第一周的课上
我已经让
五个班的学生
闭了五次眼
闭上眼
静默一分钟
去听自己
内心嘀咕的声音
那便是思维的表征
你是人
你有思维
区别于低等动物
思维是语言化的
通向嘴
你说话
通向手
你写作

鸟欲鸣

昨夜鸟儿
睡得都晚

它们在围观
东京奥运开幕式
并非想参与人类
大疫之后的狂欢
而是替叠出来的
和平纸鸽
发出鸣叫

磨铁诗歌奖·2021年度汉语十佳诗人

臧棣

臧棣，1964年4月生在北京。北京大学文学博士。现任教于北京大学中文系，北京大学中国诗歌研究院研究员。代表性诗集有《燕园纪事》《宇宙是扁的》《骑手和豆浆》《最简单的人类动作入门》《情感教育入门》《沸腾协会》《尖锐的信任丛书》《诗歌植物学》《非常动物》《世界太古老，眼泪太年轻》《精灵学简史》等。曾获《南方文坛》杂志"2005年度批评家奖"，"中国当代十大杰出青年诗人"（2005），"1979—2005中国十大先锋诗人"（2006），"中国十大新锐诗歌批评家"（2007），《星星》2015年度诗歌奖，扬子江诗学奖（2017），人民文学诗歌奖（2018），第四届《钟山》文学奖（2019），昌耀诗歌奖（2022），屈原诗歌奖（2022），鲁迅诗歌奖（2022）。

授奖词

诗人臧棣以《小白鲢简史》《维茨纳峡谷简史》两首诗入选“汉语先锋·2021年度最佳汉语诗歌100首”。并非我们刻意为之，而是选定后再读时，不无惊讶地发现，臧棣入选的这两首诗，修辞含量极低，在两首诗最核心的诗意形成过程中，几乎都没有修辞的身影。

但这两首诗的叙述推进方式、言说方式，依然非常臧棣。曲折，迂回，兜转，顿挫，都依然是典型的臧棣。这构成了一种对臧棣诗歌新的打开方式，即不仅仅停留在其修辞的层面，而是更深入地进入某种臧棣式的叙述、臧棣式的言说、臧棣式的诗意构成方式。

臧棣是当代汉语诗歌中，罕见的那种建立了自己独有言说方式的诗人。这种独特性，来源于他在诗歌中建立的与事物的关系、与世界的关系。臧棣与事物之间，建立的都是一种对话关系、沟通关系，是臧棣的个人心境，与事物的“事像”和“物像”之间，不断进行的那种互为镜像的叩问、交流、倾诉、印证的关系。

无论是被选入100首的《小白鲢简史》，还是未被选入的，修辞化程度较高的《茉莉花简史》，都是这样的诗歌。心像与事像，心像与物像，不断加深的倾诉与印证。

时而是华丽的修辞，用以摹写事物的情态，尤其用以摹写物像；时而是叙述的推进，用以呈现事像，切入事物的纵深；时而直接言说，用以确立心像，并与事物进行印证与交流。由此，在臧棣的诗中，三种方式共存而并生，交错而杂陈，往往令其诗歌：如同画卷，不断展开，又不断向纵深延展；又如同秘境，诗意在其中的曲径通幽处，等待被探险者领略。

每个重要的诗人都在构建自己的语言方式，构建自己与事物的关系，构建自己的诗意实现方式。臧棣无疑是其中最为独特和成熟的诗人之一。为此，我们评选臧棣先生为“磨铁诗歌奖·2021年度汉语十佳诗人”。

磨铁读诗会

沈浩波执笔

藏棣受奖词

非常感谢“磨铁读诗会”将“2022年度汉语十佳诗人”这一特别的荣誉授予我。感谢沈浩波的决断和果断。和以往获得该奖的诗人相比，和他们的成就、积累的诗歌文化相比，我多少显得有点另类。该奖项在网络上发布消息后，已有不少人表达了这样的议论：一个知识分子诗人居然获得口语诗歌奖。好像这里面有什么阴谋似的。对我而言，这确实有点意外。而且因为有点意外，所以也就格外珍视这个诗歌奖所包含的含金量。

按通常的解释，“磨铁诗歌奖”将此奖项颁给我这样的诗人，是对我身上某种诗歌倾向给予的一种肯定。什么倾向呢？诗是事物，不是观念。诗是具体的真切的存在，不是抽象的概括。不消说，我很早就认同这样的观念。但在写作实践中，又常常疑虑诗不可能仅仅是事物。所以，我的诗歌之路是非常曲折的。另一方面，诗是沉思，但我也知道，所谓的诗人的沉思，其实并不能给诗带来一种深度。诗另有深度。像黑格尔讲的，只有表面的东西是最深刻的。这是我一直想达成的境界。诗的深刻只能反映在诗的表面上。我唯一的要求是，解释这种诗的表面性的时候，请给不同风格的诗人多一点个人的余地。我也认同这样的想法：要想写得出色，当代诗人必须过具体性这一关。所谓具体性，我理解，在当代的诗歌语境里它更多指向了“事实的诗意”。这种感触，确实触动我不断扩展自己的诗路。

我猜想，“磨铁诗歌奖”的评委们以一种非常精准的行家的眼光，看出了反映在我的诗歌中的这些变化。让我尤其感念的是，“磨铁诗歌奖”并没有被流行的诗歌标签所迷惑，它深知当代诗人在做什么，应该做什么；并在恰当的时候，给予慷慨的勉励。

藏棣——2021年度作品展

小白鲢简史

在那一边，如果有人问起，
这将是一项绝对的纪录：
你的钓龄是从三岁开始的；
和同龄的城里出生的孩子比，
你的捕猎技艺开始得更早，
甚至深深烙进了童年的轨迹。
细长的钢色鱼竿，橘红色的小桶，
浅蓝色的网鱼兜，这器具的颜色
搭配得近乎完美；即便融入
岁月的布景，也不会轻易褪色；
每一次，它们轻微的颤动，
都会将我和你慢慢兜进
回荡着翠鸟欢叫的芦苇丛中。
每一次，腾飞的绿头鸭
都会成为晚餐上的重大新闻。
尽管口齿还有待完善，
但不到四岁，你已主持过
鸳鸯的出场。最惊人的消息
莫过于：没人教我，但爸爸
让我猜时，我第一次就猜对了——
羽毛好看的，个头大的，是公的。
每一次，“动物世界”的小尾巴，
在现场被抓住时，你的开心

都会进一步混入你的信心。
在你的钢琴课、跆拳道课、英文课、
绘画课开始之前，你的钓鱼课
已经让湖水的味道浓过了
街道的味道。我确信
你将永远记得我和你一起
发明的“绝活”：在罐头瓶里
撒入馒头渣，沉入湖水，
两分钟后，猛地拽出水面，
里面的小白鲢最多的时候，
竟然一次可以有七条。
而我也将永远记得你的
近乎哲人的小总结：这方法
倒是很好；但你依然喜欢用鱼竿
钓上来的小白鲢，而且那符合
你的原则，你更偏爱单数。

维茨纳峡谷简史

圣多明各老城的
酒吧入口处，几簇非洲百合
在同伴的感叹中已生动如
伴娘的艳舞，它们的蓝睫毛
挑逗着多米尼加的毒太阳；

每个阴影都擦亮过
一秒钟的灵感。来自西班牙的诗人
看着墨西哥诗人翻译的
我的诗歌说：他去过上海
和成都，但因为女友闹痢疾，
他很遗憾没能去北京。
为了减轻他的遗憾，身为北京人的
我，告诉他，我去过西班牙，
但因为突然牙痛，除了维茨纳峡谷，
也哪儿都没去成。他显得很惊讶，
身为爱旅行的西班牙人，
他表示自己从未听说过
维茨纳峡谷，也不知道它距离
马德里有多远。言下之意，西班牙
有许多好玩的地方，您为什么
单单要去那个地方？我知道
下面的话或许有点失礼，但还是
脱口而出：去看一位从未谋面的
老朋友，洛尔迦。“谁？”——
费德里科·加西亚·洛尔迦，四十岁以后
我已有点讨厌记全外国人的名字，
但《深歌集》的作者，就像一道海沟，
早已刻进了脑海。为了缓和对方的疑惑，
以及开始蔓延在表情中的怪异神色，
我赶紧解释说：1936年的一个深夜，

就在维茨纳峡谷，伟大的诗人
被粗暴地推下卡车，在长枪抵着
太阳穴的情况下，用破铁锹
给自己挖了一个土坑，
并在爆脆的枪声中躺了下去。
而我去维茨纳峡谷，既不是观光，
也不仅仅是凭吊；我的目的
很明确：就是要找到
那几颗邪恶的子弹，把它们
从大地的身体里取出来。

2019年10月 2021年5月

注：根据最新解密的档案显示，1936年8月，加西亚·洛尔迦被西班牙右翼组织长枪党秘密逮捕，随即被枪杀，遗体被草草埋入维茨纳峡谷的一处荒地里。

茉莉花简史

一部分是劳作，一部分是痛苦，
荣耀仅次于持久的爱情
——华莱士·史蒂文斯

自带旋律。无名的忧伤
屡屡将它出卖给流转的霓虹
和半醉的轻影；而你不会想到

宽松的云，是它穿过的
一件最合身的素衣。此时，
光影的变换更强烈，被绿酒泼过的
夜晚，倾斜在它迷人的香气里。
击鼓之后，清秀是清秀的代价；
如果你自忖过眼的烟云里
会有不止一个例外，
那么，命运欠它的东西
就比欠你的，要多得多。
圣徒和愚人可曾在它面前
分得过一勺平等？或者
换一种口吻，什么人的死亡
曾在纯洁的容颜里鉴别
可怕的谎言？它粉碎过自己，
且并不吝惜在你的茶杯旁
露出它的小白牙；柔软的歌声里
有一张朝我们撒开的网，
但那不是它的错。
如果你不知道狂暴的飓风
才是它最终的对手，
你就不会懂得被历史淹没的
离散的记忆，令它的每一片绿叶，
每一朵花蕾都对应着
属于母亲的细节。别的植物
都不会有它这样碧绿的肩胛骨，

洁白的绽放仿佛能接住
母亲的每一滴眼泪；当少年的我
追问为什么时，母亲会像她
早年做过的战地护士那样
利索地擦去痕迹；而我想要
做一个好孩子的话，就必须听完
从她的湖南口音里飘出的
另一首欢快的歌。

罗汉果简史

对疾病的隐喻说不。
藤蔓植物的果实中唯有
它的听力最出色，唯有它的耳朵
像一个可爱的小球；
隔着重山，它也能听见宇宙深处
最孤独的咳嗽。别担心，
虽然没穿着白大褂，但它会
用自己的方式找到你的。
在它发现你之前，你也不妨
主动一点：比如，你的孤独也可以是
一颗有着黄褐色绒毛的果球。
南方的阳光孕育了
它的欢爱。如果我们身上

确有和它相同的地方，
性格首先必须压倒性地
构成命运的琴弦。多么巧合，
它也喜欢攀缘；如果你
搭起的支架确曾倚着
神秘的感恩，它招展的心形叶
会像遮天蔽日的绿蝴蝶
朝你飞去。还愣着干吗！
去啊。去捉一只会飞的鸡，
和它一起炖，直到神仙大汗淋漓。

——赠阿翔

磨铁诗歌奖·2021年度汉语十佳诗人

张侗

张侗，农村小学教师，济宁太白楼诗群核心成员，有作品在《人民文学》《诗刊》《人民日报》《青年文学》《北京文学》《山花》《芙蓉》《作品》等报刊发表，入选多种年选，现居山东济宁。

授奖词

诗人张侗以《像刀尖往上一挑》《夜归》《获救者》三首诗入选“汉语先锋·2021年度汉语最佳诗歌100首”。而他的另外几首诗，如《经常这样》《羊叫了一夜》《疼你》等，也都展现了很强的竞争力。

无论看其出挑的单首力作，还是看其2021年度的整体写作状态，张侗的表现都令人吃惊和振奋。他是2021年度我们视野之内最大的一匹黑马。事实上，无须等到最终的评选结果，和我一样，很多同行在日常生活中就已经发现了这一点，2021年，张侗陡然涨诗，佳作纷呈。这位身处山东济宁，出生于二十世纪六十年代的小学教师，正在其漫长的诗歌生涯中，上演一场华丽的逆袭！

张侗的入选诗歌中，《夜归》《获救者》，也包括未入选的那首《经常这样》，都体现了一种非常强大的抒情力量。甚至可以说，张侗为我们贡献了2021年度的最佳抒情诗。

张侗的抒情诗，采用的是现代诗意义上最经典的抒情方式，他将情感完全形象化，通过细节、场景、情境、动作、行为、意象、隐喻等各种形象化的手段，令情感在形象中呈现。正因为其强大的形象塑造能力，才令其诗歌中的情感呈现得既结实饱满，又细腻动人，甚至可以说写得惊心动魄。能将普通的日常生活中的情感写得如此惊心动魄，可见张侗的写作能力。

而除了这几首惊艳的抒情诗，张侗在《像刀尖往上一挑》《疼你》《羊叫了一夜》《谜》等诗中，亦体现了诸多不同向度的现代诗写作能力，这体现了张侗身上更大的写作可能。张侗在2021年的脱颖而出，绝非偶然，而是一次整体性的实力跃升。为此，我们评选张侗先生为“磨铁诗歌奖·2021年度汉语十佳诗人”。

磨铁读诗会

沈浩波执笔

张侗受奖词

获得“磨铁诗歌奖·2021年度十佳诗人”，这是我2022年听到的最好的消息。这也是我写诗以来，获得的第一个奖。

其实我写诗很晚，1983年上师范那会儿是喜欢，从农村出来的学生，除了课本，哪里读过什么书。我们的教室在二楼，而学校图书馆就在脚下，借还书非常方便，我的老师彭兴奎引领我们阅读，我就开始了疯狂阅读，但更多的是读小说。诗歌读得少，还主要从期刊上阅读。在一次晚会上，我的老乡曾经朗读自己写的长诗，我对诗歌更加嗤之以鼻，一度拒绝阅读。毕业后回到老家的小学当老师，更多的也是读小说。不会打牌，就待在家里，在家人和同事眼里我成了“家老鼠”。时间如何打发？特别是晚上的时间，那就读书，逮住什么读什么。

我不断想那些阅读的深夜。伺候好孩子入睡，开始在八仙桌上阅读，我家的八仙桌成了我的书桌，桌上摆满了书，妻子后来就不打扫了。也就是在那时候我开始写诗。写诗是一件很空的事，但陪伴我度过许多黑夜，仿佛读诗写诗是在深夜里寻找一缕光。

当然写诗也是一件偷偷摸摸的事，即使在学校里，几乎没人知道我写诗。每天像个地下工作者一样，装着对诗歌的无视，和其他老师一样嘴角扯起鄙夷。这倒是鼓励我暗中滋生鸡蛋往石头上磕的勇气与执着。后来有老师很惊奇地说：“你写诗？”我默认下。以后再有人问“你写诗？”，有了这个诗歌奖撑腰，我会说：“对，我写诗，并且还获得了‘磨铁诗歌奖·2021年度十佳诗人’。”

非常幸运，我生活的小城有太白楼诗群，我们几乎每月诗聚，读诗评诗谈诗，批评毫不留情，褒奖厚起脸皮，有时为一首诗争得面红耳赤。正因为这样的氛围，写好诗成了我们共同追求的目标。感谢太白楼诗群的同人。要感谢的人太多，在此一并谢谢。

有人经常说在我的诗歌中读到的更多的是伤心与泪水。我想写不动声色地让人流泪的诗，或因为被感动，或因为无尽的悲伤。我的诗都是写那些不起眼的小事。我想写得明白，语言自然、朴素、简洁、实在、准确，像和自己的母亲说话一样，不虚伪，不夸张，不设防。那样的境界，想一想，都美死了。它几乎不是诗歌，而是捧出嘣嘣跳动的心。

整理月选，在心里默念，这月能被磨铁选出一首，这月就没白写，有被诗歌之神眷顾的幸运。在当下那么多诗歌平台中，磨铁读诗会是我们最信任的。坚持投稿磨铁，坚持以磨铁的视角与评语警示并矫正自己的诗歌写作。再次感谢磨铁！祝福每一个诗人越写越好。

2023.1.3

像刀尖往上一挑

天已傍晚
跟在羊群后面的母亲
紧赶几步
站在李四的屠宰场旁边
把鞭子甩得响亮
两只调皮的小羊
停下，低头饮着
一汪汪的血水
母亲把鞭子抡过去
喊着回家喽——
她把喽字尾音喊得很高
像刀尖往上一挑
两只小羊跑起来跟上羊群

夜归

加班到深夜
他发誓这次再不给开门
他就踹门而入
大吵一架
然后转身离去
再不回这家

天冷极了
甚至听见霜粒
唰唰唰落地的声音
他准备使劲拍门
可门虚掩着
他悄悄走进去
哐啷一声
心中的刀子掉下来
他走在一片月光中

获救者

1979年春节前
父亲和我拉着地排车
到城里卖粉条
突遇暴风雪
半夜时分
离村口老远
就看见一束光
倔强而微弱地亮着
等父亲和我站在亮光里
母亲仿佛从井底的黑暗中
惊喜地跳出来
像获救者抱着我们

默默流泪
拍打着我们身上的雪

谜

一块腿骨没烧透
殡仪馆师傅递过来
一把橡胶锤
儿子李想几次举起
又放下
薛如兰夺过去
使劲敲一下
两下，三下
说把腿敲碎了
你就不能往家跑
吓唬孩子了
骨头跳了几跳
碎了
焚烧后出现细密的圆孔
像蜂巢
可透出的不是蜂蜜的味道
李想至今捉摸不透
母亲脸上一闪而逝的笑
和随即遍布的红色

赞许

“你快死了吗”
四岁的孩子问躺在
病床上的老老爷爷
他笑着点点头
像是对猜到谜底的赞许

经常这样

离家好远
他把钥匙掏出来
找到开门的那把
攥在手里
他要把冰凉的钥匙
暖热了
再插进冰冷的孔里
打开门
一阵温热而熟悉的气息
扑面而来
那把钥匙光亮如新
他小心翼翼装进口袋

羊叫了一夜

白天的雨已停
院子里布满杂乱的羊蹄印
几十只羊已被赶进
机动三轮车拉走
羊圈里剩下的几只小羊
叫了一夜
母亲披着一身月光
来羊圈看了几次
越来越紧的北风拍打着院门
怀揣刀子的夜行人
在门前停了停离去
羊蹄窝里的月光
已凝结成薄冰
第二天太阳高过屋顶
母亲牵着那几只小羊
咔嚓咔嚓
踩碎羊蹄窝里的薄冰
像往常一样
走进老运河堤深处

疼你

他喜欢养狗
把每一条狗驯得服服帖帖
他甚至不用说话
狗能读懂他的手语
我想起他结婚后的那两年
什么都不干
就在家驯媳妇
用嘴巴拳头手掌棍棒竹条
打过之后
他舔媳妇的伤疤
舔媳妇的泪水
边舔边说
我还是疼你的
这句话他说了好几年
只不过现在
他说给那些狗

磨铁诗歌奖

2021年度汉语十佳诗人专访

“磨铁诗歌奖 · 2021 年度汉语十佳诗人”获奖名单揭晓之后，为了进一步向读者们介绍这10 位诗人的创作面貌，磨铁读诗会编辑后乞分别与十佳诗人做了交流。10篇访谈按照当时采访的时间顺序结集在这里。

春树访谈

后乞 2021年你的写作状态非常棒，好诗很多。它们在不同的向度上各有精彩，比如强大的直接言说能力、复杂的叙述能力、深入客观事物的表现力。在这一年中，哪些经历和思考给你的写作带来了这样爆发式的表现？

春树 现在回忆2021年，很多记忆都流失了，幸好有诗留存。这几年的生活其实很枯燥，我主要是经历了离婚这个过程，2021年2月，在柏林的法庭上，我正式离婚了，不过为了快速离婚，遗留下一些问题，比如我没有要赡养费，也没有抚养费，后来的一整年和今年我都在解决这个漏洞。当时我也在找房，柏林租房很难，看了大概半年多房，我自己也去现场看过几次，这过程还挺有意思的，当然对我来说是很大的冲击，我发现我根本租不起像之前一样好的房子了，那种房子也根本不会要我这种外国的自由职业者。我试着找个兼职，但是没找到。可以说这几年是我人生的低谷，我遇到的是我在国内时根本没想到的问题，而且我一时还不知道怎么解决。每个人都会碰到坎儿的，我也不例外。我的朋友成了我坚定的后备力量，他们的支持对我来说不可或缺。似乎我在经历着一个“剥离”的过程，删繁就简，生活只允许我留下最重要的部分。在这种情况下，我把对生活的思考写了下来，创作了一些短篇小说和诗。

后乞 这一年的写作主题常常与女性的选择有关：选择关系还是孤独？选择生育还是自由？你坦诚而细致地描绘了很多生活处境，但也没有给出什么确凿的答案。你觉得这是一种带有女性意识的写作吗？你又如何看待女性的生活选择问题？

春树 文学不会提供答案，尤其是诗。我觉得这是严肃文学和以娱乐为导向的作品最大的区别，前者是不给答案的，后者给得倒是很笃定。关于女性的选择，每个人的情况不一样，不过当然，会有些共性。我们最大的共性真的是我们都是女性。这就够了。而个体做出何种选择，取决于性格、家庭、受教育程度、意志力、周边环境影响，这是一系列因素的综合结果，并非由一项因素决定。

我写作的时候，写的就是自己的心声。因为我是女性，我很忠于自己的感受，所以它具备女性意识，这是很正常的。

这些年我意识到，女性很难做出自己的选择。有些选择看起来是自主的，背后其实是被动的，迫于生活压力和社会舆论环境。我当然希望每个人都能得到自由、幸福、有尊严的生活，只不过对女性而言这没有那么容易。家庭给女性带来的不仅仅是安全感，也有自我的消失与束缚，从这个角度上，我其实不赞同婚姻制度。尼采不是说过吗，要么孤独，要么庸俗。如何既不孤独也不庸俗？创作可解救。

后乞 有了孩子以后，你的生活有什么变化？你觉得孩子影响了你的创作吗？

春树 最大的变化是时间变少了。我对馅饼说过，其实是我在诗里写过“你是成就妈妈的 / 不是毁灭妈妈的”。这是我的基本心态。既然有了孩子，既然我喜欢写作，那我就尽量找到让这二者平衡共存的方式。我不想因为养孩子就放弃我自己，我认为我如果继续写下去，有天他会为我自豪的。过程很艰难，有时候都顾不上吃饭，不过我态度很乐观，因为不乐观不行。他在幼儿园里还跟老师说过我妈妈是作家这样的话。这让我挺欣慰的。

后乞　你是什么时候去德国生活的？在一个非中文的环境中，多数时候你使用的是外语，在这种情况下持续用中文写作是一种什么样的体验？

春树　2015年2月。中文对我来说很重要，我写过一篇文章，叫《在国外能说母语多么重要！》，中文不仅是我的母语，更是我受教育的语言，所以我用中文写作。平时我在柏林大部分时候说英语，偶尔说几句德语。语言不仅仅是语言，也是种思维方式。我在柏林经常读唐诗宋词，读《水浒》《红楼梦》《聊斋》，太孤独了，我需要与我的中文沟通。语言问题是个大问题，生活中遇见的人，并不是说大家都会中文就能进行有效交流，文化审美也是很重要的一环。当然，一点外语都不懂也是不行的。外语能帮人打开更多的视野，但母语也非常重要，至少对我来说。在国外我发现很多在海外的中国人汉语退化得很厉害，基本上很难写清楚一段话，表达起来也比较简单，用词也不准确。语言真是不用则退。为了不让自己的汉语退化，我经常找朋友聊天，看书，看剧。在这种环境下用中文写作，我还是有点责任感在心里的，海外华人那么多，得有人写他们。我用写作来确立自己，在写的过程中，我也在一遍遍地学习和复习汉语。

后乞 你的诗总是娓娓道来，轻松自然。写作的过程也会像作品展现出来的那样轻松吗？一般一首诗会花多久写完？你会重复修改来达到更好的效果吗？还是说它们都是一次成型？

春树 写诗我很痛快，基本是一次成型。有些诗写不好，我会留一下，有了新的感觉了再修改。我不喜欢总改。我认为当时的状态写成什么样就是什么样，那就是你当时的水平了。写诗这么多年，大概只有一两首诗是我自认为不知道如何写得更好的，那就只能等某一天境界发生变化了重写。

后乞 在你自己的各类写作中（比如你也写小说），诗歌有什么独特性？诗歌对你来说意味着什么？

春树 它们都是语言的艺术。不好的语言写成的诗看着更难以忍受，诗更讲究语感。小说更是生活的艺术，它得面对生活里的人际关系、社会关系、社会结构的问题，需要更严谨地对待吃喝拉撒，以及得确保细节准确，也需要抓住时代气息。它离不了现实。诗更抽象。它们都需要思想打底，诗更直接一点。

诗歌对我来说就像水晶一样，或者像音

乐，是情绪的助燃器，或者是某种内心感受的结晶。

后乞　你平时主要阅读什么类别的书？对你而言，阅读和写作是什么样的关系？

春树　什么都看。我根据心情和需要看书，一般都有时间段，某段时间很想看历史类，某段时间想看生活、时尚类，主要是根据一天中不同的状态来阅读。一般情况下，我不强迫自己读某类书，都是根据兴趣来。我也不会只读死了的作家的书，我更感兴趣当下的文学。我去新的地方总喜欢去书店看看，哪怕看不懂，也想看看书的装帧和排版。我喜欢买二手的诗集或者诗歌类的报纸，也喜欢在飞机上看新闻类的报纸，比如《纽约时报》。在艾奥瓦大学的时候，我发现了一份诗歌报纸叫*The American Poetry Review*，全是诗，我很喜欢。我还特别爱看传记，喜欢一遍一遍重复阅读喜欢的书，比如《维特根斯坦传：天才之为责任》。新买了本苏珊·桑塔格，还没怎么看。阅读对于写作来说还是必不可少的，在我写作的早期，也是靠阅读来打开视野。我记得有一年我得到五十块压岁钱，第二天就去书店花四十九块钱买了一套《德意志法西斯覆灭记》。在上学时，我总是攒钱去书店买书，还从学校的订阅单上订了一些书。来到柏林，我常去柏林的德国国家图书馆借中文书看，集中看了王鼎钧先生的“回忆录四部曲”，还看了徐中约先生的《中国近代史》等。文学类的书，我喜欢日本近代的小说家，比如新感觉派，还有私小说类等。诗看得很杂，有什么看什么，也看古诗。

在阅读上，培养一种不狭隘的阅读口味很重要，我的阅读口味绝不集中在经典文学上，平时我对那些不太为人所知的作品更感兴趣，比较小众的作品。出版社编辑也经常给我寄新出的书。我看书比较杂，唯一不感兴趣的是掉书袋类的和网文，我说的网文是那种后宫啊什么的，不是指没有地方发表只能发表在网上的短篇小说或散文。

后乞 对年轻诗人的写作，你有什么建议？

春树 了解一下中国白话新诗发展的历史，尤其是新中国成立前的诗歌。很多诗人在新中国成立前写的诗就已经很有意思了，他们也很有个性，比如闻一多、艾青。写到最后，诗人合一，诗就是你这个人全部能量、全部能力的综合体现。

后乞 你认为诗人在当今这个世界，扮演的是一种怎样的角色？

春树 没有想过这个问题，诗人可能是先知，可能是预言家，但诗人首先要当自己，其次才是在这世界上的角色。

后乞 当下的汉语诗歌有很多形态，有人坚持修辞化写作，有人强调口语，有象征主义抒情诗，有冷静克制的意象纯诗，有叙事为主的“事实的诗意”，也有“言之无物”的“废话诗”，你认为未来哪种诗歌将更受欢迎？你认为将来还会有完全崭新的诗歌形式出现吗？那可能是一种怎样的诗歌？

春树 不管是写什么样的诗，写出好诗都不容易。写出好诗是所有诗人的追求。但大部分诗在我看来是没有意思的，不只是学院派没意思，很多口语诗也没意思，难度太低了，也看不出作者的个性和特质。我欣赏的诗，不管是什么风格，肯定是有创新的、原创度高的诗，甚至是探索中的诗。在我看来，诗人的职业和生活经历也不是决定性因素，所以我不会被所谓“底层诗歌”这个概念所打动。近些年大部分流行的当代诗都跟歌词似的，其实不具备诗歌的质感和诗歌的核心。自“下半身”和“垃圾派”后，中国诗坛再也没有出现过一个具有影响力的诗歌流派，大家都各自在写，我也不知道以后诗歌会发展成什么样子，只知道写诗这事必须忠于内心，忠于自己的生活感受。

何小竹访谈

后乞 首先祝贺你获得“磨铁诗歌奖·2021年度汉语十佳诗人”，你怎么看待“磨铁诗歌奖”的评选？

何小竹 谢谢！对获奖的诗人而言，“磨铁诗歌奖”既是荣誉也是一种鼓励，这表明他的诗的确是好的，经受住了磨铁读诗会严格的筛选和检验。

后乞 你入选“2021年度汉语最佳诗歌100首”的两首诗《最近打碎两只碗》和《蔡某的左手》，都很有幽默感，一种是生活细节的好玩，一种是社会新闻的荒诞，你怎么看待诗歌中的幽默，尤其是当一首诗最重要的特质就是它的幽默的时候？你觉得幽默是如何成为诗的？

何小竹 这两首诗读起来是有点幽默。包括我其他的有些诗，读起来也比较幽默。但我的确不是为幽默而去写的。那种幽默感应该是一种语言或语感上的自然流露吧。以我的经验，刻意去表现幽默的诗，一般都不幽默。

后乞 作为比较有影响力的网络诗歌平台“两只打火机”的主理人，能否说说你的选诗标准？在运营这个公众号的过程中，对当代诗歌的变化、年轻诗人的写作状态，你有什么特别的感受和发现吗？

何小竹 “两只打火机”的选诗标准就是两个字：新意。无论你写什么、怎么写，呈现出来的语言形态能让人感觉到一丝新意，而不是陈词滥调。运营两年多以来，我们也发现大家的写作状态总体上还不够兴奋，探索的意愿也不是那么强烈，富于创新精神的年轻诗人的声音还比较微弱，形不成力量去影响诗歌的变化。“两只打火机”鼓励探索与创新，希望能够集中并放大年轻诗人的声音，形成一种力量。

后乞 作为当年“非非”的代表成员之一，你怎么看待二十世纪八九十年代风起云涌的大量诗歌流派？现在来看，你觉得它们的价值和意义是什么？

何小竹 好的诗歌年代，必是诗歌流派众多的年代。诗歌流派的沉寂，意味着诗歌在理论建设和文本创新上都缺少动力。诗歌流派的价值和意义，就在于它们总是以一己之见去挑战多数人的权威与意识，从而为诗歌的创新开辟出不同的道路。二十世纪八十年代的“非非”“他们”“莽汉”，新千年的“下半身”“废话诗”和“垃圾派”，都是如此。

后乞 近年来，尤其是到了移动网络时代，似乎更少人会提出鲜明的诗歌观念和理论主张了，你觉得其中的原因可能是什么？

何小竹 可能是既有的诗歌观念和主张还在发挥着作用，没必要找替代的观念和主张。也或者因为移动网络时代的诗人们热衷于建群，却对搞流派缺少兴趣。要知道，很多新的诗歌观念和理论主张，都是搞流派搞出来的。但我认为更重要的原因可能是，我们已经丧失了宣示新的观念和主张的能力，我们被自己所禁锢。

后乞 你从很年轻的时候就开始写诗，直到现在仍然保持活跃的创作，在多年写作生涯中是否有过中断？持续写诗很多年是什么样的体验？会有厌倦诗歌的时候吗？

何小竹 从写诗开始到现在，四十年了，一直没间断，只是有的年份写得少些，有的年份写得多一点。持续写诗这么多年，感觉已经人诗一体了，写诗成为生命的本能，也成为日常生活的一部分。就像呼吸，就像买菜、做饭。目前还没有感到厌倦，一是写诗也花不了多少时间，不构成心理压力；二是写诗的可能性还很多，有悬念，能让人乐此不疲。

后乞　你现在仍然以“废话”“言之无物”作为主要的写作观念吗？你对“言之有物”的、有较为明确的内容、价值和情感指向的诗歌怎么看？

何小竹　我仍然认为“废话”和“言之无物”是诗最本质的属性。但是，在这一观念之下的写作，并非全然是“废话”和“言之无物”的，没人做得到。对于有较为明确的内容、价值和情感指向的，即“言之有物”的诗，我认为只要写出了新意，没有陈词滥调，就是好诗。同样，“言之无物”不等于必然是好诗，“废话”也有陈词滥调。所以，评判一首诗的好坏，不在于它是基于什么观念和理论写的，而要看它本身写得好不好。

后乞　你怎么看当今诗人在社会中的角色和位置？经常可以看到普通人对诗人持有一种不理解、猎奇的态度，对此你有什么想法？

何小竹　诗人与普通人的区别在于诗人扮演着双重角色，就像一个特工一样，有个公开的身份，有个隐藏的身份。通常来说，诗人就是一个隐藏的身份，在这个社会中是没有位置的。因此，普通人不理解诗人，感到陌生和好奇，是挺正常的事情。我倾向于诗人只在诗人面前暴露身份，而不与不懂诗又不爱诗的人谈论诗歌。

后乞　你平时主要阅读什么类别的书？对你而言，阅读和写作是什么样的关系？

何小竹　还是文学、艺术类的书多一些，兼及历史与政治。阅读与写作没有那种一目了然的关系，但有潜移默化的关系，类似于养气，通过阅读养成自身的一些气息，这种气息可能会影响到你的写作。

后乞　当下的汉语诗歌有很多形态，有人坚持修辞化写作，有人强调口语，有象征主义抒情诗，有冷静克制的意象纯诗，有叙事为主的“事实的诗意”，也有“言之无物”的“废话诗”，你认为未来哪种诗歌将更受欢迎？你认为将来还会有完全崭新的诗歌形式出现吗？那可能是一种怎样的诗歌？

何小竹　这个很难预测和判断。别说未来，就是现在，我们也不能确切知道哪种诗更受欢迎。我想接近事实的判断应该是，每一种写法的诗歌都会有自己的受众和拥趸，谁也成不了冠军，诗歌不是足球。至于将来是不是还会有完全崭新的诗歌形式出现，肯定是有的，必然会有，只是我现在还无法猜想和描述它的模样。我希望我能看到这样的诗歌，更希望我自己会是这种崭新诗歌的创作者之一。

劳淑珍访谈

后乞 2020年是你用汉语写诗的第一年，你被评为“磨铁诗歌奖·汉语十佳诗人”，2021年你再次用非常多的好诗蝉联了这个奖项，你现在是什么感受？

劳淑珍 我感到莫名其妙。这些年非常疯狂。2020年努力扯开并重建自己的诗歌嗓子，当时并不觉得自己是什么诗人。2021年强迫自己一直写，到处写，不顾一切写。我想让每一刻变成一首诗，尽管有些诗是我不敢写的，或无聊极了非得写下它们。我想证明我们可以诗意地面临每一刻，我努力抓住并写出每一刻的诗。

这个疯狂时期是怎么开始的？好像起于沈浩波在2019年末随意说出的两三句话——你无论如何都是一个诗人；你的汉语真的不太好；你爸又帅又酷——这让我掉进了一种比较复杂的心情。我一方面很高兴，因为我本来就觉得我善于写，而沈浩波能从远处看得出这件事，这当然让我高兴。另一方面，我却很愤怒，甚至感到羞愧，因为我本来认定自己不是个诗人也不愿意做诗人，只想沉默，我是故意放弃写作去当职业妈妈的，我怎么会因为他的一句话就高兴坏了？不过，我当时确实已经不再算是一个真正的职业妈妈，我已经慢慢回到了文学，开始翻译汉语小说，也重新非常犹豫地写了一些自己的东西。但又觉得我写得不好，对自己的写作根本不满意。同时非常骄傲，我知道我有才能。沈浩波的几句话太让我伤心了。我当时就是这么一个孩子，愤怒地、伤心地、羞愧地想证明我其实会写诗，如果我愿意的话，但我不愿意，我是故意沉默的。如果去写，就要这样写诗，要不——这样继续了很长时间，一边写诗，一边撕破诗；一边否定诗，一边笑诗，写得越来越无理，自己也觉得越来越荒诞好玩。

当时我给了自己一年时间，去证明我是一个会写诗的人。但是我想写的诗好像在丹麦找不到，于是我就跳到用汉语写诗。写了几个月后，为了折磨自己，我准备了十首，一首一首发给沈浩波（提醒你们：沈浩波是一个我从心底里佩服的诗人，这样给他发诗，真的是折磨自己的一种方式）。我却没料到沈浩波差不多直接拿去发表了我的诗，用这样的方式，坚定地宣布了我本来就是个诗人。于是我在这边火速地翻身，去告诉我丈夫我偷偷地又开始写诗，说不定可能是个诗人，写汉语诗的那种。他却非常冷漠地回答说那么写吧。我可以肯定，其实我当时还没有真正成为什么诗人，我正在摸索和寻找诗的边界，有时简直喷出垃圾。只是，在我旁边站了一个诗人，他有时会抬头说这是一首好诗，而那首不算是诗。我相信他的话，甚至会用他的话再去面对我这种没头没脑的写作，自己看清哪个地方出现了问题，哪个地方构成了好诗。这可能只是一个好编辑的日常工作？只是，我从来没有遇到过这么一个让我没头没脑喷出句子再耐心地给我建议再从我的一吨诗句中找出有力的诗歌的好编辑。

于是你问我现在是什么感受？我感到疲累，我感到莫名其妙，我感到无比感激。

后乞　你的很多诗里都有极其强烈的身体感，比如《流产》里让人身临其境的疼痛，《身体》里你仿佛用一棵树的身体在感知世界。你能说说是怎么做到的吗？还是说书写身体感是你自然而然的表达方式？

劳淑珍　我曾经说过，身体是我回到诗歌的出发点。我是2015年左右重新慢慢回到文学的，当时很犹豫，因为再进入文学便不能脱离。我很清楚，我不是那种上班写诗下班不写诗的人。只要一开始写，就只能继续写。2015年左右开始慢慢翻译汉语小说，当时更想强调这些小说不是西方人来理解中国的一种钥匙，而本来就是优秀的文学作品。我花了很长时间考虑每个小说的文学性是什么，再去考虑怎么翻译出那种文学性。我当时有一种奇怪的感觉，我觉得文学本身从汉语通过我的身体来到丹麦语，使我的丹麦语嗓子有了变化，也可以说，是用那些作家的嗓子去改变我的嗓子。这当然是文学的力量，非常美丽。但让我更吃惊的是，有一些作家，他们的写作简直钻入我的身体。这是一种非常奇怪的感觉，让我很迷惑，甚至尴尬，我的身体怎么会在翻译的过程中突然开始自动地起了反应？这是我当时就感受到的。之后我去翻译沈浩波的长诗《蝴蝶》时，知道了沈浩波认为诗歌应该和“向下”、和身体联合起来，于是想，那么，好吧，用身体翻译他的诗。我当时当然半开玩笑地开始这样翻译，只是玩而已，怎么能用身体翻译？这是脑子的工作。但是我慢慢发现沈浩波的那首长诗对我来说，与我的身体有亲密的关系，而这个身体感……怎么说呢，我在这个过程中发现身体的情感藏在很多地方，用身体把他的诗“摸出来”使我的身体有了变化，有的部分缩小了，有的部分加大了，直到我完全认不出自己的身体。这非常有趣，也是非常奇怪的一种经历，但其实很难说清到底发生了什么。只是觉得，沈浩波会用身体写诗，而我似乎从来没有用身体写过一句话。我的身体好像只不过是一种展示给外界的硬壳，它没法交流，只能炫耀。我开始怀疑我是一个用头脑活着的女知识分子，于是努力往下沉，撕破语言，想从下面往上射出句子。

这次你们选的几首诗好像都是我从身体出发而写的，或努力用身体写出的诗。在《身体》一诗里，我在寻找一种敢于变化的身体。如果有这样的身体，我会变成世界的一部分，和周围接触，而不仅仅是假装站在世界之外客观地关注事物。我觉得，自己快到五十岁了，再也不会相信自己会拥有什么永远不朽的健康身体，我的身体有变化，我也想有能力享受这么一个随着岁月变化的身体，于是走进树林，接近那些树，从它们的肢体上学会某种身体感。《柏油路的尽头》则用身体摸到记忆，每一行有那么一种静静的波动，然后慢慢又安静下来。《流产》来自翻译的过程，我在翻译西娃和巫昂的两首优秀的诗，通过她们的诗，又回到自己的身体，回到自己身体的记忆，有了诗歌的经验，我似乎更清楚地理解了自己的某个经验，于是诗变成一种交流，我在考虑她们两个诗人所描述出的身体感，再去考虑我的经验和身体感受。如果没有读到她们的诗，如果没有通过翻译深深地考虑过那些诗人的写作方式、比喻、节奏和身体感，我也不会写出这么一首诗。《那么，舔舐我的灵魂》里的身体感完全在于诗人的嗓子，我相信通过节奏和重复等普通的方法，也能感到那种来自身体的快乐。那种渴望交流的状态，那种努力针对一个人回答、接触、去玩，对我来说就是一种身体感。这跟一个对着很多观众说话的作家很不一样。这首诗很想玩，也针对“你”一个人，于是变得更亲密。它不是关注美，它是关注活力，关注变化和动静，它是从身体出发的。

后乞 你使用汉语的方式，和我们这些以汉语为母语的人真的很不一样，你总能用我们意想不到的方式来组合汉语的词句，产生一种又说得通又陌生新鲜的效果。你觉得这是用外语写诗的一种优势吗？

劳淑珍 对，有好几个人注意到我用汉语的方式和以汉语为母语的人有点不一样，但我自己却不太能看得出。他们告诉我，主要是因为有时我用汉语用得有点太直接了，有时会说一些看起来很容易懂，但其实没有中国人会这样说的句子，再加上我有时会重复一个句子或者一个字，用这种方式去写出节奏（这是我的老毛病，我太喜欢以此让写作加速度）。但是我在这里想强调的是，我本来更多的是在模仿你们的诗歌。作为翻译家，我很想理解口语、身体感、在场，不抒情之类的关于先锋诗歌的术语到底意味着什么，而又实在觉得不好理解，于是去玩，去模仿。我是在学你们，我努力像你们一样写诗。另外，我当然也考虑过我作为外国诗人有什么好处，以及我用汉语写诗，可能会有什么好处。一、我是外国人，于是你们可能更容易原谅我。如果你不懂我所写的，如果我写得太直接，忽略了语法规律或语言习俗，等等，你们可能会说她是外国人，她没法知道。这是一个好处，我可以笨拙地写。二、我有时有点懒，直接翻译一些丹麦语的经典句子，这些句子在丹麦语可能是特别庸俗的，甚至是可怕的抒情，可搬到汉语里就变得新鲜、奇异。沈浩波曾经提到我怎么会用“抢一个亲”这样的说法，这在丹麦其实是一种套话，如果用丹麦语直接在诗里写出这么一个句子，那你简直脑子病了，但在汉语里没问题，新鲜了。三、节奏，节奏对我来说关乎口语和身体。我读布考斯基时就觉得他最善于用节奏让自己的诗歌有了身体感。我觉得一个作家如果想给诗歌带来身体感，那么节奏和速度非常有用，这也是很简单的身体写作方式。

后乞 你能讲讲你与中文结缘的来龙去脉吗？

劳淑珍 怎么说呢，我比较意外地来到了汉语世界。上大学学文学时需要再修一个外语，我就落到汉语。为什么？好像是条件好，我能去中国留学，我很想去看一下，于是选了汉语。另外，我们这里的诗人觉得中国是“诗歌的帝国”，很看重唐诗，看重李白和杜甫等诗人，于是我也对汉语诗歌感兴趣。“来龙去脉”？从一开始可能只不过想玩儿，想出国，想看世界，却慢慢进入你们的世界，又开始带着一种疑惑看着你们，因为真的，好像总是这样：从远处看起来很简单很清楚的，如果走近一点就变得不那么容易判断、定义。于是我就越来越糊涂了，越来越不知道汉语诗歌到底在说什么。这是一个比较不容易回答的问题，但是可以说，如果想真正理解一种语言，那么，文学翻译以及诗歌可能是一个比较好的出发点，这两者都逼着你努力在很深的层面里去理解一种语言、一个人。

后乞　你把很多汉语诗歌翻译成丹麦语并在网络上展示，丹麦的读者对你翻译的这些诗有什么样的反馈？

劳淑珍　对，我在丹麦努力介绍我最喜欢的汉语诗歌，也经常在网络上分享，今年还出版了于坚的《0档案》、沈浩波的《蝴蝶》等，还有另一个诗人的诗集，这样做就能比较彻底地让这些诗人在丹麦语中崭露头角。另外，我自己也出版了一篇介绍汉语口语诗的文章，说到二十世纪八十年代、九十年代和新世纪的几个诗歌运动，试图描写中国先锋诗歌的来历。四本书都很受欢迎，也得到了好评。我觉得丹麦读者喜欢也感兴趣，在这里也有好多好诗人比较关注我翻译并分享的这些诗，他们很想理解你们在写什么、怎么写，也经常很惊讶，发现在中国有这么一种诗。

一、你们写的诗经常很锋利而敏锐，直写，也善于写出一种非常有效但同时比较冷漠的诗歌结构，似乎只是简单地说出一件事，但其实又说出了另外的事，这样就构成了幽默和讽刺，不是那种直接说话，更是通过一种看似冷漠的语言说出很多，诗里的意义也不是明显而单一的。我觉得在丹麦很少能看到这样的诗。另外，我很想在这里推荐你们那边用朋友圈或公众号分享诗的那种方式。这在丹麦也很少见到，我觉得这样分享诗会带来一些新的东西。不再是诗人去编什么诗集，用很长时间考虑怎么把很多诗放在一起，变成一本书。更多是诗人在此刻面临世界，立刻写，立刻分享，这样很多诗人就可以同时写出此刻。我这样说当然带着一些理想化的色彩，似乎是在让你们的诗坛变成一种多元的花园。是否真的是这样，我不太清楚，可是我愿意这样想，我认为这是最美丽的写诗方式，让诗多么丰富地出现在此刻，并像很多草一样肩并肩成熟，长出芬芳的草籽。

后乞 **你的汉语诗歌，你自己或是其他人会翻译成丹麦语吗？基于你在中国诗坛得到的认可，丹麦的读者会更关注你的诗歌吗？**

劳淑珍 在丹麦，我本来并不算是个诗人，上面已经说了，我曾故意停笔，去做职业妈妈。之后重新开始翻译文学，再往后就莫名其妙地变成了一个汉语诗人。在丹麦，大家一开始也不太清楚我是谁，但我的译文大受欢迎，也一直得到好评。后来有人发现我在用汉语写诗（因为我自己不小心透露了，我太骄傲）。这对他们来说不容易理解，我觉得他们一定在想这是完全不可能的，太奇怪了。我这里的一个编辑，春天时给我打电话说，"不好意思，我昨天说多了几句，让某某们知道你是一个很优秀的汉语诗人，现在他们要你来翻译并朗诵你的诗，我很抱歉，我知道你本来就说了你不愿意啦……"他很知道我。我其实是一个自以为是的骄傲女人，但面对这样的诱惑，我答应了。于是今年第一次我翻译了自己的十几首汉语诗，也去朗诵了。当时没有来很多人，但本来这就是丹麦微型出版社的一群人请我的，所以我的观众就是那些关注什么地下、先锋诗歌的人，而且没有一个人知道我是怎样的诗人，他们听得非常认真。当时用双语朗诵，有人说这样的诗只有通过另一种语言写，然后再被翻译成丹麦语，只能在这个过程中出现。他可能说得对，我用丹麦语写的诗，自己仍然觉得写得很单调，缺乏劲儿，缺乏勇敢，缺乏自由，比较僵硬。但通过汉语写完再翻译成丹麦语，可能会给我自己的母语嗓子带来一种外语的音色。说不定。

后乞　这几年的创作量如此之大，几乎是井喷式的写作。你担心过有一天这种状态会无法持续吗？

劳淑珍　我这些年，特别是2021年、2022 年的写作方式，就是一直写、直接写、无论如何都要写、到处写、用一切写，写得诗歌都散架了，写得简直吐出诗，通过这样的写作，努力脱离一种诗意的糟糕嗓子，直接来到什么“诗”。我是否担心有一天不再会这么疯狂地写？有一段时间每次醒来如果不能立刻想起什么诗，就感到沮丧，以为我的“诗狂阶段”就这么完了，很担心再也不会写一句话。再过几天，就又重新开始写诗。说实话，我既有点期待这种疯狂找诗的渴望消失，又很担心有一天我不再这么疯狂地疲累地到处去取诗。我大概不会一直这么继续下去，不过我还是不太担心，担心没啥用，只写，继续写，不要想太多。

后乞 听说你会经常在阅读别人的诗歌时引发自己的写作灵感？这是一种怎样的过程？除了读诗还会读什么书？它们能像诗歌一样启发你的创作吗？

劳淑珍 对目前的我来说，诗歌是一种交流，我甚至觉得一个不读诗或文学书的人不可能是一个好诗人。所以，对，我的诗经常是从另一首别人的诗那里出发的。比如说，我2020年写的那首《愤怒和性欲》，其实不是一种表白心迹的诗，更多是面对另一个诗人的一首诗去讨论在场、主动、被动和女权主义等事情。我读的诗比较多，别人的诗当然会激发我的写作灵魂，我在交流，我在模仿，我在思考这首诗里我喜欢或者不喜欢的部分，甚至是题目，把它和自己的经验，或此刻在经历，或周围在发生的事情联合起来。有时是因为我对某个诗人或作家的态度、说法实在不满意，于是开始狠狠地和这首诗歌吵架。有时看见一首诗有一个特别美丽的节奏或结构，于是我不想吵架，反而兴奋地模仿那个美丽的动作，因为我渴望这样写。我觉得那种在交流、在说话是很有趣的，这样写也让我很愉快，不再那么该死地孤独。

另外，我是一个文学翻译家，整天把汉语文学翻译成丹麦语，需要花时间考虑某个诗人或作家的嗓子和语言特点，比如他用什么字表达自己，他的句子或长或短。这样的工作就是在日复一日地模仿，让自己的嗓子符合被翻译的作家，这当然也会变成我的诗的材料，我会努力用其他作家的嗓子去玩，去模仿，去笑他或骂他，或用他最喜欢的文字当作我的诗的核心。其实也不是为了笑他，更多是为了接近他，走进他的作品，理解他的嗓子，让我的口音更适合这个人。举个例子，翻译王小波的时候我得非常努力，因为他造句的方式和幽默感让我很陌生，我几乎完全没法翻译。于是我先给自己发明了一个平衡逗号，让我的句子在逗号的两边平衡了，接着再编造一个软弱而弹性的逗号和标点，让王小波的另一个小说的句子更有弹性。我需要去模仿他的硬和软、强和弱，使我的翻译符合那个故事和他的写作方式。说出来也好像有点奇怪，但我觉得这样强迫自己的嗓子迎合原作对翻译有好处。不可能是作家来迎合我，相反是翻译家需要让自己变得灵活，去理解和接受原作。另外我在翻译的过程中比较容易受影响，我自己的写作随着我所翻译的好像也有了变化。

后乞 对年轻诗人的写作，你有什么建议？

劳淑珍 我的建议是：多读，多写，不听话。找到你喜欢的诗人、作家、文学和音乐，也找到你不喜欢的作家、诗人、作品和音乐，去理解、去模仿、去翻译、去玩儿、去忘掉，努力在你的诗歌里找自由。但其实我们这一代人不能告诉下一代人怎么写，他们从另一个地方出发，我们只能去看他们的写作，认真地看他们的诗歌怎么浮现，怀着兴趣努力聆听并理解，让他们自由地走。

后乞 当下的汉语诗歌有很多形态，有人坚持修辞化写作，有人强调口语，有象征主义抒情诗，有冷静克制的意象纯诗，有叙事为主的“事实的诗意”，也有“言之无物”的“废话诗”，你认为未来哪种诗歌将更受欢迎？你认为将来还会有完全崭新的诗歌形式出现吗？那可能是一种怎样的诗歌？

劳淑珍　我觉得诗歌大概没有什么新鲜，只有重复吧。如果好长时间读同一种诗，人家大概吃腻了觉得另一种诗歌更新鲜而可口。经常是下一代人被上一代人的主流写作方式培养了，于是去找什么别的，不是吗？我自己当然倾向于口语、废话、下半身和身体写作。这对我来说是新鲜的，在丹麦很少看到，于是我很感兴趣。还有，我还喜欢那种跨界的文学，比如用英语写作的中国作家郭小橹，她给英语带来了新的东西，我觉得这很有趣。我也比较喜欢在丹麦的一些虽然说着丹麦语但其实来自另一个传统的作家，他们使用丹麦语的方式也有点奇怪，新鲜而有魅力。用外语写可能会带来一种使用母语时没法拥有的自由。我不善于说未来，还是待在此刻吧。

谢谢你后乞，你的问题提得好。我总是在回答问题时烦死了，坐在地下室发呆，折磨自己，可是真的，被强迫去思考不是一件坏事。

起码对我那懒洋洋的脑子有好处吧。祝你新年快乐。希望2023年我们会重新回到一个完全张开而且非常善意的世界。

祁国访谈

后乞 你的诗歌有强烈的荒诞特质，请问你如何理解“荒诞”？

祁国 “荒诞”是一种世界观，是二十世纪以来最伟大的精神发现，是当代文明语境下产生有效写作的重要思想资源。

“荒诞”是一个中性词，本义没有褒贬，是“正常”的同义词。对写作而言，作者越“中立”，越“呈现”，越具文学力量。

“荒诞”是更接近于真相的真相，不是垄断了真理甚至方法论的现实批判主义。

“荒诞”是彻底回到人，承认人的有限，是人的所有困境的总和。

“荒诞”是一种接纳，包括对死亡的终极接纳，是由死向生反向出发的“存在”。

“荒诞”是我以为的“荒诞”与另一种词义的“荒诞”之间的遭遇。另一种词义的“荒诞”是2+2=5，毫无精神追问属性，仅仅是反常识的愚蠢。但这就是“荒诞”一词本体的困境，和所有的语言本体遭遇一致。

后乞 你是从什么时候开始写诗的？从一开始就是写这种风格的诗吗？还是说经过了怎样的转变？

祁国 我从中学开始写分行文字，最早模仿古体诗，后来改写现代诗，其间几乎模仿了能模仿的各种风格的现代诗写，但我深知这不是“我在写”，不是真正的创作。从童年到少年到青年，我一直是盲目、漂浮的，杂乱地读书，胡乱地思考，直到1995年左右，才在懵懂中找到了一个精神抓手，开始尝试荒诞主义诗歌写作。现在看来，一个无助的年轻个体，当时处于惯性皇帝文明、集体主义和市场经济的冲突之中，无所适从，抉择“荒诞”更多是出于一种精神本能和直觉。荒诞主义在文学上以戏剧、小说为盛，却一直没有诞生诗歌这种文体。我看过很多经典诗人的诗，也看过贝克特等一些荒诞作家的诗，怎么看也不荒诞。难以产生荒诞主义诗歌的根本原因，除了既有经典诗歌强大惯性的压迫，还有就是诗歌这种超级语言形式，很难有效统一“荒诞”与“诗意”这两者看上去风马牛不相及的关系。我渐渐清晰地认识到荒诞主义诗歌写作不是仅仅放大荒诞元素的表面写作，不是怪诞写作，而是精神背景和内容高度统一的底色写作，是一种高难度的智性写作，是人诗合一的诚实写作。1997年的某一个深夜，我写出了最早的荒诞代表作《自白》一诗，一下子打开了真正的写作大门。这里，我要感谢燎原、陈仲义等批评家对我作品最早的发现与评论。从此，我自觉地开始了荒诞主义成系统的诗歌实验。二十多年来，我通过足够多和足够有力的文本，自证了荒诞主义写作得以在诗歌文体上的成功，为当代诗歌开创了一个全新的空间。新世纪，在互联网的促进下，又和远村、飞沙、张小云、伊有喜等一些同人成立了荒诞主义诗歌实验小组，公开出版了多位同人的个人实验诗集和第一本合集《荒诞派诗选》，并在网上设立了荒诞诗工厂论坛，直至今天的多种自媒体传播，影响了很多年轻诗人，进一步推动了荒诞主义诗写。

后乞　当年“荒诞主义诗歌实验小组”是一个什么样的存在？你们有什么共同的诗歌主张吗？你们在一起最活跃的时段是哪几年？这个流派里的成员，除了你一直在坚持荒诞主义诗歌的创作之外，还有其他诗人也一直在继续实践此类诗歌的写作吗？或者后来大家走上了不同的写作道路。如果是后者，你感觉其他诗人为何会日渐背离了这个流派？

祁国　“荒诞主义诗歌实验小组”是一种类似主题笔

会的交流存在，只是这种笔会改换成了以网上交流为主的自由形式，主要媒介即是在当年乐趣园网站开设的“荒诞诗工厂”论坛。这个论坛是完全开放性的，曾吸引了一批又一批具有同样写作倾向可能的诗人。我们的实验小组确实“荒诞”，可以说是无组织、无纪律、无核心、无刊物、无炒作，亦无绝对统一的诗歌主张，只有实验文本。最活跃的时段是新世纪最初的三年，后来随着乐趣园网站的关闭而自行解散。事实是，任何流派的团聚期有三年足够了，或者说一般都不会超过三年，那种搞了十几年甚至一辈子团聚期的流派，是一种反艺术规律的假象。所以，从写作上后来背离了这个流派的一些同人，我认为这都是很正常的个人选择。其背后另外一个原因正如我前面所说，荒诞主义诗歌写作，是精神背景和内容高度统一的底色写作，是一种高难度的智性写作，是人诗合一的诚实写作。这种写作看起来简单，但多数人还真的写不了。幸运的是，我和早期的几位同人至今仍在并肩前行，仍在各自探索着自己的荒诞写作之路。另外，这二十多年来，不断出现后来者。新诗百年之际，我编选的《当代传世诗歌三百首》的选本里，就收录了好几位，均极有天赋。

后乞 除了写作时的精神背景和要写的内容，你如何看待构成荒诞主义诗歌的语言？

祁国 我惧怕语言。语言不可能完成这个世界。语言只能构成另一个一直在开始的世界。作为荒诞主义诗人，我就是在这种尴尬三角关系中被排挤出来的那一位。这也是一个荒诞主义诗人的困境与仍然写作的前提。

前面我说了，“荒诞”一词本体的困境，和所有的语言本体遭遇一致。因为每一个词都是活动的，同一个词在另一种语境中甚至可以表达相反的含义。而一旦深究词与词、句子与句子之间的关系，也是如此。我们只能确认使用语言的过程和不可预估的结果，这就是我们和语言的关系：一场游戏。例如我故意为了突出语言的荒诞写出的典型诗句：火车向前开／我在向后走／／嘴里吸着一支没有冒烟的／香烟／／在火车上／找火。这样的诗句似乎一读就懂，所用的词亦尽量能实指定义，但就词与词之间、句子与句子之间关系的纯粹语言层面的深究，似乎又都是相悖的“废话”。当然，这些来自语言本体的“喜剧”诗句，只是鲜明的例举。放大点说，语言内部的关系和人与人之间的关系如出一辙，更易见得“荒诞”。退回到另一个维度讲，我们看到的每一个词几乎都被污染过，这就形成了另一种词义的语言“荒诞”。这是一种大面积的强力语言，完全让语义空洞化，但读来似乎又是绝对正确的各式“鸡汤”。

作为诗人，在语言面前我是越来越胆怯，也越来越没有退路。我尽量使用熟悉的口语，和自以为有把握的少量日常词语进行写作。我全力保护着这些生活中我身边的词语，用这些词语练习着极简的、具有想象的徒手语言魔术——用一首首诗的形式，让我的语言看上去拥有一个“隐居”的系统，从而在这个“隐居”的自足系统里让语言达到某种透明和纯粹。我一直企图让我的语言重建一种记忆，这种记忆且是面向当代与未来的。

后乞 你的诗歌风格非常独特，你怎么理解诗歌的风格？你认为每个人都应当以独特的风格作为追求的目标吗？

祁国 风格是一个诗人综合体产生的独有而鲜明的作品形象，非常重要。无风格不成诗，亦不成诗人的“这一位”。什么“无风格即最大的风格”，什么“集多种风格为一身”，全是蒙外行的客气话。

后乞 你的写作习惯是怎样的？会一蹴而就还是反复修改，会酝酿很久还是灵感来了马上动笔？

祁国 两者情况都有，唯一的要求是所写的尽量做到不重复，有探索。

后乞 你在日常生活中也是个幽默风趣的人吗？还是只在诗中如此？

祁国 我不觉得我在日常生活中也是个幽默风趣的人，但朋友们却与我的看法似乎相反。幽默不是天生的，但也不是必须故意的，是由世界观支撑而随时随地自然发生的。幽默不是滑稽，不是搞怪，不是讽刺，是一种超越性的表达，是“上帝”偷偷留给人间的高级智慧。在诗中，幽默为诗歌创造了另一半的表情，笑的表情，笑中带泪的表情。当然，还有一种黑色幽默，让你哭笑不得。

后乞 你平时读什么书，阅读怎样影响你的诗歌创作？

祁国 以人文类和社科类的为主，喜欢那些普世通识的思想类书籍，及具有想象力、创造力的文艺类书藉。同时也喜欢看一些不同国家、不同风格的新旧电影，以及关注一些无须语言转译的当代艺术和其他形式的前沿艺术。

阅读是一种真正有效的学习，或者说是一种人人可以做到的自我选择、自我塑造，也是“存在先于本质”这句话最有力的证明。对于创造性的诗人来说，自己永远是自己的老师，自己永远是自己的学生。

后乞 你在多年写作生涯中是否有过中断？持续写诗很多年是什么样的体验？会有厌倦诗歌的时候吗？

祁国 我常中断写作，少则一个月，多则一整年，但没法中断生活、阅读和思考，所以也不能称为写作中断，因为一直在为写出下一首诗做准备。

持续写诗很多年有一种类似冒险与恋爱的激动体验，完全私人化的，如同在从事一项秘密的事业，让生命得以珍贵的精神自由，拓宽了生命的维度。

不会有厌倦诗歌的时候。幸运的是，诗歌写作本就是个黑洞，其无限的吸引力和未知远远大于我有限的生命。有人说过，最痛苦的爱不是生离死别，而是相互厌倦。

后乞　对年轻诗人的写作，你有什么建议？

祁国　诗是面向未来的，是有无限可能的，你可以创造一种甚至多种可能。当然你也可以做一个建设性的诗人，让已经表达过的由你来表达得更好。除此之外，名声再大的诗人都是在完成另一种与诗无关的目的。

后乞　你认为诗人在当今这个世界，扮演的是一种怎样的角色？

祁国　诗人是这个世界具有超越性的精神想象结晶体，是用语言对语言的揭示者，也是这个现实世界的良心和信心，所以诗人必须是独立的、自由的，扮演其他任何角色都将小于诗人，诗人即诗人。

后乞　当下的汉语诗歌有很多形态，有人坚持修辞化写作，有人强调口语，有象征主义抒情诗，有冷静克制的意象纯诗，有叙事为主的“事实的诗意”，也有“言之无物”的“废话诗”，你认为未来哪种诗歌将更受欢迎？你认为将来还会有完全崭新的诗歌形式出现吗？那可能是一种怎样的诗歌？

祁国　受大众欢迎的应该还是古诗，然后是抒情新诗，当然这也是表面上的，因为大众其实根本没多少人真懂古诗和抒情新诗。由于美感教育欠缺、诗学教育落后，大众真正懂诗的毕竟很小众。所以，只能从诗歌内部来分析，不论什么形式，那些具有当代性、创造性、个体性的当代诗歌才是真正有效的，才会得到内行读者和未来的迎接。

将来会有人工智能无限量组装生产诗，会采用各种便捷、奇特的传播形式为消费主义服务，但那些所谓的诗仅是既有历史的另一种抄袭，一种伪艺术的娱乐，比如正在得到抵制的人工智能绘画，说白了，即是一种毫无生命质感的科技欺骗。最终决定诗歌生存还是毁灭，必定是诗人独有生命、想象和语言创造的诗意。我最近主持摄制上线短视频平台的系列诗短片《诗特工》，情景设置的就是诗人与人工智能机器人的暗斗，这同时也尝试了一种崭新的诗歌传播形式。是的，只有无法伪造的诗意才是人类保持最后尊严的底牌。

2023年1月8日

新冠初愈于苏州诗院

盛兴访谈

后乞 读你的诗经常会忍不住笑出声来，你写作的时候意识到你写的东西很有喜剧色彩吗？你怎么看待它们表现出的喜剧效果？又是怎样实现的？

盛兴 不喜欢相声和所谓经典段子，在于同一个段子哪个演员都可以讲，在于你知道“这明明是假的”而不觉尴尬，更在于只要段子合适不计伦理任何人都可以把主人公换成自己。当鸟鸟在脱口秀舞台第一次说“哭声这么大，肯定是个男孩”，那是很动人的，但等她又换了一个舞台说“哭声这么大，肯定是个男孩”，她又跑去另外一个地方演出，我就有点不太敢看了，突然就想到相声这种讨人发笑的职业自古以来为什么是卑贱的。是的，贩卖语言的诗歌同样也是卑贱的。

这种卑贱的本质是语言和主体的剥离，就是说你讲的实际上是一个和你没有关系但被导演成你的事情，就是我们常常说的“要是换作某某某来讲这个故事可能更好笑”。这种以好笑为追求的段子，价值观的实质是感同身受，属性其实是“悲剧”。我认为，真正的喜剧存在于“一个最小的语言单位里”，与感同身受完全相反，它仅在写作者身上发生，不可能安在第二个人身上，是诗人独自为这个世界提供的一种全新的生活经验，在一种绝对真实的状态下，喜剧变得不再是一种效果，它就是诗意本身。而且它是一次性的，再次读就不会再发笑，或者笑得没第一次严重，这是一种身体常识。对诗人来说也不是永久的，只是当时他想写下的，诗人随时都会写下这种好笑的事情。

后乞 你认为好的诗歌中必须能看到这个诗人的个体灵魂，你觉得从你的诗歌中能否看到你这个人的灵魂，这是怎样的一个灵魂？

盛兴 我所认为的诗歌层面上的诗人灵魂，是超越文本、语感、情感范式等外在标志之后的终极辨识度，是夜空中最亮的那颗星。我认识好几个年轻的诗人和画家说他们的作品没有灵魂，也不需要灵魂，为什么要有灵魂呢？我说那就是没有灵魂的灵魂。我想说的是，年轻人对于灵魂的无感和虚无认知反证了灵魂从无到有的必然性，也可以说是从幼年到成年的生长性，于艺术而言灵魂归属是不可抗拒的，那是一个时间维度里的事情，好的诗歌一定是你日渐清理干净了这副躯壳并让灵魂如朗月升空时写下的。

语言的局限性就在于人无法描述自己的元神，也就是无法看到自己的灵魂，目前，灵魂于我，看起来仅仅像是一个擦边球。生活里，我形容自己是一个“铺地砖”的人，就是蹲在那里，一块砖一块砖地往自己脚下垫，我终日想的是“如何只生事的气而不生人的气”“热脸与冷屁股”“灶君神位该安在厨房哪个位置”等之类的问题，我今生注定走不出这些鸡零狗碎、一日三餐及照顾孩子的苦闷，最多就是等有天可以起身在屋子里自由活动，那就是这间屋子里所有的地砖都铺满了，心灵解脱，灵魂降临。

后乞 你在2021年的演讲《关于诗人之神秘》中说：“有‘真我’在场时，一切诗歌透露出来的都是‘善意’或者‘道德’。”所以你认为真就必定善对吗？那么真是否也一定美？真、善、美这三者的关系你是怎么看的？具体的原因能详细说说吗？

盛兴 首先这不是一个“二元论”问题，也不是一个谁以谁为先决条件、谁以谁为基础的概念问题，我也无力脱离诗歌对某一种意识的形态进行专门命题。

重要的是诗歌中“真我”的“在场”。“真我”是诗人的高尚人格，不凌空蹈虚谓之为“真”；“在场”是心灵立场和价值定位，不欺世盗名谓之为“善”；通过诗人的真我在场，使一首诗仍然没有溢出到世俗功利中去，而是维持在一个美学范畴，谓之为“美”。

另外，在当前，美学范畴之外的“真善美”是相当混乱的，混乱到你只有通过骂别人的假才能证明自己的真，骂别人的恶才能证明自己的善，骂别人的丑才能证明自己的美，除此之外没有任何办法，就是这样一种单调的道德形态。

后乞 你说你需要诗歌带给你身体和生活重大影响，还说过生命的一切问题都是诗歌的问题，好像诗歌并不是生活的某种产出，而有点为了诗歌活着的意思？你希望的诗歌和生活的关系是怎样的？现在它们与你的实际关系是怎样的？能具体讲讲吗？

盛兴 近来我日益觉得所谓诗歌的身体性，除了以前一直在强调的直觉本能和生命力，最根本的身体性在于“能否解决你的现实和生活问题”。身体性应基于一种实用主义立场去考量，不具身体性就无法给我们带来诗写的动力，无法给我们带来诗写的动力就会致使我们的诗歌不具现代性，不具现代性一定不具身体性。

我一直在强调诗歌在生命中的重要性，实际上一直想阐述的是诗歌和诗人之间的内在封闭性，它和除诗人以外的任何人、任何形态都没有实质关系，先有一个诗人无声的诗写，再有文学和朋友圈。这和自信或者自闭之类的东西都扯不上边，只是因为诗人首先得解决好了眼前精神和生活问题，你的那些诗句得和眼前的生活有一个自洽关系，才能说得过去，否则为什么要去自找这些麻烦。传统意义上的诗人的穷酸可怜形象就是这么来的，现实生活和诗句之间严重失衡。

好在一开始对此我便有清醒的认识，诗歌于我的生活，绝对是有一分光发一分热的，和我的现实生活状态一直是恰当的咬合关系，没有一丝虚妄和缝隙。就是这样，诗写状态在我的生活中、生命里不断壮大起来，一直到目前，它几乎包揽解决了我对活着的所有疑惑，以及一切人生的幸福体验。有时我想自己，哪怕是对两个孩子的那种喜爱和享受都是先拐到诗歌里，再经由诗歌来到我身上的。

后乞　你在写长诗《只有神灵不愿我忧伤》之前有过

很长时间不写诗，能否讲讲那段时间发生了什么，是什么让你无法写诗？又是怎样重新开始写诗的？

盛兴 一个人在婚姻之后的七八年时间里，会发生一些事情，使你的命运和人生或得以保有一个表面宁静内部湍急的水流式格局，或得以彻底颠覆和重组，我称之为“兽性磨灭期”或“动植物转型期”，就是发轫于婚姻这种形态的一种变局。有的人隐忍，挺过了无数的阵痛和泣血挣扎，变成了植物，得以保全了一个所谓正常的生活形态。有的人激烈，疾恶如仇保有了血性，继续当一头动物，只不过形单影只了。中国人的命运里，总是莫名其妙地受着婚姻的主宰，我不知道这与人种有关，还是和市面上说的什么骨子里的文化有关。

实际上当时我没有无法写诗，而是一点也不想写诗，2014年初，我开始写《只有神灵不愿我忧伤》，想写诗的感觉就似冰雪消融，春天到来了。

后乞 每天写六首诗，可以说写诗就是你的生活方式，你还说过不追求写出什么代表作，那你会觉得一首诗无所谓好坏吗？你怎么看诗歌的量和质的问题？

盛兴 我不追求写出什么代表作，是指外在，我并无要留下什么经典之类的想法。在我自己内部，我当然超级重视每一首诗的量和质的问题，等量齐观。在内部，我的自我要求更严苛，已基本超越了好坏的判定，就看能否贯彻我的诗学观念，给我带来一个诗人存在的终极体验。

后乞 对年轻诗人的写作，你有什么建议？

盛兴 终于有人让我给年轻诗人提建议了。但我好像没有一丝建议，若有就是：请竭力保持你的稚嫩，因为成熟是早晚的事情。

后乞 你认为诗人在当今这个世界，扮演的是一种怎样的角色？你满意这种角色吗？你理想的情况是怎样的？

盛兴 诗人就是要为这个世界贡献一个独立的诗人“人本”，这个“人本”要远远重于“文本”。有时候我觉得“文本”这个东西实则是有些荒诞的，作为一种语言美学的范本，其是一种被“用尽了的勇气”和“掏空了的躯壳”，它永远应该是创造了它的诗人的副件，但目前来看，二者被互调了位置。

多少年以来，在你本应该觉得中国的当代

诗人会有最丰富的精神图景，在诗人个体内部会有最焦灼的情感嬗变、最深刻的精神分裂时，其实没有，你根本就是想太多了，你会发现当代诗人的那个分裂点仍然在新诗以来的现实主义和理想主义之间，在物质世界和精神世界之间，简单，粗陋，让人失望。

后乞 这几年你的生活有没有在某些方面发生重大变化？

盛兴 写作没有多大变化，生活上有个更多待在家里的时间，其他的就没有什么了。作为人类史上的一个罕见事态，对我的意识形态肯定是产生了较大影响的，那主要在社会层面，但这些也无法说。

后乞 当下的汉语诗歌有很多形态，有人坚持修辞化写作，有人强调口语，有象征主义抒情诗，有冷静克制的意象纯诗，有叙事为主的“事实的诗意”，也有“言之无物”的“废话诗”，你认为未来哪种诗歌将更受欢迎？你认为将来还会有完全崭新的诗歌形式出现吗？那可能是一种怎样的诗歌？

盛兴 “修辞化写作”“象征主义抒情诗”“意象纯

诗”“事实的诗意”“废话诗”，这些都是盖棺论定的终结式概念，不知道在未来还有没有生命力成为“母体”，衍生发展出新的语言美学来？

我从来不提“口语诗”这样一说，用口语写诗不是一种选择，而是一种历史必然，就像白话文取代文言文，另外从现代主义视角看，只有回到口语才算是回归到日常和交流工具这一语言基本属性上来，这决定了口语是方向。另外，口语的写作利于诗人放下字词规范和道德戒律，无所顾忌地走上一条自我彰显的道路，这决定了口语是价值根基。

汉语的“表象”和“自带含义”特质使然，“拿着虚无当真实，则虚无翻倍，拿着真实当虚无，则真实秒变虚无”，这就是当前汉语诗意存在的核心问题。传统意义上的汉语诗意并不真实存在，而是一种语言错觉，而和这种虚无的、腐朽的语言错觉针锋相对的便是“真实”。事实的最小单元，也是语言的最小单位，在这个层面，二者达到了一个绝对平衡，这就是真实。从精准来说，好诗就是要有一个标准，经得住分析和考究的标准，这直指“说不出哪里好”来的虚无感，在这个标准下，不存在说不出哪里好的好诗。即使空寂空灵、张力饱满的汉语诗意曾在历史的天空中羽毛般真实飘过，但在语言文明的进程中，虚无与胀气终归会被排出，只留下真实有效的语言载体和生活实物。从诗歌开始，由饱和度到颗粒度，由圆满无缺到数字精准，由唯美唯善到真实真相，一种开放生长式的诗意美学正在一小部分诗人的身体内绽开，它完全能代表汉语文学最新鲜的生命力。

后乙 2021年你好像写诗并不多，但这几首作品都非常出色。你觉得创作的量与质之间是怎样的关系？在写作多年之后，是否应当写得少而精一些？

旋覆 我觉得质和量没有关系。不过中国诗人其实都活在“多写点呀”的祝愿和邀请中，从古至今。那还是应该多写点，对吧。

精是文本角度，生命其实没有这个角度。我曾特别喜欢“松下问童子”这首诗，我想贾岛一定还有类似的甚至更好的，结果没有。然后我得出结论，贾岛还是太有追求了。是个悖论。我们的生命有各种潜在的追求，但精之作，往往产自没有追求的态度里。

后乙 佛教和寺院生活给你的诗歌创作带来了怎样的影响？

旋覆 我所学习的这个法门比较注重心法，淡化宗教色彩和生活范式，可能没什么具体影响。不具体的影响却是全面的，比如以觉性之眼，体察生命中的内容，会有些熟悉的新发现。

后乞　讲讲你的诗歌观念吧，你会选择写什么，怎么写？

旋覆　“高级的游戏”，它能指称所有这类事物，诗，书，画。文不载道，逐渐它自己要载。

生命之体如平静又快速的逝水，磕碰了波一下荡一下，可能就是灵感了，越真正的磕碰，可能越若有若无。它们不多，但也不少，敏捷地留驻、诉诸语言是诗人该做的。理想的是从始至终，无意中又松弛又警觉，会有好身手。我是蹩脚的。

后乞　你的写作习惯是怎样的？会一蹴而就还是反复修改，会酝酿很久还是灵感来了马上动笔？

旋覆　习惯用手机里的备忘录功能。会酝酿，通常不久，久了就忘了，但也无所谓，人不可能真正失落什么。经常分两次才能写完，完了需要修改，希望文字之间和气，和美。但改多了也会烦，就像泡茶一样，如果第一泡没泡好，后面再想修正，大势已去，勉勉强强了。

后乞　你平时读什么书，阅读怎样影响你的诗歌创作？

旋覆 读一点禅宗的书，一些禅诗。会猜测前人的生命、生活、写作状态。前段时间读了《武人琴音》，里面有微妙的体验，比如说到世间杂音里也有上好的音调，像落单的孤雁的鸣叫，也像走失的孩子不再寻思家了，悠悠荡荡中发出的一声抽泣，没有希望了。这些音调好。

也读当代汉语诗歌，它们让我莫名地、真切地感受到了所谓的文化自信，汉语诗歌是超一流的。

后乞 你在多年写作生涯中是否有过中断？持续写诗很多年是什么样的体验？会有厌倦诗歌的时候吗？

旋覆 有中断，有时候心力不及，或者我写不写都不要紧。多年体验就是：它可能有着无尽的“好玩性”。没有厌倦，主要因为自己也是个读者。

后乞 对年轻诗人的写作，你会提出什么建议？

旋覆 我自己就是吧，在等待着建议。

后乞 你认为诗人在当今这个世界，扮演的是一种怎样的角色？

旋覆 我猜测，文化越不看重诗，诗人角色却越重要。文化越看重诗，诗人越可有可无。现在像后者，扮演着被看重的可有可无的角色。

后乞 这几年有没有让你在某些方面发生重大的变化？

旋覆 很惭愧，不好说。或许恶被恐惧驱动？人的趋向永远是用追求好东西（权啊爱啊田园生活啊都是）覆盖恐惧，像用沙土盖住路上的狗屎。狗屎还能分解，恐惧永远得不到消解。

后乞 当下的汉语诗歌有很多形态，有人坚持修辞化写作，有人强调口语，有象征主义抒情诗，有冷静克制的意象纯诗，有叙事为主的“事实的诗意”，也有“言之无物”的“废话诗”，你认为未来哪种诗歌将更受欢迎？你认为将来还会有完全崭新的诗歌形式出现吗？那可能是一种怎样的诗歌？

旋覆 好像有的挑开诗歌之秘，有的掩埋诗歌之秘，越挑越埋，越埋越挑。真是一阴一阳啊。我认为将来一定会有崭新的诗歌形式，原谅我还是使用阴阳的说法，阳质的诗理念和阴质的诗理念，互根互生，此消彼长。可具体到写作中，人会背叛原理念，因为阳自己要求带阴，阴自己要求带阳，所以诗歌会自己要求自己的精彩和动荡。

杨黎访谈

后乙 恭喜蝉联“磨铁诗歌奖”，你的身体好些了吗？去年你说你最终会坚决信上帝，现在这件事怎样了？

杨黎 非常高兴蝉联“磨铁诗歌奖”。这是我非常重视的一个奖。放眼汉语世界，能让我关注的奖实在是少之又少。这不仅是因为评奖人格调不高，也是因为大部分评奖人的水平有限。好在出了磨铁读诗会，沈浩波的贡献将名传千古。

我现在身体很好，也信了上帝。

后乙 你的诗歌读起来非常舒服，几乎没有任何硌人的地方。能讲讲是怎么做到的吗？

杨黎 做到这点很容易，就是坦然。如果你连坦然都做不到，你的言说必然结结巴巴。什么王顾左右而言他，所说自然不清楚。

当然，坦然是一个哲学问题。是叙述先明白，还是思维先明白，我也研究了好多。但不管怎样，我即使没想清楚，我也坚持知多少说多少。总有一天，我会把它说明白。

后乞 这几年你在很多网络诗歌平台上都很活跃，你更喜欢二十世纪八九十年代民刊的氛围，还是现在互联网诗坛的氛围？你觉得它们有什么不同？

杨黎 我喜欢现在的网络平台。

后乞 作为当年“非非”的代表成员之一，你怎么看待当年风起云涌的大量诗歌流派？现在来看，你觉得它们的价值和意义是什么？

杨黎 “第三代人诗歌运动”，价值和意义远没有完成。我最近编辑了关于“莽汉”“他们”和“非非”的120分钟纪录片，我想重新唤起人们对这段历史的认识。曾经有一段时间，各类人等把“第三代”彻底歪曲和瓜分。这是诗歌的又一阴谋。

后乞 近年来，尤其是到了移动网络时代，似乎更少人会提出鲜明的诗歌观念和理论主张了，你觉得其中的原因可能是什么？

杨黎 那就是水平有限。二十世纪二十年了，浩波搞了个“下半身”，我搞了一个“废话写作”，已经很不错了。

后乞 你从很年轻的时候就开始写诗，直到现在仍然保持活跃的创作，在多年写作生涯中是否有过中断？持续写诗很多年是什么样的体验？会有厌倦诗歌的时候吗？

杨黎 我与诗歌紧密联系着，互为表里，这一辈子无法分开。

后乞 你现在仍然以“废话”“言之无物”作为主要的写作观念吗？你对“言之有物”的、有较为明确的内容、价值和情感指向的诗歌怎么看？

杨黎 我看不懂。如果你有话要说，你就好好说话，你写诗干什么？还有，你说有明确内容，我想问，什么是明确内容？笛卡儿都说不清楚，难道你们就以为自己清楚了？

后乞 你平时读什么书，阅读怎样影响你的诗歌创作？

杨黎 我最近不读新书，看一些老书，不过现代科技的新消息，我很敏感。写诗，与这些没啥关系，也不能说没有。

后乞 对年轻诗人的写作，你会提出什么建议？

杨黎 多写。

后乞 当下的汉语诗歌有很多形态，有人坚持修辞化写作，有人强调口语，有象征主义抒情诗，有冷静克制的意象纯诗，有叙事为主的“事实的诗意”，也有“言之无物”的“废话诗”，你认为未来哪种诗歌将更受欢迎？你认为将来还会有完全崭新的诗歌形式出现吗？那可能是一种怎样的诗歌？

杨黎 姐，说起这个问题我头疼，我不理解你们诗歌界。

伊沙访谈

后乞 恭喜蝉联“磨铁诗歌奖”，上次你说要一直蝉联，今年果然蝉联了。这种信心来自哪里？

伊沙 呵呵！首先说明一下：去年这么说，敲了一长串“蝉联蝉联蝉联蝉联蝉联”，有点故意搞笑的意思，主要是为了搅气氛。在磨铁的场子，比较合气场，换别地儿肯定认为我疯了。动机是搞笑，话却是实话，既然我有资格参赛了，此奖又不禁忌甚至鼓励蝉联或多次获奖，那我当然可以以此为目标。至于信心嘛，来自知己知彼。所谓“知己”，我自认为我是整个中文诗坛最自觉、专业化程度最高的诗人（无须加之一），自我认知力很强，对自己的错判率相对较低。所谓“知彼”，一是我了解潜在的可能的对手，《新世纪诗典》已经连续做了十二年，我肯定是最了解当前中文诗歌生态环境、诗人创作水平的；二是我了解裁判，认为是值得信任的几个人，所以我愿意参与这场游戏，愿赌服输——好像就是从去年获奖开始，我加大了在磨铁群中的发诗量，就是在技术上保证让你们读到。我发现一个很有意思的时差现象，我去年喊蝉联的时候，今年啥成绩，那时候已经基本决定了，我现在再喊蝉联，明年争取帽子戏法，结果如何？现在已经决定了。所以，只有长年极其稳定的创作才能玩得了这项游戏，靠临时起意一时发狠不行，我大概就是那个最合适的人。这个世界值得你在乎的东西不多，这个诗坛值得你在乎的荣誉更少，我绝不是“诗怨”们所说的“什么奖都得”的人，反而是诗坛通们眼中“什么奖都得不上”的人，在此我也再次重审自己面对奖项的原则与态度：不拒奖，但也从不填表申请奖——诗坛通们自然明白啥意思。

后乞　**你为什么写了这么多关于鸟鸣的诗？**

伊沙　居住环境改善了，我的诗就是我真实的生活状况的投影，包括环境，2018年以前住在丰镐东路的时候，我在一首诗里写：听到了罕见的鸟鸣，就是当时那个闹市区中的小区的真实生态。2018年搬到航天城以后，鸟鸣变成日常生活的音效之一，心随物动，诗随心走，鸟鸣自然便写得多起来。再往后，诗人写作上的企图便加了进去，譬如穷尽一个题材，譬如从一个词生发出去——过去我比较讨厌的一些学院趣味，我也拿过来为我所用，只要写得好，包括各种技巧的熔于一炉。不少人惊讶地看到一个口语诗人的语言库里竟然有如此丰富的武器库存——这似乎是一次比较讨人喜欢的写作行动，但又是自然而然产生的。

后乞 你怎么看待二十世纪八九十年代风起云涌的大量诗歌流派？现在来看，你觉得它们的价值和意义是什么？

伊沙 非常珍贵，价值很高，意义非凡。现在回想起来，在网络时代之前只能这么干，官方刊物是指望不上的，它们不能雪中送炭，只能锦上添花。从质量上说，有些流派水平并不高，有些“挂羊头卖狗肉”，创作与理论并不相符，有些流派的创立带有极强的功利性，有些是一个人便起个番号，为了参加大展……这些都不必苛求，那是中国现代诗一脸粉刺的青春期，那种自由叛逆的气质、气息、气场更重要，敢想敢抡的文本创造更重要。二十世纪八十年代，比较运动化；九十年代，相对沉潜些，最后通向1999年世纪末盘峰论争的大碰撞。很幸运，我目睹学习了前一部分，亲身参与推波助澜了后一部分，这是一笔巨大的精神和诗歌财富。没有这份大沉淀，这个小传统，后来走向互联网的中国诗歌也会是只轻飘飘的无头苍蝇。

后乞 近年来，尤其是到了移动网络时代，似乎更少人会提出鲜明的诗歌观念和理论主张了，你觉得其中的原因可能是什么？

伊沙 网络初期还是有的："下半身""废话""垃圾派""低诗歌"……现在确实没有了。我想流派还是文学史上发轫期的现象，网络初期是二十世纪九十年代向网上的延伸，现在诗歌文本的自足性强了，诗坛的运动态势就低了，既然能够以诗相见，就不必天天喊理论口号了，更何况真正建树理论谈何容易？中国诗歌各流派的理论发言人都没有成长为一名真正的诗歌理论家，说明了什么？理论建设可不是一时权宜之计或战略需要，也需要你付出一生，有此潜质的诗人似乎都无意于此。总之，顺其自然，不必强求。

后乞 你从很年轻的时候就开始写诗，直到现在仍然保持活跃的创作，在多年写作生涯中是否有过中断？持续写诗很多年是什么样的体验？会有厌倦诗歌的时候吗？

伊沙 大二大三之间有过一年中断，现在回想起来就是在做诗人的预备役阶段到正规军之间该有的一次停歇。我以前多次回顾过：最开始写的青春小语、小清新一类的东西，让我成了一名中学生诗人；进了大学觉得要提升层次了，就开始模仿当时最前卫的朦胧诗，不得要领便瞎写一气，自欺欺人，总算良知未泯、初心犹存，便停了下来；直到一年后忽然顿悟，找到了自己的道路。从那以后到现在，我一直走得很顺，甚至没有出现过写作自身的危机。不是有人爱用“左手摸右手”来形容老夫老妻间的感觉吗？持续三十五年的写作就是如此——“左手摸右手”，是不那么新鲜了，但手上全是手感，像老茧长在手上，怎么写怎么有，指望我写一首真正的坏诗，太难了。

后乞 你平时读什么书，阅读怎样影响你的诗歌创作？

伊沙 有一年，世界读书日，本城最大的报纸采访我，我说了一句话：我现在考虑的是写什么书而不是读什么书——结果被他们用作了大标题。近三载中，在我书房里出现了新迹象：为写而读，譬如为写已经出版的《李白》，我读了三十六本与李白有关的书；为写目前正写的《白居易》，我读了十九本与白居易有关的书。

阅读对写作的影响有的直接一些，有的是间接的，会在几年后发生作用。如果只是为了写出这两本书，我也许不必读这么多，但我这是借机为即将到来的老年写作加满油，油是必须提前加好的，否则车会被扔在路上。《新世纪诗典》十二年，不少诗人亮相后淡出，不要被人为因素离开者搅乱了，大部分人的淡出是因为途中忘了加油车便跑不动了，创作的漫漫长途就是这么残酷。

后乞　**你在《新世纪诗典》上推荐了很多你诗歌课上学生的诗，对年轻诗人的写作，你有什么建议？**

伊沙　在《冰献给鹰：伊沙的现代诗写作课》一书自序中，我提及一件事，但又说“恕不公开”，我想在这里可以公开披露了：就是这么一届最先享受到中国高校首个现代诗写作课的学生，这么一届大面积品尝到发表以及附加好处的学生，做毕业论文时，对诗歌来了一个集体零选择——这意味着什么？我在自序中写了：“清楚地表明他们中无一人想做诗人，我犹如玩了一把冰桶体验。”有点天赋，有点才华，没有选择，没有从业，转眼成空，毛都不剩。我对年轻诗人的写作没有建议。

后乞　你认为诗人在当今这个世界，扮演的是一种怎样的角色？

伊沙　在任何时代，诗人只能扮演诗人的角色。任何妄念，必殃及诗。“盘峰论争”前，知识分子诗人在文章里写：首先是知识分子，其次才是诗人——这种熟悉的调调儿在意识形态爆米花般膨胀的近三载似乎又回来了。首先是公共知识分子，首先是公民，其次才是诗人——听起来很动听，其实是没有独立、没有自尊、整日想去背靠庞然大物的孱头子。诗人对世界的发声发言只有通过诗歌，到作品为止，在此之外可以闭嘴，在此之外的所作所为都是非诗人所为。

后乞　你觉得诗歌与现实的关系应该是什么样的？

伊沙　你以现实为本，诗就是现实的镜子；你以诗歌为本，现实不过是诗歌的元素（当然是重要的元素）——我当然站在后者一方，所以反对现实优越感、反对对现实的机械表现、反对传统现实主义叙事诗冒充后现代主义口语诗。

后乞　当下的汉语诗歌有很多形态，有人坚持修辞化写作，有人强调口语，有象征主义抒情诗，有冷静克制的意象纯诗，有叙事为主的“事实的诗意”，也有“言之无物”的“废话诗”，你认为未来哪种诗歌将更受欢迎？你认为将来还会有完全崭新的诗歌形式出现吗？那可能是一种怎样的诗歌？

伊沙 不是未来谁更受欢迎，而是新世纪以来谁对中国现代诗发展、成熟贡献最大，亲历过这个进程的明眼人自然心中有数。未来不可能出现完全崭新的诗歌形式，因为中国现代诗已经进入成熟期，越成熟创新的空间就越小，突变全新没可能，但是渐变渐新有可能。那是怎样的诗歌？走着瞧。

2022年岁末抱病于长安少陵塬兰屋

臧棣访谈

后乞 恭喜今年先后获得“鲁迅文学奖”和“磨铁诗歌奖”，这两个奖对你来说意味着什么？

臧棣 反差确实有点大。“鲁迅文学奖”属于主流文学奖，其象征性在于，从更综合的角度，对一个诗人在当代诗歌所处的位置给予了一种标明。鲁迅文学奖，可以说使用的是更综合的评价标准。就观感而言，我觉得，它是对我作为一个当代诗人多年来艰苦耕耘所取得的成就的一种肯定。能获得此殊荣，还是很高兴的。“磨铁诗歌奖”属于民间诗歌奖，是一种难得的依然秉持先锋诗歌的审美立场的文学奖。它的评判标准，我理解，要更纯粹一些；它肯定的是依然强劲在当代诗歌血液中的某种探索精神。我很欣赏它的诗歌评奖宗旨。所以，能够获奖，同样非常高兴。而且，按目前流行的诗歌系谱划分，我常常被目为知识分子写作中的一员，和“磨铁诗歌奖”所归属的诗歌阵营，仿佛很对立。我的诗歌写作应该无缘它的青睐。从这一点看，我的获奖，也可以让大家重新认识这个当代重要的诗歌奖的包容性。我其实不太赞成诗歌阵营的对立，那样太近于一种无效的自我损耗。诗人之间的观念，可以分歧很大，但最好也能有一种开阔的视野，意识到不同的诗歌路径，都是从不同的侧面、不同的维度，推进着当代诗歌。我的诗歌虽然有很强的智性色彩，但我本人其实并不承认，我属于知识分子诗人。虽然我认为，自新诗创立以来，知识分子对新诗做过很大的贡献，但从根本上，它鼓吹的诗歌文化，最终构成了对新诗的现代性的极大伤害。就想象力的类别而言，在艺术和知识之间，我现在更倾向于：诗，应尽可能偏于艺术。最终，诗只能归属于真正的灵魂对它的辨认和接纳。所以比较而言，我更愿意认定，我是一个积极探索的开放的汉语诗人，致力于探求现代汉诗的可能性。

后乞 你为什么会想到给各种植物写“简史”这种写法？

臧棣 有家庭方面的原因，也有天性方面的原因。我本人似乎对植物有着无穷的好奇心。而且，在我看来，人类历史中的植物文化，一直也是诗歌史最可依傍的生命文化。植物的灵性，植物的活力，在我看来，对使用语言的人有着无法抗拒的吸引力。用“简史”的方式写植物，当然也有一种特殊的考虑。“简史”毕竟属于宏大叙事的范畴，它的修辞性有某种不言而喻的正式性。而长期以来，新诗文化对诗歌和植物的关系并不重视，一直将诗歌对植物的书写归类于“风花雪月”，并以此来贬损它的重要性。在这种诗歌文化的聚焦中，和书写历史相比，对植物的抒写似乎是太无足轻重的文学类型，没什么价值可言。这实际上是一种非常势利的诗歌文化观的表露。我对此感到非常不满。在我看来，诗歌的题材，没有大小之分。所以，这些植物诗的书写，首先意味着对题材决定论的挑战。植物诗并不先天就缺少审美价值，并不先天就缺乏文学的重量。植物诗，看上去偏于题材的细小，但只要诗人的感受力足够深邃，完全可以回到威廉·布莱克所重申的审美逻辑：一粒沙中也包含着宇宙。所以，对诗歌而言，重要的是，生命的感觉可以被塑造到怎样的程度。

后乞 我们选出的你的诗，倾向于语言上更少修辞迂回，更贴近生活现场的那些。你怎么看修辞在诗歌中的作用，以及修辞与内容的关系？

臧棣 从很年轻的时候开始，我就要求自己的诗歌写作是多向度的。复杂的诗、充满智性的诗、富于写作快感的诗、口语诗，都是我很看重的当代诗的维度。由于我的天性偏向于内心的体验，诗歌图式方面也更倾向复杂的审视，综合的表达，所以，我的诗歌类型可能更偏向复杂的呈现。但某种程度上，我实际上对自己的缺陷或限度——比如，诗的直接性、诗的具体性，在我的写作中的表现也是很敏感的。很多时候，我能意识到我的诗歌观念，其实是相当矛盾的。并且我觉得，观念的矛盾对诗歌写作而言，没什么不好。它可以防止诗人写得太顺手。我的诗歌胃口也相当驳杂。我喜欢史蒂文斯、哈特克兰、波德莱尔，这类通常被归于复杂的诗歌，但也深知当代“反诗歌”的艺术深度，像智力诗人帕拉、波拉尼奥、奥哈拉、黑山派，等等，这些偏于口语节奏的诗歌，我也很欣赏。长期以来，我一直有一个很大的不满：当代诗歌文化将当代诗人的审美类型很机械地定格在复杂的呈现和口语的快感之间的摆荡。好像它是一个多么重大的诗歌是非问题。一个当代诗人必须做出非此即彼的选择，才能展开自己的写作。我对此不太认同。当然，在特定的年龄，在特定的时刻，通过特定的选择，来强化自己的诗歌意识，也无可厚非。但我的观点是，一个诗人只要对他的诗歌潜力有信心，有探究的无限意愿，他就不可能将诗歌观念之间的分歧看得太重。诗歌的写作，是对一个人的生命潜力的恢复和召唤。年轻的时候，可以偏执一点；过了某个年龄，就应该尽力发掘自己，和自己唱唱反调。

其实这些话题，说来说去，核心只有一个，就是一个诗人如何对待诗的技艺。这些方面，我一直信任庞德的教诲：技艺是对一个诗人的真诚的考验。这件事，如果再说白了，就是没有足够技艺，没有对技艺的自觉的锤炼，诗人的写作其实是在耽误大家的时间。就比如看梅西踢球，很多球感、足球意识，一个普通的热爱足球的人也能感觉到，但没有刻苦的技艺养成，你做不出那些动作。一个诗人必须对他所做的事情，有足够的奉献精神。这里面，最重要的就是对诗的技艺的恰当的尊重。诗人的灵魂，其实就是生命的技艺。

你说的“更少的修辞迂回”，确实也是这些年我有意在自己的写作中强化的一个方面。因为它和当代诗追求的表达的“直接性”有关。适度的修辞的减少，不那么迂回，可以突出诗歌的快感。这是对任何类型的诗歌写作来说，都是有吸引力的。对当代诗歌而言，减少修辞的迂回，避免修辞的过度缠绕，或许也是一种修辞。这些年，我确实觉得我以前的写作太偏于内心体验，迂回太多（虽然我不认为那是一种严重的缺点，但确实妨碍到诗歌的交流），诗歌写作的快感，一直是我试图解决的一个问题。

后乞　你在多年写作生涯中是否有过中断？持续写诗很多年是什么样的体验？会有厌倦诗歌的时候吗？

臧棣　从开始写诗算起，已有四十年，基本上没怎么中断过。回顾自己的写作历程，就写作的连续性而言，这确乎是我的一个诗歌特征。但我并不觉得，这有什么可自豪的。这里面，更多的或许是一种偶然，私人性很强。很多因素，如个人的性格、早年的文学理想、职业经历和家境状况等，共同促成了那个偶然。所以，更强烈的感触是，这是一种幸运，甚至有点侥幸。我们这代人，二十世纪六十年代后期出生的一代诗人，我见过很多非常有才气的诗人，甚至不乏天才的诗人，但他们中有很多人，都在某个特殊的阶段，对诗歌感到过一种“厌烦”。甚至有人说，这个时代，只有傻子才会执着于写诗。

对我而言，多年持续的写诗，产生了一种全然不同的生命主体性。这种东西，甚至不是用“体验”就可以完全说透的。它更像是不同的生命感觉，在一个人的身体内部，跨越了不同的时空对它自身的一种发明；而诗人本身，不过是在某种程度上，参与这一新的生命主体的诞生过程。写诗，就是不断亲历生命的诞生。写诗，更近于一种古老的生命气息在我们身上的复活。这是真的。我从来没有对诗歌感到过丝毫的厌烦。这其实不难理解。比如，看过阿根廷人梅西的足球，我不会觉得，他会对踢球这件事感到厌弃。热爱、艰苦的训练、生命的释放感，足以支撑生命和足球之间的关联，不断触及它自身的极限。在我看来，诗，也是一种类似的运动。从根本上说，写诗就是在从事一项特殊的生命运动。如果基于热爱，加上诗歌的天赋被不断激活，怎么可能会有时间来浪费在厌恶诗歌上呢？厌烦诗歌，在我看来，不过是对生命本身的撒娇，甚至对命运本身的撒娇。厌恶诗歌，狂热诗歌，都不太好，都是人的精神性不够完整的一种表现。面对诗歌，不断向自己追究热爱它的限度，这本身就是一种莫大的神恩。本身就已经很好了。我很欣赏法国人拉康给爱下过的一个定义：爱，就是追求一个人所没有的东西。写到今年，我的诗歌生涯已有四十年。在诗歌这件事上，我最深切的体会和拉康的定义很接近。我非常能体会这一点：诗，就是写出你没有的东西。这听上去很像柏拉图对诗的一个定义：诗是神灵附体。或者说，诗，其实是某种神奇的生命能量在我们身上书写它自己的。所以，尽管我极端地赞成诗必须是自我之歌；但我也能意识到，诗的自我，其实是宇宙的另一面。作为偶然的生命个体，我用诗歌把某种非凡的东西召回到我的自身中。写诗，就是对生命的发明。所以，怎么会有诗歌死亡这种东西。这就又回到了兰波的直觉：作为诗人的我，是一个他者。对诗歌而言，人的自我仍处于不断的发明之中。这或许是我从不厌烦的原因。

后乞 你的写作习惯是怎样的？会一蹴而就还是反复修改，会酝酿很久还是灵感来了马上动笔？

臧棣 不同的阶段，写诗的习惯不太一样。早年，有很强的仪式感。诗必须在干净的日记本上。非常纯粹的感觉，诗，日记的日记。写诗，就像在重温心灵的朝圣。而且有一阵子，我只习惯用铅笔写诗。心理感觉上，用铅笔写，好像是在用素描的方式呈现诗的意图。还有一阵子，喜欢早上写诗。五点半就爬起来写。空腹，劣质咖啡，好像特别能激发我的灵感。诗，像灵魂的起床号。这种感觉，呼应了尼采对灵魂的战士的提示，也莫名地触动过我年轻的生命。因为在某一时刻，你会突然发现，你的诗歌感觉和很多外人，是无法交流的。我觉得，这也不错。这种私密的、和诗有关的感受，对一个人体会自己的生命面目，是非常重要的。

早年写诗，修改的频率要高很多。一首很简单的诗，我也要用不同的风格把它写很多遍。五十岁以后，改诗的次数明显减少。但我有一个感觉，修改诗歌次数的减少，其实和技艺能力的增长关系不是太大。修改诗歌，完全是一种古怪的冲动。有点像技痒。直到现在，面对自己的一首诗时，如果觉得没法再改动了，这对我来说，并不意味着它已经写得完美，反而意味着我自己的冲动已不复当年的旺盛了。修改诗歌的感觉，是一种很珍贵的体验。比如，每次看奥登的中文诗，我都有冲动，想去改几下。这种感觉，要是没有了，绝对是一种损失。

和灵感的关系，好像也和年龄的变化有很密切的关系。三十岁左右，灵感好像特别强烈。受瓦雷里影响，我虽然深知灵感对于写作的重要，但又有意识地让自己的写作疏远诗歌的灵感。因为在我最初爱上诗歌的那个年代，有关诗歌的灵感的说辞，都太迂腐了。诗歌的写作绝对需要灵感，但前提是，你必须有强大的重新定义诗歌灵感的能力。否则，诗歌的灵感绝对会把你卷入写作的深渊。一般而言，相对于诗人的辛勤工作，诗的灵感更像是一种奖赏。灵感的脾气，不太好琢磨。所以比起灵感，我更信赖诗的想象力。诗的想象力可以向诗人提供更丰富也更持久的思想动能。总体而言，诗是否需要酝酿，在我这里，似乎和诗的题材有关。如果写现实题材的诗，因为要协调的生活经验更多，也需要从不同的角度去审视题材的深度，所以会有酝酿的过程。书写自我感受的诗，我很少酝酿。因为那样做似乎会让诗的表达失去真实感。说起来，酝酿也好，灵感也罢，都是诗人的能力有感。没有诗人能力的自觉及刻苦的塑造，它们运作起来，也不会有什么效果。

另外，最近十年，我似乎又回到了对诗的灵感的重视。但归根结底，诗的灵感，像诗的语言一样，本质上，都是一种事件。灵感的作用，很神秘。这可以有效遏制诗歌写作中的愚蠢。此外，重视灵感，就必须换一种新的态度。不能将诗的灵感过于仪式化，而要将诗的灵感事件化。

后乞　你平时读什么书，阅读怎样影响你的诗歌创作？

臧棣 什么书，都读。甚至有些看似完全不搭界的书，我都读得“津津有味”。比如，数学史，这样的书我读起来也是劲头十足。对写作而言，这是一个非常简单的事实：只要精力允许，就读能读的任何书籍。古人讲，“读书破万卷，下笔如有神”，绝对是肺腑之言。方法也很简单。读书和写作一样，最根本的方式其实就是你有没有足够的精力。精力，是最根本的方法。尽一切可能阅读，同时要有意识地放弃自己的偏见。阅读，就是召唤新的自我。在阅读中，改变自己。这不是随便说说的口号，而是非常有趣的值得付诸行动的事情。阅读的广泛，就像人生阅历的积累。没有足够的人生阅历，一个人的诗就不会写到那个份儿上。阅读，可以打开一个人的生命境界。而且见识过不同的诗人的写作面目之后，你会更自信你的面目可以怎样确立。

哈罗德·布鲁姆讲，诗人的写作就是和前辈做竞争。所以，诗的阅读也包含着一种审美的战略选择：读别人的诗，如同知彼知己。了解别人已经做了什么，已经做到什么程度，只有这样，你才能更清醒地发现你自己。另外，我觉得，现在流行的一个观念其实也非常值得体会：阅读本身就是一种写作。所以，阅读行为，也是一种写作行为。我甚至觉得，话可以讲得更极端：没有足够的阅读，你的写作根本就不可能开始。这方面，绝对没有例外。

后乞 对年轻诗人的写作，你有什么建议？

臧棣 不停地阅读。在阅读中不断经历矛盾的自己，不要过早就定型自己的偏好。保持开放，保持热忱，保持阅读的愉悦，保持足够的骄傲。不停地写作。不一定每次都要写成，要让自己不停地深入在写作的躯体，保持足够的运动量。写作是一种终身的生命机能。如果它以前不是，那么从现在开始，要意识到写作能力完全是一种生命能力的自我演化。所以，需要不停地锻炼自己。

后乞 这几年的生活，对你影响大吗？有没有因此在某些方面发生重大的变化？

臧棣 这几年世界几乎完全呈现出另一种面貌。原先，你不太会意识到世界的边界，生活的局限，但现在你会发现，有一种新的生命情绪已埋伏在你的世界观中。它让你意识到生活中原本重要的东西，其实没有那么多。

后乞 你认为诗人在当今这个世界，扮演的是一种怎样的角色？

臧棣 说到诗人的角色、诗人和时代的关系，我基本认同奥登和布罗茨基的感觉：诗人是这个世界的底线。在我看来，诗人的感觉，诗人的思考，是这个世界的压舱石。但我觉得，也不必过于宣扬这一点。诗人的角色最终是孤独的。必须用写作的孤独去承受这一点。现在，已经不太会有那样的好事了：因为诗人多么重要，诗人的地位就会获得足够的重视。所以，在我看来，诗人的生命意识中必须根植有一种天职的感觉。然后，用罕见的孤独去面对自身的命运。

后乞 当下的汉语诗歌有很多形态，有人坚持修辞化写作，有人强调口语，有象征主义抒情诗，有冷静克制的意象纯诗，有叙事为主的“事实的诗意”，也有“言之无物”的“废话诗”，你认为未来哪种诗歌将更受欢迎？你认为将来还会有完全崭新的诗歌形式出现吗？那可能是一种怎样的诗歌？

臧棣 新诗的历史已积累到百年。这对我们这几代诗人而言，是一件非常幸运的事情。有很多曾经的弯路，已充分暴露出来。目前这个阶段，我自己的观感是，各种写作路径、各种写作的动能，像你提到的那些类型，都在当代的诗歌语境里得到了充分的施展。你列举的几种风格，我自己好像都尝试过。有人把我列为口语诗的反面，但其实我并不讨厌口语诗。我自己偏爱诗的象征性，但也深知，诗的不纯（事实的诗意）能为诗带来更坚实的内容。每种风格都有自己的可能性，都能写出好诗，但也都有自己的限度。诗写得好不好，其实鉴别方式也没有那么复杂；就是看一个诗人写没写出语言的能量。这和风格有关，也可以和风格没多少关系。

我自己的体会是，不要让自己定型在一种诗歌类型里，那样很容易扼杀自己身上的多种潜能。还是要让自己的写作有足够的矛盾，最好能融合不同类型诗歌之间的差异。但从根本上讲，诗的写作，是激活我们身上的生命动能，激发我们身上的体验能力，所以，全然都是“事实的诗意”，会让自己的写作很快陷入一种套路。我觉得，凡是行家都会对此保持警惕的。诗，源于生命意识的图像化。这个出发点，永远和诗受大众欢迎的程度有矛盾。诗的表达，其实很简单：一个人能意识到什么，意识到怎样的深度，它的诗歌就会显露怎样的面目。所以，类型或风格都不是最根本的。类型意识，只是有助于我们敏感到自己的生命感觉。说到未来，我能感觉到，未来会有新的诗歌形式出现，但那很可能是诗歌的异化，甚至是一种十足的退化。比如，现在流行的一种腔调：好像诗的表达是一种算法。诗写得好不好，可以归于某种算力是否强大。我觉得，这想法本身，至少对诗而言，很下流。所以，我也很自信，因为只有好诗才是诗的未来。如果我们这几代诗人，自信已写得足够好，那么，我们就是诗歌的未来。

2023年2月到3月

张侗访谈

后乙　恭喜获得“磨铁诗歌奖·2021年度汉语十佳诗人”，每月都会收到你的投稿，感谢对我们的信任和支持。这个奖对你来说意味着什么？

张侗　非常感谢。这是我写诗以来获得的第一个奖，又是大家这么认可和渴望得到的奖，颇有被诗歌之神眷顾的幸运。再次感谢。以前好多场合下，常有人问我“你写诗？”，似乎带着质疑和不屑，我好多时候沉默以对或转移话题。以后再有人问“你写诗？”，有了这个诗歌奖撑腰，我会说：“对，我写诗，并且还获得了‘磨铁诗歌奖·2021年度十佳诗人’。”

这个奖增加了我写诗的自信和豪气，但同时也警醒我以后写好诗更难，似乎这个奖是我以后写好诗的标尺或门槛，激励我对标迈步写出更好的诗歌。但深知写出好诗的艰难，无论如何这个奖会是我诗歌写作的新起点新征程。

身边的人，有当面也有私底下，有“诗人”也有作家，曾说我写的不像诗。磨铁读诗会让我相信，我写的就是诗，而且是一种高级形态的诗。获奖让我对诗人身份充满了憧憬。获奖是激励鞭策，但愿获奖后我不会“一二一，一二一”，像小学生一样原地踏步走。

后乞 讲讲你的写作观念吧，你会选择写什么，怎么写？

张侗 我倒是没有固定死板的写作观念。好像一有了这种观念束缚就会“按图索骥”，就跟按标准答案写诗一样。我也常想常问自己：心中好诗的样子？自然，简洁，朴素，实在，诗意强大到灵魂一击。我平时也喜欢读这样的诗歌。太白楼诗群的同人都知道，我的诗歌大多来自生活，最大程度接近生活的真实，呈现想象中的诗意对我比较艰难。最近这一两年我尝试着弥补这方面的短板，但总是写不好。最近的诗歌中，生活中的真实写出来往往不真实，要把想象中的真实写成“生活中的真实”，虽是虚构，要写出生活中的“真”，对于我确实很难。

对我来说，写什么是第一位的，技术为写什么服务。所以我的诗歌大多来自我的真实生活，努力呈现出生活中诗意的本真来。有时笨拙到生活是什么样的就怎么写出来，好像就是原始呈现。有人常说我的诗哪像诗，写的都是大实话。把诗写得在一些人眼中不像诗，把诗写成说实话，这仿佛无意中说出了我的追求，其实当时就是想复原场景，忠实地记录下来，读一读，自己感觉还不错。就如此吧。

后乞　你在诗中写了很多乡村经验，它们是来自早年生活的记忆吗？这些记忆对你来说意味着什么？

张侗　我是城里有房、住乡下、有家回的人。市里的房是栖身之所，乡下的家是精神故乡。出生在农村，长期生活在农村，人生中积累的更多的是乡村经验。当然这些经验有早年生活的记忆，也有当下生活的来源。这些乡村经验是我的财富，虽算不上独特，但对我是独有的。在工作上，能帮助我解决好多事。写入诗歌中，好多人就读着新鲜而别样。

有人经常说在我的诗歌中读到的更多是伤心与泪水。我的诗都是写那些不起眼的小事。在生活中，我常常被一些常见而普通的小事感动得泪流满面，有时妻子在旁边会问我哭什么。我说没什么，但至少证明在生活中我还保存着悲伤的能力和一颗跳动着的悲悯的心。微笑着流泪，大概是最幸福的事，也最能洗净内心吧。我还不是一个自觉的诗写者，更谈不上拥有写诗的天赋，我只是把我的泪水写成诗。

后乞 你的诗中常常用轻柔的语言，达到非常微妙的情感表达，能讲讲是怎么做到的吗？

张侗 乡下有我想见的人、想一起说话的人。我喜欢和自己的家人说话，和父母亲说话，不虚伪，不夸张，不设防。那样的境界，想一想，都美死了。它几乎不是诗歌，而是嘣嘣跳动的心。语言最善于伪装了。和家人不需要说重话狠话，不需要大声说话，不需要故弄玄虚，不需要伪装饰弄。和家人说话有无限的生长性和伸展性，那些说不完的话题就是，说着一件事却扯到另一件事上。我喜欢这样生长性与伸展性的话。八十多的母亲有些耳聋了，我和她说话也不需要大声，似乎我这里一张嘴，母亲就知道我要说什么。我喜欢这样的准确与用心的交流。

真正好的语言不是炫技，更不绚丽，也没有好词好句。用得恰当自然的就是好语言。语言可以耍宝，就像拿着的一块红绸布，但目的要想清楚，拿到裁缝店里的目的和拿到墓地的目的完全不一样。所以一切语言都得为诗意服务或让路。另外，越是口语的，越是朴拙的，越难写。平实朴素的语言入诗非常难，用一目了然看得懂的口语写诗反而更难。越是口语的想写好越难，像快速地从一地豆粒中挑出饱满圆润的几颗，当然非常难。但这样的难事值得我尝试着去做。

我想写不动声色地让人一愣的诗，也在努力这样写着。我就想往明白里写。句句清楚，字字明白，还恰到好处，还要耐品。只是我做得还不够好，不够自然。

后乞　你的其他亲朋好友怎么看待你写诗这件事？你身边的诗人朋友多吗？你怎么评价当下网络诗坛的氛围？

张侗　我父母亲不知道我写诗。获得这个奖也不足以让父母引以为豪。这个奖他们陌生，不能让他们在邻居前有面子。父母引以为豪的是我当校长。亲朋好友好多不知道我写诗，子女知道。女儿还特意把获奖的消息转到朋友圈。我写诗带给亲朋好友的远远不如我当校长带给他们的方便实惠多，当然他们也不关心我写诗这件事。

我生活的小城非常幸运有“太白楼诗群”。我们几乎每月诗聚，读诗评诗谈诗，批评毫不留情，褒奖厚起脸皮，有时为一首诗争得面红耳赤。正因为这样的氛围，写好诗成了我们共同追求的目标。感谢太白楼诗群的同人，还有我的老师彭兴奎教授，他是济宁学院中文系教授，已退休近十年，非常关注我的诗歌写作，经常聊起我的某首诗，或批评或肯定，在我的诗歌写作中贡献着老师的方案。

以前经常泡在网上，曾经做过某些诗歌论坛的版主，时间一长兴趣锐减。现在网络诗坛繁盛到无暇顾及了，而且自己杂事俗务太多，只有少数几个微信公众号我是必看的。有时候自己的月选发到朋友圈，几天后看看只有百人左右的阅读量，也很伤心，同时想到大家都在为生活奔波，哪有那么多人有时间来读诗。其实这百人的阅读量中，从头读到尾的很少很少，那才是真正的诗的读者。

有人说网络诗坛制造垃圾。这不是嘲讽，因为我也在网络诗坛中制造着垃圾，甚至比他们更多。从垃圾中想翻到钻石，可能要费很大的气力。所以我只想看我想看的。

后乞 *你的写作习惯是怎样的？会一蹴而就还是反复修改，会酝酿很久还是灵感来了马上动笔？*

张侗 乡村经验要写出现代精神，非常不容易。所以我好多时间用在了锤炼提取诗意上，而不是放在选词造句上。所以反复修改是常事，但修改是一件痛苦的事，有时面对一首诗一个小时也改不动，知道语言要简练自然，知道要改变叙述的角度和节奏，就像扑克牌的排列组合有多少种，绝对不能只有从1到A这一个顺序，有时反复修改，几遍，十几遍，掂量再掂量，比较再比较，可最后一看又回到初稿上去了。花费一个小时又走回原点。这样的事常有。

我写诗没有习惯，有时候几天十多天写不出一首，但到月底会逼着自己写，权当让自己的诗人身份完整些。有时候想写了，想半天写下几个词或一两句，有空回过头再写。我写诗通常为入诗角度的选取纠缠很久，“事”要写到什么程度思考半天，就是分行也会花费好多精力，分行不是随意的，因为一个分行就是一个悬崖，还得是自然形成的悬崖，让人不感到突兀与恐惧。

我们太白楼诗群对一首诗的修改那是认真的。有时围绕着一首诗的修改见仁见智，争论红脸，也舍得花时间。就像我这次入选的其中一首《获救者》结尾的五句，直到2022年12月底，天狼和我还在琢磨，最终修改成“母亲从井底一般的黑暗中/像获救者跳出来/惊喜地抱着我们/默默流泪/拍打着我们身上的雪”，当时是这样的：“母亲仿佛从井底的黑暗中/惊喜地跳出来/像获救者抱着我们/默默

流泪 / 拍打着我们身上的雪”。我的好多诗的修改来自我们太白楼诗群同人的意见或建议。

有些诗会在心里沉淀很久，忽然有一天想写了，就随手写下来。有时候就写在手机里。我的大多诗歌都是这样写出来的。

后乞 你平时读什么书，阅读怎样影响你的诗歌创作？

张侗 我读书比较杂，小说读得比较多。购买的书，小说散文集多于诗集。我平时也写小说散文，投入小说散文的写作时间多于诗歌写作。与其说阅读影响诗歌写作，远不如我们的诗聚影响我的诗歌写作，远不如我钟爱的诗歌微信公众号发出的诗影响我的诗歌写作。比如整理月选，就在心里默念，这月能被“磨铁诗歌月报”选出一首就没白写。我经常把“磨铁诗歌月报”或“在中国写诗”“五人行必有好诗”或收集到的好诗打印下来多次阅读，想着以“磨铁读诗会”的视角与评语警示并矫正自己的诗歌写作。

后乞 对年轻诗人的写作，你有什么建议？

张侗 我心态比较年轻，自认为还没老到那种给别人拉书单的年龄。虽然还有两三年就退休了。

我当了三十多年小学教师，最不喜欢的就是好为人师。虽有场合对年轻诗人提点写作读书的建议，但我不用想就放弃了。年轻人读的书比我多，拥有的书也比我多，经受的文学训练更比我多，想想多好的事，那就多读多写。看似废话，实则实话。只是事与愿违，满眼都是年轻人抱着手机无论何时何地在刷，刷刷刷。

后乞 你认为诗人在当今这个世界，扮演的是一种怎样的角色？

张侗 一个自省者，一个想喊醒周围装睡的人。我想起二十世纪七十年代，我父亲到城里拉搬运，一辆地排车要装一吨甚至更多的木头、粗钢坯、化肥等，父亲把我放在必经的桥东。他拉着满车的东西出火车站几百米，就来到桥下。桥身虽微微弓起，父亲上身几乎与地面平行了，想过桥得使出全身力气，一天或许就这一趟。我拿着绳襻套跑过去，挂在车把旁的挂钩上，与父亲一样上身与地面平行了，咬牙使劲帮着父亲终于把地排车拉过桥。过桥了，父亲拉着再走上几百米就到了卸货的货场，父亲撵我回原地继续等着下一趟。一天能帮父亲过桥三四次。那时我上小学，能有多大的力气，但我的微力却让父亲的力气翻倍。这是化学反应。傍晚回家，父亲把我和一块枕木搬到地排车尾，他骑在一侧的车把上，一手紧抓另一车把，两脚轮番着蹬地，地排车加速度朝着家的方向驶去。这也是化学反应。我想诗人就是这样的角色吧。

后乞 当下的汉语诗歌有很多形态，有人坚持修辞化写作，有人强调口语，有象征主义抒情诗，有冷静克制的意象纯诗，有叙事为主的“事实的诗意”，也有“言之无物”的“废话诗”，你认为未来哪种诗歌将更受欢迎？你认为将来还会有完全崭新的诗歌形式出现吗？那可能是一种怎样的诗歌？

张侗 我身边有好多人喜欢高度修辞化的诗歌，似乎唯有这样才能体现汉语的美和雅，他们非常认可那样的诗歌，经常说“这样的诗歌才是诗歌原本的样子”。但这样的诗歌不会实现我的理想。无论他们怎么说我的诗歌不就是用口语写事，我也会坚持这样写下去，呈现出事里蕴藏着的诗意，用朴实的语言写藏于灵魂深处的世道人心。避免故事化，用事写诗，而不是用诗写故事。真实的呈现比修辞更有穿透力。叙述不是叙事。叙述是策略，而叙事是技术。我经常跟他们掰扯，大半天过去了，我发现我在做无用功。就像挑选西瓜，他们围着西瓜先用美词美句修辞一番，但用刀打开却是个生瓜蛋子。而我什么都不说，直接用刀或锤打开，我需要的是那把刀或那把锤。但我不能锤击他们，更不能向他们捅刀子。

我喜欢让我一愣（不论是吃惊还是受到一击，不论让我产生陌生感还是引发思考）的诗歌。相信一定会有新的诗歌形式出现。但无法预测是怎样的一种诗歌。读者不一样，喜欢的诗歌也千差万别，萝卜白菜，各有所爱。只要诗歌还存在着，总有人喜欢的。我只是默默告诉自己，不要为人们的喜欢而写诗，或写人们喜欢的诗。写出的诗有人喜欢，那只是我的幸运而已。

汉语先锋

2021年度汉语最佳诗歌100首

注：根据每年编选的实际情况，入选作品数量略有不同，本年度实际入选122首。但为保持奖项名称一致，仍称作“汉语先锋 · 2021年度汉语最佳诗歌100首”。

白云谋杀案

——阿楚

天空蓝得诱人
白云像棉花糖
突然白云上落下
好多好多的秋千
这些秋千漂亮又迷人
看见的孩子们都高兴坏了
纷纷跳上去荡了起来
越荡越高啊
笑声此起彼伏
有的甚至荡到最高点
跳到了云朵上面
而有的孩子
却一不小心手滑摔到地上
摔死了
就这样
云上都是笑声、打闹声
而地上全是尸骨和血迹

阿楚《白云谋杀案》入选理由

这是一首阅读过程中充满意外的诗。前面像是一个童话，天真可爱，明媚清新，读着读着突然就露出其中深藏的暗黑部分，令人猝不及防，而到了最后一句，这暗黑更是显露出一种沉重的残酷。这首诗也就从一则童话变成了一首充满隐喻力量的诗。

绝非坦途

——艾蒿

我的第一缕白发
是因为失败的生意
它们真的就
一夜之间长了出来
后来又白了一拨儿
也许它们真的只是
与年龄有关
但我依然还有
很多黑发
所以剩下的就交给你了
我们要去的地方
极昼
飘满白雪
足够令它们铺满
我的整个头颅

艾蒿《绝非坦途》入选理由

这是一首由内心的风霜与光亮交织成的人生之诗。那个人，从风霜中走来，向极昼处而去。那个极昼而又飘满白雪的地方，那白光、白雪与白发组成的世界，到底辉映着怎样的内心？这首诗有令人动容的力量。好久没有诗人艾蒿的音讯了，祝他人生与写作的前路，永有光亮映照。

桥

——笨笨.S.K

去马来西亚旅行
在一座公园里遇到一座桥

桥的一边在焚烧富人的尸体
另外一边在焚烧穷人的尸体

尸体在燃烧的过程中
发出噼里啪啦的声音

这些像鞭炮一样的响声
把穷人和富人变成了灰

把草地上散步的鸽群
送回了天空

笨笨.S.K《桥》入选理由

简洁的笔触，在寥寥几笔的勾勒中，诗意便呈现出来。触及生死，触及人生，但并不停留，笔锋荡开，让这一切被鸽群带走，升上辽远的高空，诗性的格调由此也就变得更高，诗意的宽度由此也就变得开阔。

他小狗她小狗

——草铃

她小狗喜欢到他家玩
他小狗喜欢到她家玩
春天时候
他小狗不见她小狗也不见了
他俩就一起到农贸市场
到公园
到孙老爹钓鱼的野莆滩
到狗狗练习做爱的
古石子废墟
还悄悄儿地到他老岳母家的
木阁子小储藏室
贼贼地找它们
压低嗓门儿去呼唤

草铃《他小狗她小狗》入选理由

写得太可爱了，小细节贼生动！太暧昧了，把一对男女的暧昧写得如同春色满园！太传神了，尤其是最后两句："贼贼地找它们"和"压低嗓门儿去呼唤"。诗意完全呈现在人物的行动中，很高级。

一只陶罐

——草铃

一只陶罐
只是
一只陶罐
多少年深藏的
陶罐
我闭目倾听
一只陶罐轻轻旋转
朴拙
神秘
上面有读不懂的符号
有香气
有刘海儿流苏
有蝉与蟾
有蝙蝠与狼
有蜘蛛与俑相
有古黄香案
有箜篌之音
有杀气甚嚣尘上
有古泉耒耜
有大象、粮食、河流
和太阳
有阴阳生殖器官
有社稷
有男人和女人
就挖掘它

用多种工具
用一个大工程
用陶陶然的心情
用不回头
用一直向下看的眼睛
跪下
捧起
不慎落地
碎片
虚空
一堆
一小堆
一小堆高岭土
黏土

草铃《一只陶罐》入选理由

女诗人草铃的第二首入选诗。跟前面那首《他小狗她小狗》呈现出一种完全不同的好，这证明了诗人的丰富。这是一首非常经典的、威廉斯式的“客体诗”，通过强大的语言力量，让事物自身散发出迷人的诗性光辉。非常遗憾，天不假年，女诗人草铃刚刚显露出其诗歌的天赋与才能，就不幸因病于2022年去世。在此致以深切的悼念。

吃苹果

——陈乐

他安静地吃苹果
没有什么能惊动他
专心咀嚼
汁沫横飞
像从来没吃过苹果

寂寞的感觉乘虚而入
他拿出口袋中的另一个苹果
比刚才吃的要更红，更甜
这原本是留给朋友的
只是这个人没有如约到来

陈乐《吃苹果》入选理由

还是觉得这首诗写多了一句，第二段的第一行“寂寞的感觉乘虚而入”，不要写出来，别点出来会更好，诗意的空间会更大一些。但是没关系，这首诗已经实现了它的好。诗中等人未至的场景，我们都曾经历，但年轻诗人陈乐将其呈现为诗，仅仅用一个吃苹果的细节，就将诗意呈现了出来。诗就在我们生活所有的瞬间，有能力的诗人会将其呈现。

担心

——虫子

在云南边陲
一个小镇上教书时
有堂课
门口来了两位警察
点名叫个孩子
他起身出门时
悄声跟我说
老师别担心
他们是来找我爸的
我去去就回

虫子《担心》入选理由

诗中的那个孩子懂事得令人揪心！短短十行，朴素的白描，勾勒出一个短短的场景，写活了一个孩子，又抵触了不为我们所知却令我们揪心的人物命运，更构成了可供读者想象的诗意空间。人在场景中，所以诗在场景中发生，场景是现代诗的密码之一。寥寥几笔，便能勾勒呈现，轻轻一勾，诗就出来了，这也是能力。

吞吐

——虫子

夜半醒来
听身边这个女人的呼吸
舒缓、均匀
像一头反刍中的小兽
喂她一个湖吧或是天空
喂她我的眼睛
等她用鼻孔慢慢地吞食
又吐出梦来

虫子《吞吐》入选理由

这是年轻的90后诗人虫子的第二首入选诗。与上一首平淡中见真意的风格不同，这是一首饱含强烈情感的抒情诗。诗中的修辞很精彩，既独特又贴切。“喂她我的眼睛”这一句，写得动人。抒情诗中的修辞，往往容易沦为矫揉造作，失去真实感，这首诗里的修辞，却体现得既自然又美好，因为其背后的情感足够真实浓烈。

我们都爱海明威

——春树

何殇在朋友圈贴了一页海明威的《乞力马扎罗的雪》
我回“经典啊”
他回“啥时候一起爬乞力马扎罗”
我回“好啊，虽然我已经爬过一次了”
那次W和我一起去的
在山顶挂了把
象征爱情的锁
把钥匙扔进山下的
大洋（忘了叫什么）
我们依然离婚了
因为——
景色虽美
自由更可贵

春树《我们都爱海明威》入选理由

直接言说是春树的重要诗歌特征之一，她也是中国当代诗人中不多见的真正拥有直接言说能力的诗人。通常情况下，诗歌是呈现而不是言说，言说往往导致将诗意说破，走向诗的反面。只有生命特质特别鲜明的诗人，才能以其锐不可当的生命力，言说成诗。这首《我们都爱海明威》，最后就是在直接言说：“景色虽美，自由更可贵。”一股强烈的生命意志托住了此诗。当然我们也必须看到，在最后的言说之前，春树在技术上做好了足够的叙述铺垫，整首诗翻了三番，叙述—叙述—言说，在铺垫和转折后，才最终亮剑。富有技术含量。

为了自由你愿意付出多少代价

——春树

樱花树下
友人第一次见到馅饼
馅饼先于我冲出幼儿园
“阿姨！”
并且用中文
友人说
她忘不了这第一次会面
他是如此阳光
如此活泼

她没有生孩子
不是不想
这么多年
一下子也就过去了
甚至没有深究
到底是谁的责任
现在卵子已失去活力

印象深刻的还有
那天我的急躁
当馅饼站在路边看喷泉
玩木棍儿不走
爬上别人的摩托车
我想赶紧回家
我在焦虑

改不完的小说
写不完的诗
未来何去何从

她爱上了馅饼
与我不是一种爱
但同样是爱
她在与馅饼在一起时
成为一位母亲
比我更体贴
馅饼走在我们中间
毫无疑问
健康阳光明亮
是我们女人共同的孩子

春树《为了自由你愿意付出多少代价》入选理由

诗忌杂糅，但春树这首诗偏偏写得很杂糅，里面至少杂糅了两个不同的主题，一是爱与自由之间的矛盾和焦虑，二是纯粹的母爱。春树有一股蛮力，硬生生地将这两个主题打入了同一首诗中，不但没有写砸，而且还构成了一种复杂的混响！因为结尾那四句太强大了（又是“言说”），强大得足以托住前面的所有部分，将它们捏成整体。

这座城市与我

——春树

无法做到无坚不摧
我如影子一般穿行在这
空荡荡的城市
我路过
空空如也
写着“出租”
字样的橱窗
路过
路灯杆上的
小广告
路过寻猫启事
一只白色的猫
仔细看
有蓝色双眸
为防止被雨水淋湿
还覆了层
塑料薄膜
这只猫
我每天都会看见
它被贴在花坛边的木栅栏上
在垃圾箱下侧
它一如既往
白色
像雪
优雅

纯洁
庄重
蓝色双眸
望着
每一个望着
它的人

春树《这座城市与我》入选理由

这是春树的第三首入选诗，与前两首强大的主观性不同，这首诗写的是事物本身。春树在诗中写的是一只猫的眼睛，并不是一只活猫的眼睛，而是贴在路灯杆上的一则寻猫启事照片上的猫的眼睛，这体现了诗人内心的活跃与敏感。当那双路灯杆上的猫眼击中了诗人时，一首角度独特、生命意志强烈的诗便跃然而出。

食鱼者说

——丁小虫

北冥有鱼，其名为鲲
肉之鲜，香味传几千里也
想一个人偷偷吃掉
根本不可能

丁小虫《食鱼者说》入选理由

好玩、有趣是当代诗的重要美学特征之一。这首诗没有什么可说的，就是好玩，很闷骚的那种无厘头，很无厘头的那种好玩，你意想不到的那种无厘头，特别聪明的那种好玩。又聪明又好玩，效果特别好的四行短诗。

最后一面

——独孤九

孩子们围在床边
呼吸机还在呼吸，大女儿抽泣着
再次拭去父亲眼角渗出的泪水
一个做白事的人进来
探头看了看
回到病房外对同伴说
快了，马上的事儿了

医院走廊的电梯上上下下
一些赶来看他
最后一眼的亲友
陆续滞留在走廊两边
低声谈论着，等候着
他还在死亡

他的老伴儿和亲友们分别说过话
接受他们的安慰
在一个不经意的时刻
她走进了电梯
再也没有上来
她自己先回了家

独孤九《最后一面》入选理由

前两段充满细节的叙述，充分地写出了病人最后时刻的那种真实感和复杂性，如果延续这一节奏，足以构成一首好诗，但不足以构成一首特别好的诗。独孤九的这首诗好就好在，前两段写得稳，而第三段忽然一个拐弯，拔地而起，陡然把诗写高了！意想不到的结尾，细想却又完全符合生活的真实。作者没有交代或者作者也不知道那位老妇人为什么就直接回了家，诗的想象空间也就因此留出来了。石家庄诗人独孤九擅长抒情，但这首没有抒情，写得高级。

我说，你信

——杜鹏

在按摩院，新来的按摩师问我多大了
我说三十五岁
她又问我孩子多大了
我说没孩子，我离婚了
她接着问我离婚是不是和我胖有关
我说我一年挣一百万
她的手停下来了，过了十几秒
才返回到我的肩膀上

她信了
我赢了

杜鹏《我说，你信》入选理由

又是一首好玩有趣的诗！但这首诗的好玩有趣并非依赖想象，而是建立在具体的生活场景中，因此更有质感。神对话，神细节，写得漂亮！最后那两句如同画龙点睛，令整首诗陡变得更加生动更加好玩也更加耐读。“她信了/我赢了”，太漂亮了。

爸爸们

——范可心

一个高尔夫球队六个人
四个人没爸爸
其中一个的爸爸在她初中时
人间蒸发了
其中一个的爸爸生下来就没见过
其中一个的爸爸在她很小时就和她妈
　　妈离婚
只偶然见过一次
这三个人说起自己的爸爸时
都轻描淡写掠过
对于她们来说
好像没有爸爸真的无所谓
这个时候
只有我在真正努力让自己的语气
也变得轻描淡写一些
好像我的爸爸不是去年去世
也是在我生下时就消失了一样

范可心《爸爸们》入选理由

中国人重亲情，中国诗人擅写亲情，尤其是对逝去父母的追思，往往用情至深，常见好诗。也正因为如此，再写出新意就变得很难。范可心这一首写得很有新意，她没有空洞地表达思念，而是敏锐地观察到了自己的情感在日常生活中呈现出来的样子。情感变得具体，变得有了形状。当思念被藏进“轻描淡写”中，反而变得更强烈。强烈的情感，与不得不“轻描淡写”的生活日常，这两者之间构成的张力，是这首诗的核心。另外，这首诗还部分触达了一代“没有父亲”的孩子，增加了它的丰富性。范可心出生于2000年，00后诗人正在大规模涌现。

今天去徒步

——范可心

把拍的照片发给妈妈
她回复：
这座山和我们之前在墨尔本爬的那座
很像
我知道她在指什么
唯一一次
我们一家三口在墨尔本爬的山
她在缅怀爸爸
但我并不想逼迫自己
和她感同身受
于是我回复：
山长得都一样

范可心《今天去徒步》入选理由

又是写父亲。范可心写父亲的好诗已有若干首。可见真切的情感才是我们最重要的写作源泉。正因为真切，所以范可心写父亲不需要“抒情”，因为亡父会不断在她日常生活的各种时刻出现，意料之中的时刻和意料之外的时刻。每一次出现，其实都是一首诗，就看诗人有没有能力敏锐地用诗歌呈现出其中的诗性。范可心显然有这个能力。死者从未远去，他一直在我们的生活中，也就会在我们的诗中。

坐禅

——方闲海

在某一刻
我突然想手淫一下
但突然感到
有一点难为情
手淫与年龄
已完全不搭调了
我想起了
月光下的和尚
坐禅
一根阴茎似蜗牛
温柔地躺在两腿之间

方闲海《坐禅》入选理由

诗人要敢写，在某一些诗人那里，这早已是常识，不敢写的诗人，不足以谈诗歌。但到底什么是敢写？一个男诗人，写自己年轻特能搞，这不算敢写，顶多算油腻。但写自己到了某个年龄后的有心无力，才大概勉强算是敢写，敢于面对自己的脆弱。更何况，方闲海这首诗中，和尚坐禅的比喻，一只软啪啪的小蜗牛的比喻，足以让人忍俊不禁。拿自己开玩笑，就挺好。

无题

——葛平

曾多次想过
死后不留骨灰
离大海太远了
就埋在一棵树下
也好
可是，丈夫
在长寝园
九区四排十三号
已经
等了我
整整十五年
他有足够的耐心
等下去

葛平《无题》入选理由

一首读来令人五味杂陈的诗。一首非常中国人的、情感复杂的诗。有些情感，已经不仅仅是爱情和亲情，而是变成了生生死死都无法抹除的牵绊。在诗的头几句，诗人想要的，是死后的彻底解脱和自由，再无拘牵。但笔锋一转，想起丈夫已经在墓园等了她十五年，这份牵绊，死亡也无法解除！每行诗句都很朴素简单，但细读一下，却惊心动魄。

照片——诗悼老木

——韩东

在这张照片上你依稀能看见他以前的样子。
但我们没法倒推，在他二十岁时
看见一个流浪汉。时光以流水雕刻
多出了一些或者缺少，比如
那根髭出来的鼠须，为什么没有被剪掉？
也许他会说："我没有注意到。"
因返乡而临时套上的紫红色羽绒服
使他的脸平添一层容光。一颗门牙
在相隔的四十年里又长长了
但旁边的牙没有了。薄成一条线的嘴唇后
那口牙完全不是他的，但也绝非假牙。只是
那细长的脚杆最适合在巴黎街头行走
在台北街头行走，在纽约街头行走
属于一个世界级的流浪汉。然而他回归了。
一个朋友代表我们前往慰问
隔着红棉袄拥抱他一身的老骨头。
我能感觉到那朋友的悲伤，骨头
向外刺出，像他脸上的鼠须，几乎戳破鸭绒。
我们是一伙都留着白色胡楂儿的庄严的老人
他不在我们中间，以后也不会在。
终于有硬物自外而内地刺进里面
尖锐，如一个乡村之夜，他起床上自家茅房
长了肿瘤的肝脏破裂。
长了肿瘤？那朋友的确是这么说的
随后发来这张照片。

韩东《照片——诗悼老木》入选理由

韩东写过不少悼亡题材的诗，往往都写得很好，他对死者常有格外细腻的情感。但这首《照片》仍然写得与众不同。他凝视着死者留下的最后一张照片，用语言重新刻画照片上的每一个细节：一根髭出的鼠须，一颗长长的门牙，临时套上的紫红色羽绒服，尖锐得要突出体外的骨头……每一个细节都呈现了命运，由此，这首诗便写进了死者的生命深处。韩东有强大的语言能力和细节能力，以及动人的共情心。诗中的死者老木，是当代诗歌史上的传奇人物，读者若是了解此人生平，会更有助于阅读此诗。

失去

——韩东

我们失去了一些东西
有时失去就是死亡。
他们也失去了，双份的
既失去了我们
也失去了自己。

他们失去了外表
名字是仅存的遗物
在我们的失去中
发出金属的磕碰之声（那些铭牌）。
有时也如大海般沉默
当那些名字在一起。

我们很多人说出一个名字便叮叮作响
而一个人想起很多人就有浪涌。
突然风平浪静
我们行走在他们归还的天地里。

爱在失去之所
这是一种玩弄。

韩东《失去》入选理由

又是一首写死亡的诗。上一首入选诗《照片——诗悼老木》写得具体，这一首《失去》则完全是抽象的玄思。既有直接面对事物的具体能力，又有抽离事物的抽象能力，并且这两种能力都很强大，当代诗人中，唯韩东一人也。

最近打碎两只碗

——何小竹

一次是左手端着
从饭厅进厨房
手臂在门框上碰了一下
碗掉地上了
另一次也是从饭厅进厨房
端着一只从冰箱里
拿出来的碗（里面是昨天的剩饭）
边走边想撕开碗上的保鲜膜
那碗自己就掉地上了
这现象怎么解释呢
她说，有什么好解释的
以后想做什么的时候
把碗放到桌子上
再做

何小竹《最近打碎两只碗》入选理由

何为诗意，诗意如何构成？只有最好的诗人才能拓展这一答案的边界，何小竹就是这样的诗人。这首诗是何小竹式诗意建构的又一典范。这是一首文体感极强的诗，何小竹用一种独属于他的语言形式，从日常生活中看似不可能存在诗意之处，创造出了诗意。

蔡某的左手

——何小竹

他在吧台拿了一把刀
持刀前往809包房将蔡某的左手砍伤
凌晨1时30分左右，还未解气
返回酒吧，再次持刀砍向蔡某的左手
半小时后，在十字路口
又看见准备前往医院就医的蔡某
他让蔡某跪下来给自己道歉
同时用脚碾压蔡某的左手
直到最后，这则新闻都没告诉我们
他为啥那么恨蔡某的左手

何小竹《蔡某的左手》入选理由

何小竹抓住（也可能是创造出）了一个荒诞事件中的强烈意象，像诗中的凶手一样，死死咬住“蔡某的左手”。四次出现的“蔡某的左手”，构成了一首精彩的诗。整首诗如同凶手绷紧的肌肉，构成了强烈的诗意。结尾非常漂亮，是啊，他为什么那么恨蔡某的左手？

高音

——黑瞳

一场暴雨
下在窗外
我听见被雨淋湿的人
发出的爆笑
好像被淋湿是快乐的事
这令我想起那个场景——
你碰我的时候
我就想哭
好像弹奏到最高音
是一件悲伤的事

黑瞳《高音》入选理由

一首敏感的诗，源自紧张而敏感的身体。敏感是诗人的最高天赋，而这首诗中有一种连续的敏感：既有身体的敏感，又有心灵的敏感，最后四行用一个锐利的比喻，将这两种敏感焊在一起，融为一体。

柔顺的

——黑瞳

总有一把巨大的剪刀
等在那里
除草工人修剪那些灌木
使那些植物人人都喜欢
且被人忽略

黑瞳《柔顺的》入选理由

黑瞳的诗，素来有某种“自白派”特质，但这首很不一样，这首诗是在直接写事物。整首诗没有一句修辞，直接描述事物，却产生了强大的隐喻效果！这比象征主义者们滥用修辞、曲里拐弯、强行隐喻要高级得多。诗人将“一把巨大的剪刀”置于首行，匠心独运，令这把剪刀占据了读者的想象视觉，巨大而凌厉！最后两句“使那些植物人人都喜欢，且被人忽略”，非常准确的描述，语言很轻却直中靶心。

带鱼

——后后井

四姨在工地煮饭
每到吃饭时
七岁的表弟看到
工头手臂上文着的带鱼
就嚷嚷着要吃鱼
工头就把手臂伸到表弟面前
四姨不让咬说有刺
后来工头成了四姨父
主要是两个原因
一是他手臂上的带鱼没刺
二是他跟四姨讲
小孩老吃荤不好
就加文了香蕉和梨

后后井《带鱼》入选理由

这是一首已经在诗歌圈内和圈外流传较广的诗。我常常在各种诗歌公众号上看到这首诗，在微博上，这首诗也有较大的阅读量。既被圈内的诗人同行认可，又被更多普通读者喜爱，这种情况并不多见。这首诗之所以能做到，就是因为诗中的生活细节非常美好，非常动人。后后井不是一个很受关注的诗人，但他其实是一个真正的口语诗实力派。

租房小记

——后乞

这房子有大大的飘窗
猫一样的沙发
但我和我的朋友
能否在这里住下
取决于跟我们同龄的
房东情侣
打算什么时候结婚
他们一个在大学当老师
一个在医院做医生
我们的工作则是编辑一些
他们也许没听过的书
他们温和地告诉我们
本周末与长辈通话
会做出最后的决定

后乞《租房小记》入选理由

一首属于年轻上班族的诗，写得真切。诗中写的是一种“等待”，怀抱着期待、憧憬、不安、忐忑，等待什么呢？等待一间适宜的租处，等待一次“宣判”。95后诗人后乞这首诗写出了这种等待感和等待背后的那些东西。能写出日常如此轻微、如此容易被我们忽视的情感，足见诗人的敏感度与写诗的能力。

林边的妈妈

——后乞

妈妈站在林子那边
落叶拂过她的裙摆
她伸手招呼我
可我两腿陷入草丛
蟋蟀在脚边群起鸣叫
我大声喊她
她没有回应
转身朝树林外走去
天突然就黑了
我知道这里离家不远
家里的厨房亮起灯
妈妈一定换下了裙子
想到这个
四周的黑暗
令我心生温暖

后乞《林边的妈妈》入选理由

非常温柔的一首抒情诗，写一个小女孩对妈妈的爱和依恋。这首诗有充分的场景感和氛围感，恰到好处的叙述和推进节奏，自然而微妙的情感生发。情感与场景、气氛、叙述融为一体，使得多年前的那个黑夜，再次散发出暖意。

灶神奶奶照镜子

——黄平子

小时候
阿婆每天煮好饭
洗干净锅
都要往锅里
再倒上一瓢水
我问阿婆为什么
阿婆说
灶神奶奶
每天都要照镜子

黄平子《灶神奶奶照镜子》入选理由

一首看起来非常简单的诗，但是诗中阿婆的话“灶神奶奶，每天都要照镜子”太可爱了，这句话阿婆说出来就是一首诗，晶莹剔透。而诗人意识到其中的诗意，将其写出，并且没有做任何刻意放大和渲染，以一种最朴素的方式，将阿婆说出的“诗”呈现为一首诗。

鸡脚

——黄平子

小时候杀鸡
母亲叫我抓鸡脚
我记得鸡的脚
是热的
我的手心
都抓出了汗

黄平子《鸡脚》入选理由

致命的细节可以直接成诗。这首六行短诗，由两个细节组成。“我记得鸡的脚，是热的”，这是一个细节，这个细节已经具备诗意了。更要命的细节是下一句，“我的手心，都抓出了汗”，此句一出，诗就成了，而且这是一种非常直接的身体感觉，能让读者在读诗时也能获得同样的身体感受，如同自己握着那只热热的鸡脚。

文身

——菊宁

我姐给我看她的私密相册
有一张摆拍的最为别致

我姐夫赤裸着上身趴在床上
裤子退到臀部露出了臀沟

我姐夫面部乌黑
背部的皮肤却白皙

我姐夫术前是个两百斤的胖子
术后一百二十斤皮包骨头

我姐夫的皮下脂膏已所剩无几
背部的皮肤依然紧实细腻

整个后背一幅钟馗捉鬼图的文身
第一次见华丽得令我咂舌

特别是钟馗踏在脚下的那只小鬼
在我姐夫右腰眼处瑟瑟发抖

这是我姐夫去世前三天拍的照片
我姐说可惜了这张美丽的人皮

想到它即将化为灰烬
拍个照留个纪念

菊宁《文身》入选理由

写得有点狠了，有点冷酷，但诗人并不是为了狠而狠，也没有任何恶狠狠的想法，她只是在冷静而真实地叙述，没有带任何感情。事情就是这么一个事情，不带感情地陈述出来就构成了冷酷。事物本身往往蕴藏着强大的诗性，就看作者如何通过叙述将这种力量呈现，越接近真实，诗性就越强大。这首诗里的叙述能力和细节能力都很出色。

逆子可活

——君儿

姐姐听话
差几分没考上大学
妈妈不让复读
她进了村办工厂上班
不出几年自杀而亡

大弟听话
初中没毕业就回家务农
夏天到别人家的养鱼坑捕鱼
被打又被父亲送到乡里看管
回来就在玉米地里喝了农药

我从小不听话
对妈妈消极抵抗
没少挨骂越骂越不听
后来从县城考上大学
抬腿走人像个逆子

小弟也不听话
因为淘气经常闯祸
被父亲用铁钳子夹手指
他骑了一夜车到市中心
为看一眼城市的繁华
也无疑逆子一枚

"好的都死了"
妈妈以前经常感叹
感叹得多了
我也似有所悟
艰难时代 彼时彼境
原来逆子可活

君儿《逆子可活》入选理由

这是一首分量很重的杰作。一首不长的诗，一声"逆子可活"的叹息，便写出了一部沉重的中国乡村家庭史。君儿擅长写亲情和家庭，因为其中浸润了太多情感。另外还想指出的是，有内容的诗与只有语言的诗相比，分量总是要重一些！而分量重的诗和分量轻的诗，哪怕都是好诗，重的东西就是更有打击力。

老船长的狗

——蓝蓝

我有一只狗。
老船长说。
我的狗
从来不离开家门。
老船长说。
我不用喂它，
它也从来不会饿。
我五十多岁了，
我的狗比我还老。
终于有一天，
老船长带我去看他的狗。
在岸边的船屋跟前，
他的妻子指给我看——
一块脸盆大的黑礁石，
被浪花簇拥着。
这就是我养的狗。
老船长珍惜地说。
多么好的一只狗啊，
海浪过来时，它汪汪地叫着。

蓝蓝《老船长的狗》入选理由

“一块脸盆大的黑礁石，被浪花簇拥着”，老船长说，“这就是我养的狗”，读到这里，不禁动容！这就是诗核，非常强大。诗人在娓娓道来的舒缓叙述中，陡然间令诗歌闪耀出了光芒。蓝蓝素来以抒情诗闻世，这首诗的情感力量也很重，但却如那块黑礁石般将情感压在诗的内部，压在冷静的叙述过程中，压得非常结实，因此就格外饱满。

妈妈

——蓝毒

妈妈，早上五点多
去劳务市场找活儿
有老板从车上下来
你就游鱼一样过去
甜声甜气问
要人吗
你这样问了五次
两次，紧跟他们身后
凑着瘦小的身子
拽他们的胳膊
妈妈，那些老板
压根儿没理你
我们只能去栽树
本来你挺高兴的
以为能挣一百八十块
但你把手机丢了，妈妈
回来已是
近晚上十一点
妈妈，骂了你的
那根木头男人来迎你
那个畜生撒
你囔声嘟气说
人家一晃一晃地
又折回去了

蓝毒《妈妈》入选理由

又是一首写妈妈的诗。中国诗人写自己父母的好诗真的是太多了。这首诗里的妈妈卑微而顽强，读来令人心疼！太真实了，这就是我们很多人的“妈妈”！诗人刻画得入骨三分，因为这些细节深刻地烙在诗人心中。

柏油路尽头

——劳淑珍

当年去中国。不认识几个字。一切很陌生。很
有土气。
是好多年前。骑自行车。太阳真炎热。柏油路
漆黑。
柏油路的尽头，金黄玉米田出现。周围很安静。
也没有人。
就在我脚边，一片粪坑。被放在柏油路尽头。
那是我第一次看到粪坑。周围很安静。没有人。
太阳炎热。
柏油路漆黑。玉米金黄。粪坑发出唯一的动静。
在温暖深褐色的粪便里
成千上万的小虫子快乐地奔腾。

劳淑珍《柏油路尽头》入选理由

一个外国人，第一次来中国，看到中国农村的大粪坑，她从来没见过，感到非常新鲜，印象特别强烈。是的，就是这种第一次见到的新鲜和强烈，令她在多年之后，把粪坑写成了诗！中国诗人很难写出这样的诗，很难写出这样一个粪坑，因为见多了，不新鲜，不强烈。所以说，诗在哪里呢？就在你熟视无睹的地方，有人看到了诗。当她写出来，你不禁惊呼，原来粪坑是这样：在温暖深褐色的粪便里，成千上万只小虫子快乐地奔腾！

我真爱我妈，她是最纯粹的诗

——劳淑珍

经常是这样，妈的诗力强得可怕

她正在奔驰的火车里，所以给我打电话
她说呀，说呀，说说说呀
说到那个可恶的男人怎么操了一个十五岁的
女孩
很可恶啊，这样干，操，日一个年轻的女人，
我妈呀

她生气了，我说妈，礼貌一些，好吧，然后我
们笑了

她又说日、说干、说操

说脏猪，说老公羊

我说妈呀，礼貌一些好不好，不要那么骂人

她说以色列不帮助巴勒斯坦人
说丹麦最近怎么把叙利亚难民赶走
AstraZenica如何如何
我们那么同意，那么
觉得这世界不公平、可恶

我们说到那位喜欢舔女人耳朵的市长

我说如果有男人舔我的耳朵舔十秒钟
我肯定会移开头呢
然后她说她经常舔我爸，
她咬定十秒钟不算长时间，她宣布自己用
爸的胡楂儿把舌头磨清

我们互相大笑，我的妈呀，那么活泼

然后她沉默了，说
眼睛越来越坏

她看不见，这让她难过
甚至，昨天
她弯腰捡起了
一束阳光

我哇了一声，说：妈
那可真是最美丽的动作

她回答说：这对你来说
可能是一个很美丽的动作
而我却觉得
很可怕，怎么
突然分不清一片纸和一束光？
阳光是抬不起来的，女儿

劳淑珍《我真爱我妈，她是最纯粹的诗》入选理由

非常精彩的叙述！叙述是现代诗最重要的美学手段之一，叙述是让诗人真正进入事物的最重要手段，没有之一。一个诗人如果拥有强大的叙述能力，他/她将获得一颗消化能力超强的诗歌之胃，很多题材和内容都会为他彻底敞开大门，让他进去！所以，看看劳淑珍这首诗的叙述推进过程、叙述节奏、转折、埋伏和那句精彩的收尾吧。

流产——劳淑珍

梦见医生就像摘下
什么苹果，什么桃子，什么蘑菇
什么花蕾，掏出我的胎儿
于是我像什么母猪或者树木静静站着，身体发冷

可真正的流产是另一回事
我坐在马桶上
死掉而变形的小血滴子
拧紧我身体
最后啪嗒一声
掉进马桶往下沉

(犹如我此刻骑自行车快速奔驰
下山，突然失控狠狠摔倒，滑过柏油路
身体的皮肤全被割去了
于是我变成血红的坠落嘶喊)

之后是那个护士问我
你不怕吗？一个人在马桶里流产？
对，我不怕

之后是那个医生哈哈大笑说
放心啊，尽管我找不到你的血脉
我保证它们还在咯，哈哈哈，哈哈哈，哈哈哈
他就那么一直大笑，直到我昏迷过去

之后他们清除了我体内的爆炸苹果

之后我就待在我脑子里，从远处听见了身体
的古怪哭泣

之后就这样，流产
就像血红的坠落嘶喊

劳淑珍《流产》入选理由

什么叫切肤之感？什么叫贴着自己的身体感受写？什么叫强烈的身心体验？劳淑珍的这首《流产》，几乎给出了全部的答案。她把流产的现实过程和身心体验，都写得淋漓尽致，那种拧紧、坠落、下沉……都被她写出来了。劳淑珍的语言充满了爆炸的能量。

榆叶雨

——里所

奶奶爬到树上
摘榆叶
她嫂子饿得爬不了树
叫奶奶拉她上去
奶奶说我可拉不动
你要是把我也坠下去
一家人今天就饿死了

民国三十年的阳光
照着十二岁的瘦奶奶
和她更瘦的小嫂子

树上的少女忽然从筐中
抓起一把叶子
给她快晕倒的嫂子
下了一阵可以吃的雨

里所《榆叶雨》入选理由

民国三十年（1941年）的少女，民国三十年的一对妯娌，民国三十年的阳光，民国三十年的饥饿。诗人里所在2021年，写出了发生在民国三十年的这幕场景，写活了那种饥饿，写活了树上的少女。

女人梦

——里所

嚾杂的饭桌上
她借着酒劲儿讲述了自己的梦
梦中她穿着婚纱
坐在空房间里
满地灰尘没有一个脚印
她先看见自己抚琴的背影
然后看见转过身的
那个女人
脸上只有两个巨大的眼睛
血丝密布
充满流不尽的泪水
怔怔地从她面前飞走了
她说感觉自己就那样坐了上千年
没人进来看过她
更无人在乎她需要什么
当她讲述这个梦
饭桌上的男人们
包括她丈夫
都忙着喝酒喝酒
吃面吃面

里所《女人梦》入选理由

一首女性的诗！在嘈杂的饭桌上，一个女人讲起自己做的一个梦，包括她丈夫在内的男士们，没有人会真把一个梦当回事。但女诗人里所却听到了其中的风暴雷霆，并将其呈现得如此清晰，如此令人震撼，令每个有心的人都能和她一起听到，都能感同身受。

氟斑牙少女

——里所

坐在花坛边复习化学
月季和蝴蝶翅膀
发生着爱的化合反应
她的心忍不住飞来飞去
知道酒精灯不能吹灭
她就一直烧得头脑发烫
知道钠遇水极易自燃
她血管都要爆炸
有时会故意问他一些
原本已经会做的题
仅仅为了可以吸嗅到
他呼出的烟味儿
他石英状的眼神
是加速她成熟的催化剂
有天他盯着她看了好几秒
如试管里的水
加热就会沸腾那样自然地说道
我去实验室找点什么
才能把你这两颗门牙涂白呢
他笑着没有任何恶意
却足以耗光了她的氧气

里所《氟斑牙少女》入选理由

这是里所的第三首入选诗，也是三首中最强的。最强的里所往往具有这样的特点，通过充满弹性和想象力的叙述，在推进的过程中层层展现诗意。这首诗正是如此，将化学实验课的教学场景完美地与怀春少女内心的波动连接在一起，形成了非常强大的通感力量，写得既巧妙又精准，充满表现力。在非常具体而饱满的叙述中，呈现出少女微妙的心事变化。

阜阳
——李柳杨

夜晚的河流
散发古老地球的
光辉
一辆路过的车
捕获一颗
液体的黑眼珠

李柳杨《阜阳》入选理由

李柳杨常常能用一个比喻写绝一首诗，可以被称为是李柳杨式的绝句。这首诗又是如此。“一辆路过的车/捕获一颗/液体的黑眼珠”，比喻夜晚的河流，瑰奇而准确，直接就写到一首诗的尽头去了。有一种一竿子捅到底的虎劲儿，又有一种手起刀落的麻利。

有一个人在大海里游泳

——李柳杨

有一个人在大海里游泳
哥伦布发现新大陆
有一个人在大海里游泳
不知道是死了
还是在漂浮
有一个人在大海里游泳
爱因斯坦改变了世界
有一个人在大海里游泳
绵羊多莉去世
马尔克斯拿了诺贝尔文学奖
有一个人在大海里游泳
美军进入了日本
原子弹在地球爆炸
有一个人在大海里游泳
喜帖从门缝里塞进来
海豚在轮船上冒着血
关于黑洞的记忆
在一个叫霍金的人身上被唤醒
有一个人在大海里游泳
能不能说话的问题
在一个国家
禁止被说
有一个人在大海里游泳
他长得像一颗种子

有一个人在大海里游泳
那么孤独那么恒久

李柳杨《有一个人在大海里游泳》入选理由

李柳杨擅长短诗，很少写这么长。这首诗写得气韵绵长，体现了李柳杨的另一种可能。诗中的独特联想是李柳杨的常规武器，只不过这一次，她采用了一种巧妙的结构，形成了一种饶舌的、堆砌的、重复的效果，放大了这种独特。而在看似漫无目的的重复和变化中，又埋了几根硬骨头。当这首诗中有了较真的、坚硬的、想咬人一口的部分，这首诗才真的写成了。

猪怕过年

——瑠歌

四五个青年
揪一头猪

猪好生硬气
刚拖出圈
四只蹄子
磨出千里黄沙
嘴里哼哼着
活像电视剧里被
宪兵抓住
临危不惧的特工

再走了几步
几个小伙子用力一提
猪顿时恍然大悟
浑身粉肉剧烈抽动
一阵撕心裂肺
惨
叫
猪被压在了秤上

冰冷的指针转动着
为它一生吃下的泔水
一生攒下的肥肉
一生的意义

做出测量

看热闹的妇女
指指点点
好奇的孩子凑上去
被拉了回来

接受审判后
猪像是认命了
倒挂在一根棍子上
被拉上了车

面包车平缓行驶了一阵
躺在后备厢里的猪
逐渐面露温色

车厢打开
才发现
另一只同胞发黑的尸体
已经躺在了外面的案板上

……
死亡永远要在经历
无数次惊恐
与看似的顿悟后

才会突然降临

因此
在临死前
我们究竟能否获得
不发出惨叫的
力量呢

瑠歌《猪怕过年》入选理由

这首诗的特别之处在于，诗人瑠歌用很大的耐心，冒着啰唆的危险，着力于写一头猪从抓住到被运送的全过程。他在这个过程中，审视这头猪遭遇的每个环节，以及在每个环节里猪的情绪变化。这种耐心而细致的叙述，足以让读者联想一下作为一个人的处境和命运，太像了，不是吗？不是瑠歌在刻意营造这种隐喻，不是隐喻，是事实，猪与人，就是一样。所以诗人才在最后，发出那样的锥心之问：在临死前 / 我们究竟能否获得 / 不发出惨叫的 / 力量呢？

二姑娘

——刘傲夫

为了生舅舅
二姑娘一出生
就被我外公外婆
送到了我奶奶家
给我父亲
做了童养媳

为了生下我
连生大姐二姐的
二姑娘
逃出了沅湖村
屋子被乡里干部
搬空了
屋瓦也被挑了

为了让已生女儿的
我和妻子
再生一个
二姑娘有一次居然
跪到了我脚前
把我着实
惊吓了一大跳

刘傲夫《二姑娘》入选理由

这首诗在这届最佳诗歌100首中堪称强作。刘傲夫几乎每年都有诗能入选年度100首，而且往往都是其中的强作，证明他具备把诗写尖的能力。这首诗有三段，每段都是命运，三段就是一个中国女人的一生，并且毫无煽情之语，很高级。但这还不是这首诗最"尖"的地方，这首诗的最尖处就在"二姑娘"这三个字，通篇没有一处用妈妈或者母亲，全部都用"二姑娘"作为指称，这让我们跟随着那个做童养媳的小姑娘，走过了一生。

珍妃的旅行

——刘川

——珍妃，光绪帝妃子他他拉氏，被慈禧太后投入井中溺死。

零岁，进入户部右侍郎长叙妻腹

五岁，进入旗袍

十岁，进入紫禁城

十三岁，进入官轿
进入皇宫

十四岁，进入光绪帝被窝

二十四岁，旅行结束
到达一口井底

刘川《珍妃的旅行》入选理由

五个进入，一个到达。二十四岁，珍妃到达了人生的井底。九行，一则标准的简历。简历可不可以是诗？当然可以，当这简历的背后写满了吃人的历史，吃女性的历史！刘川是一个形式能力很强的诗人，而形式，正是诗人智性创造力的重要体现。

母子

——绿夭

婆婆病了
要老公给她洗澡
却不让我帮她
我问老公
给你妈洗澡是什么感觉
“皮包骨的感觉”
他淡淡地说
过了一会儿
又补充道
“就是一个小女孩儿”

绿夭《母子》入选理由

诗虽短，内容却很多。认真数一下你也许会发现，这首十行短诗里，包含了四种不同的内容。每一种都充满生活的温度，有的微妙，微妙得不细读就看不见；有的强烈，但再强烈的情感，表达出来，也就是那淡淡的一句话，“就是一个小女孩儿”。

奶雨

——马亚坤

一只涨奶的山羊
侧卧在草棚里
萨仁大娘拿着铁桶
想去挤奶
也许是因为疼痛
山羊拖着肥大的乳房
噌的一下
窜了出去
所有人都惊呆了
只见碧绿的草原上
瞬间下起了一阵
白色的奶雨

马亚坤《奶雨》入选理由

一个场景，写好了就是一首好诗。这个场景里，既有情节，又有动作，充满了动作感。对于描述场景来讲，动作太重要了，几乎是成败的关键。但华章还是出现在结尾，碧绿的草原上，下起了白色的奶雨，这首诗就升华到“美”的境界了。

做牛做马

——毛姐

我一直觉得女孩子的青春
如果不和汗水沾染上关系
怎么敢叫青春
我一直觉得女孩子的汗水
如果不和爱情沾染关系
怎么能说淌过汗
我一直觉得女孩子的爱情
如果不和做牛做马搭上关系
怎么好意思说你爱过
结婚前，他父亲在后面扶犁
耕除花生垄间的麦茬
我俩在前面像两头发情的牛犊
一起拉着犁
他不时仰头高喊两嗓子
那时我们谁都不知道
今后半生的岁月里
爱情会被生活拉扯出
一道道血淋淋的伤口
还只能独自舔舐

毛姐《做牛做马》入选理由

那个年代的爱情，在河南女诗人毛姐的笔下，被写得如此有质感，能被如此具体地触摸到，触摸到那种青春的美好。而爱情之后的生活，又是那么难言！标题是《做牛做马》，爱情中的做牛做马，依然是爱情的样子，而此后生活中呢？女性依然在做牛做马吗？

他们上楼顶看星星去了

——梅花驿

同学们从一楼餐厅
返回四楼宿舍
我走在最后
在走廊外面的
单杠上
做引体向上
突然冲过来几个人
拿着棍棒
看架势是来打架
问我人呢
我说他们上楼顶
看星星去了
领头的人愣了一下
对手下说不是他们
咕咚咕咚下了楼

梅花驿《他们上楼顶看星星去了》入选理由

有神来之笔的一首诗！就是诗中的那一句“他们上楼顶看星星去了”。谁能料到会有这一句？令一个常见的事件突然神奇地拐了弯，但又拐得合情合理，是啊，被追打的人怎么可能去楼顶看星星呢？这突兀而神奇的拐弯构成了一首诗。

泥土，陶器，女人

——明迪

她们在河边跪下
用黏土做陶罐
圆圆的身体，每一个都是母亲
孕育着孩子，她们跪下，祈祷，天佑
从天而降，她们在陶罐上刻下名字
身体圆圆的陶罐，每一个都是女神
母亲女神的陶罐身体里
飞出孩子，桃花朵朵
从扁平的泥板，到圆圆的陶罐
她们 刻下飞鸟，闪电，飞鱼，雷雨
刻下谷物生长，花开花落
陶符器皿，铭文，文字，埋在
地下三千年，破碎的身体
等待星星发现

明迪《泥土，陶器，女人》入选理由

一首图像诗！中国诗人很少采用这种诗歌形式。世界诗歌史上有几位大诗人，如阿波利奈尔、帕拉都曾一度痴迷于这种实验性的诗歌形式。中国诗人中，旅居澳大利亚的诗人欧阳昱是在诗歌形式上大玩实验的急先锋，而这首诗则来自旅居美国的明迪。为什么汉语的国际诗人更爱形式实验？而国内的诗人则比较少见？明迪这首诗形式和内容结合得好极了，视觉上构成了一个残缺陶罐的图像，内容上则深刻地将泥土、陶罐、女性的身体连接起来，而破碎和残缺加深了隐喻的深刻性。

孤岛

——南人

快递小哥
划着船
将食物
送到岛上

海面上
漂满了
白色餐盒

南人《孤岛》入选理由

用非常巧妙的方式，构成了一首近乎完美的隐喻之诗。这首诗的诗核是“岛”，也即标题中的“孤岛”，诗人写了外卖小哥，写了白色餐盒，但只字未提孤岛中因为特殊情况不得不困在家中的人。这种写法令诗意空间变得格外开阔！而“海面上 / 漂满了 / 白色餐盒”，这三行超现实的隐喻场景，写得棒极了。一首隐喻之诗，被南人写得毫无隐喻痕迹；一首巧思之诗，被南人写得朴素自然；一首观照现实之诗，被南人写出了意象纯诗之隽永，在本届最佳诗歌100首中，堪称上佳之作。

返猪现象

——南人

有些问题
被问起的时候
你不能回答是
也不能回答不是
只能支支吾吾
回答一个嗯字
可你一个劲儿地
嗯嗯嗯嗯嗯嗯嗯嗯
听着就像
猪在哼哼

南人《返猪现象》入选理由

好玩，有趣，反讽，批判！语言欢脱热烈，诗的背后却是诗人的冷眼。冷峻与活跃之间的张力，构成了本诗。南人写诗素来聪明，聪明不显出来才是大聪明，聪明中有冷峻，才是过硬的聪明。

阳光照地的时候看到门边

——欧阳昱

想象鞋子
等人回来穿
的那种感
觉的确是
很美的

欧阳昱《阳光照地的时候看到门边》入选理由

一首非常“小”的诗，小得不能再小，小到只是内心的微微一动。诗在哪里？诗在我们的每一次起心动念中。这话说来容易，但你到底会对怎样的事物起心动念呢？你的心灵有多么微妙敏感和活跃呢？一次多么细腻的起心动念，才会有本诗这样微小而美好的诗意？而且欧阳昱当然也知道该用什么样的语言方式，把这种诗意精准地呈现出来。

妈妈曾两次生下我

——潘洗尘

1963年10月27日
十七岁的妈妈
生下我

2016年的春天
妈妈病了
同一年的秋天
我也生了
比妈妈更重的病

转过年
妈妈就走了
而我　却奇迹般地痊愈了

直到今天
当我想起妈妈临走前
我在ICU握着她
早已毫无知觉的手时
看到她眼角突然滚落的
大颗大颗的泪滴
我才突然明白
那是妈妈此生为自己的儿子
做完最后一件事后的
不舍和欣喜
——她用自己的离世

在我和死亡之间
挖出了一条
长长的隔离渠

那是2017年的8月3日
妈妈再次
重生了我

潘洗尘《妈妈曾两次生下我》入选理由

诗中用力重，往往容易写成败笔；诗写得过于直接，也往往容易写成败笔。但这两条通常的道理一旦到了潘洗尘这里，往往就行不通。潘洗尘的诗，就是一力降十会！什么力？情感之力，真情之力，因有真情而有真气。诗中有真气，才是真可贵。这首诗的诗眼在于“替死”，所以潘洗尘才在诗的最后说“妈妈再次/重生了我”，真是落笔千钧！

写在一个叫『五年生存率』的游戏结束之后

——潘洗尘

科学家说宇宙已经有
一百多亿年的历史
地球则存在了四十多亿年
而人类的出现
也是两百多万年前的事儿
而我只相信万能的造物主
相信我们和宇宙万物共同走过的
这六千年

如果可能　我希望那六千年
跟我都没有任何关系
我唯独只要今时今日
只要
这一天

对于你们来说
这绝对是再平常不过的一天
甚至是可有可无的一天
但为了这一天
我却整整苦熬了
——五年

五个三百六十五个日日夜夜
我吃饭睡觉都像是在
生与死的门槛上踱步

为了打败癌中之王
我　一个深度的幽闭恐惧症患者
要不停地一次次把自己送进
那个叫核磁共振仪的活棺材
而且　还要在不断变幻的
刺耳的噪声中
反复地屏住呼吸
是的　每天都有那么多人
有辜或无辜地死去
对他人生命的麻木
早已重构了这个世界的伦理
但我还是要在这一天
以重生的名义
为每一个个体的
伟大求生欲
礼赞

哪怕他是一个
即将被执行死刑的囚犯

活下去
尤其是那些无辜者
你只有活下去
才能熬过黎明前的黑暗
也只有活下去

才能听到于无声处

最后　我还要感谢五年来
那些时刻为我祈祷和加持的人
在此我无法一一列完
也不想列出
你们的名字
因为在我还没写下这个句子之前
就看见有一双双邪恶的眼睛
正盯着我的键盘

潘洗尘《写在一个叫“五年生存率”的游戏结束之后》入选理由

五年！诗人潘洗尘的生死煎熬，五年后的这一天，诗人宣告战胜了癌中之王！这是希望与痛苦共存的五年，是诗人人生中波澜壮阔的五年！诗人当然要将它写成诗，读来令人惊心动魄。尤为难得的是，潘洗尘并没有将这首诗仅仅停留在个人生命上，他从自己身上抬起头，发出的是人类的呐喊：尊重生命，活下去！并凝视着黑暗中那一双双试图剥夺人类生命的邪恶之瞳。

水波

——庞琼珍

我，现在，早晨六点，水波一样流动在水里
这之前，我的车，水波一样流动，在清早空荡荡的街上
这之后，我的人，水波一样流动，在办公室，会场，卷宗，审批单，手机屏幕，电脑屏，电子屏，水波一样流动
间歇的午后，河边，青草，落叶，游船，货轮，汽笛，鸟声，海鸥，开启桥，和在建的安阳桥，桥墩下微微地抖颤，你凝视水线的眼睛，水波一样流动
这之前的之前，我如蝌蚪，在妈妈的子宫里，水波一样游动
这之后之后的我，水波一样流动，在透明的空气里

庞琼珍《水波》入选理由

你有什么样的眼睛，就能看到什么样的世界。某一刻，诗人庞琼珍突然看到整个世界在水波中流动，而她的整个生命也都在这水波中流动。空间在这水波中，时间也在这水波中。不断重复的一句“水波一样流动”，构成了美好的通感。这是一首美好的诗。无论如何，我们的生命中都应该有如同庞琼珍的此刻：感受到了美好，看到了美好，写出了美好。

黑暗的力量

——七

他喝酒从来不用杯子
有些地方
光亮是进不去的
他坐在哪里
哪里就变成了暗处
我是被黑暗吸引
看着他一罐一罐地
喝啤酒
并用黑暗
把每个喝空的罐子捏扁

七《黑暗的力量》入选理由

一个坐在黑暗中喝啤酒的人，他的存在构成了一首诗，但如何用语言表现出来呢？诗人七给出了非常精彩的答案，她找到“黑暗”这个意象，如同一把解题的钥匙。她把那个喝啤酒的男人和黑暗凝结为同一个生命体，这种写法令这首诗顿时充满了生命力，既巧妙又富有力量。

瘦金体

——祁国

数字
穿上了
警服
文字
写成了
囚徒
哲学
断流
冰川
无冰
虚拟的
货币
虚拟了
无限
人类
正在
转基因
大地
将被
格式化
亲爱的
亲爱的
我们
是
一组

无法
升级的
古老
程序
一堆
逆向
仿制的
碳水
化合物
我们
替代了
吴刚
替代了
嫦娥
我们
改道
登陆了
火星
我们
成了
最远的
两个人
两个
远在
神话

尽头的
人
两个
最后的
人
在
荒凉的
地球
副本上
我们
手拿
月饼
优惠券
假装
在
柜台前
排队
一会儿
瞄
一眼
月球
一会儿
瞟
一眼
地球

还有
其他
各种
球

祁国《瘦金体》入选理由

祁国是一位带有语言狂欢气质的诗人，但他总是能在狂欢中把诗歌的节奏和起承转合的分寸，拿捏得死死的，既有独特性和生命力，又“会写诗”。近年来，祁国式荒诞主义越来越呈现出这样的特点：看似漫不经心、插科打诨、荒诞不经，但你读着读着，就能读到其中的关切之情和冷峻之处。祁国的荒诞中有真东西、硬东西和刀子般的冷眼，可谓“满纸荒唐言，一把辛酸泪”，这是一种高级的现代美学。

仪式感让生活有了点小意思

——祁国

我喜欢笔直地站着
笔直地坐着
喜欢一字一句地说话
点头总是点到90度
哪怕一次握手
我也总是用双手
缓慢而匀速地握上去
一点一点握紧
再一点一点松开
有时我忘了松开
再被对方一点一点扒开

祁国《仪式感让生活有了点小意思》入选理由

最后那两行太传神了，令人拍案叫绝。诗歌永远需要这样的细节，哪怕是想象出来的细节。有了最后那两句，前面那些煞有介事的荒诞感才一下子全都活了过来，产生了强烈的喜剧感。

鬼歌

——祁国

我爱鬼貌堂堂
我爱亭亭鬼立
我爱鬼高八斗
我爱一表鬼才

我爱这内心的黑暗
也胆怯地爱着那外面的光亮

我爱鸡飞鬼跳
我爱兵荒鬼乱
我爱鬼不聊生
我爱苦鬼无涯

我爱这地狱的苦难
也自卑地爱着那人间的烟火

我爱鬼尊女卑
我爱先鬼后己
我爱鬼为人表
我爱大鬼灭亲

我爱这连篇的鬼话
也矛盾地爱着那天下的真理

我爱守株待鬼

我爱刻舟求鬼
我爱命与鬼谋
我爱楚鬼对泣

我爱这老掉牙的鬼故事
也痛苦地爱着那天堂里的童话

我爱由灵生人
我爱由人生鬼
我爱由鬼生恨
我爱由恨生爱

我爱我是一个万劫不复之鬼
也悲凉地爱着那不断重生的济世之人

祁国《鬼歌》入选理由

祁国的第三首入选诗。明眼人应能看出，祁国已经成为当代最具活力和独特性的诗人之一，也是当代中国诗人中风格最鲜明的之一。他从年轻时代开始就一直践行的“荒诞主义”诗歌终于开花结果。这首《鬼歌》，就是一首充满荒诞特点的奇思妙想，是诗歌意识的百无禁忌所带来的语言狂欢。

金色手表

——沈浩波

曾经有过一块手表
金色的手表
放在掌心
像一朵小小的向日葵

当我拥有它时
它是一块普通的手表
被我随意搁在某处

很多消失的事物
会在记忆中重现
呈现出当时没有注意
但却是它
本来应该有的样子

大学毕业前夕
作为北师大文学社的社长
我最后一次
走进学校附近的
那家激光照排店

那两年我几乎每个月
都会去那里
给我们编辑的文学报
排版、出片

照排店很小
老板是个年轻女人
很多时候
她亲自动手排版
我坐在旁边看

我从来没有问过
她叫什么名字
那天我走的时候
她说我送你一个礼物

大概是对我
一直以来照顾她的生意
表示感谢吧
我没有多说什么
她也没有多说什么

但是我们之间
多出了一块手表
一块现在已经
消失了的手表

有一天我想起
这块金色的手表

想起她递给我时
脸上有种
看起来很随意的表情

就好像送出了一件
不值一提的东西
而我竟真的以为
它是不值一提的

沈浩波《金色手表》入选理由

如何擦亮一件普通的物品使之具备诗的质地？如何在看似庸常的记忆中，重新发现诗歌的存在？沈浩波这首《金色手表》给出了一种回答。只要诗人足够敏感并调动起他/她的真心、真情感、真思考，那些被我们错过的美好事物，就可能继续在时间的长河里闪着金光。这首诗用高清修复图像的处理手法，锐化、再现了物的光泽，重组了人与物的关系。这并不是在教我们沙里淘金，而是轻轻说出：金子一直就在那里。

死去的亲人

——沈浩波

去年八月的一个晚上
突然接到她的电话
她在电话里号啕大哭
说她哥哥死了

第二天我就飞去昆明
陪她守灵
陪她参加告别仪式
站在她身边

也许共同面对
一场生离死别后
我们之间的关系
能够有所缓和

我当然是想多了
没有这个可能

人们常常认为
死人有神秘的力量
能保佑活着的亲人
如果真是这样
她哥哥一定愿意
我和她还在一起

但是死去的人
并没有这样的力量
他们比活着时
更无能为力

沈浩波《死去的亲人》入选理由

一首深具痛感的诗，平静的叙述中充满冷峻的质地，叙述的回环中呈现面对生死、命运的无力之感。这首诗里有一种无声的狠劲和绝望。你若有类似的感情经历，这首诗会让你心惊肉跳：企图拿死去的人来让某种情感“起死回生”，而这亦是一种“痛哭失声”，一种“向命要诗”。

娘炮

——盛兴

一家人在饭桌上讨论
教育部的“防止男性少年变‘娘炮’”
石头问
“你们觉得我娘炮吗？”
大家同时回答
“当然不”
石头说“不，我有点娘炮
但还不至于全部都是
这一点
你们没我自己知道”
石头又问“你们觉得咱家有娘炮吗？”
大家又回答“当然没有”
石头又说“不，我早就觉得我爸是个娘炮
只不过他现在老了
几乎看不太出来”

盛兴《娘炮》入选理由

写得好玩极了，不是写得好玩，是生活中的这一场景本身就太好玩了，能逗得人哈哈大笑，就像诗中那些被孩子逗笑的大人。但仅仅是好玩吗？当然不仅仅。当诗人的儿子说“不，我有点娘炮……你们没有我自己知道”时，作为读者，有没有被触动到？当那孩子又说“我早就觉得我爸是个娘炮”时呢？当那孩子继续说“只不过他现在老了 / 几乎看不太出来”，有没有被触动到？被触动到了什么？感受到了什么？反正不仅仅是好玩这么简单，更何况它实在太好玩了。这就是诗，诗人没有告诉你任何结论，但其中令读者若有触动又难以言说的东西，就是诗意本身。

想起一个骨瘦如柴的女人

——盛兴

因为尝试过六十七种姿势
爱不可谓不技艺精湛　殚精竭虑
因为流过两次产
爱不可谓不生死攸关　生灵涂炭
因为爱她的原因是
“她爱我”
爱不可谓不水乳交融　电光石火
因为不再爱我的原因是
“我不再爱她”
爱不可谓不两手空空　长梦无痕

盛兴《想起一个骨瘦如柴的女人》入选理由

一首写爱的诗，其对“爱”的态度却是自嘲的，讥讽的，通向虚无，盛兴热爱揭示残酷的真相，但讥讽也好，虚无也罢，如何表现出来呢？我们推荐此诗，正是因为盛兴强大的语言表现力，他用非常精彩的语言表现出了他想表现的诗意。

忧伤的蚂蚱小提琴

——盛兴

十六岁与第一个女友分手
我跑到镇子北边的山上
躺在树荫里
一只蚂蚱爬到我的手背上
我把它捏起来
送进嘴里吃了
留下一根带锯齿的大腿
我拿它在胳膊上锯着
一道一道白色的锯痕

盛兴《忧伤的蚂蚱小提琴》入选理由

在有的诗人那里，诗意是被“形容”出来的，所以诗人拼了命地用形容词，用比喻，用繁复的语言，去涂抹，去形容；而在另一些诗人那里，诗意是“表现”出来的，一个场景，一个细节，在诗人精巧的叙述中，就构成一首充满表现力的诗。盛兴的这首无疑属于后者。写得很微妙，还有点儿美，其中包含着说不清的情绪。

他操了大海

——石蛋蛋

他说他要操大海
第二天他就去了
老远看见大海
迫不及待脱光
一猛子操下去
大海还是那个大海
人却没有了
那天就是这样
救生员也没办法

石蛋蛋《他操了大海》入选理由

这首诗好在语言。事情就是这么个事情，但用什么样的语言去表现，非常考验诗人的功力。石蛋蛋的这首诗，并非事情本身构成的诗意，而是他讲述事情的语言构成了诗意。所谓语言的诗意，就是这个意思。但如果没有具体的事物打底，语言就会飘掉，脚下就会打滑。

提前致谢

——唐果

因为有契约在身
我需要时不时地
露出水面
吐几个泡泡

如今，契约已遭撕毁
我就一直沉在水底
不愿露头了

总有一两个爱我的人
经常用棍子
戳我的脑袋
以便确认，我没有死

如果戳破脑袋
我都没有动静
他们会将我打捞上岸
替我收尸

趁我尚能表达
我想提前感谢他们

唐果《提前致谢》入选理由

人类的任何情感都具备诗性，都可以被写成诗，就看你写得怎么样。唐果的这首诗，呈现的是某种心灰意冷的情感，这也是人类最普遍的情感状态之一，但这种情感太难写好了。唐果狠狠地把这种感觉呈现出来了，呈现得非常形象，能被我们感知。能把这种情感写好的诗人，一定不是真的心如死灰；恰恰相反，她应该是一个情感充沛的人，只有情感充沛，才能更强烈地感知心灰意冷，也才能把这种灰暗的情绪写得如此激昂。

表情平静的人
——唐欣

人民医院住院部 十九层楼
从巨大的落地窗看去 薄暮中的
北京尽收眼底 平时他很难到达
这样的高度 现在他比很多人
要高 但同时 想必也还有不少人
比他还要更高 他跟几十米以下
的地面生活 拉开了距离 但是
内心的不安 并没有减少 当然
也没有增多 而病人陪护的身份
也不允许他想得太远 他只是
注视着茫茫夜色 慢慢降临
并覆盖整个城市 直至他自己

唐欣《表情平静的人》入选理由

如果用一个比喻，来形容读这首诗的感觉，就好像是被茫茫夜色慢慢覆盖了身体。但这首诗写的就是被茫茫夜色慢慢覆盖身体啊！也就是说，诗人在写茫茫夜色慢慢覆盖身体，竟然就让读者产生了正被茫茫夜色慢慢覆盖身体的阅读感受。诗人的感知，如同茫茫夜色覆盖了读者的身体。唐欣用他独有的叙述节奏和气息，实现了这种效果，这是一首高妙的诗。

秋天的校园

——唐欣

即使是熟悉的地方 很多
景物也从未看清 温暖的
秋日照耀下 高大的白杨树
声音是金属的嘹亮 秀气的
银杏树 叶子正开始变黄
而枫树的叶子 已在转红
有着巨大阴影的梧桐树
粗大的根部 竟然像石头
一样 屋檐下有燕子筑窝
草间藏着刺猬 溪水边一只
黄鼬飞快闪过 这就是我即将
告别的校园 原来还挺美的呀
怎么搞的 老唐突然一阵忧伤

唐欣《秋天的校园》入选理由

一共十三行，前面十一行，都在描述日常事物的平凡之美！唐欣用非常平凡的笔触，带我们看见了平凡事物的美，这种写法很了不起。总需要一个契机，一种情感，才能让诗人看见这些美。哦，原来是诗人快要退休了，即将告别校园，突然有一阵淡淡的忧伤。这淡淡的忧伤，像早晨温柔的光，照亮了那些平凡而美好的事物。唐欣是中国当代隐藏得最深的诗人，他有深切的诗意，却总是隐藏在最平凡处。

不说了

——图雅

我跟他说身体不舒服
他说人吃五谷杂粮哪有不生病的
后来我就不再跟他说了

我跟他说在单位被人欺负
他说你要先检查自己
后来我遇到事都不跟他说了

后来我妈跟我念叨她身体不舒服
我说人吃五谷杂粮哪有不生病的
我妈也不再跟我说了

后来我妹跟我说她婚姻里的委屈
我说你先检查自己
我妹也不再跟我说了

是失望和绝望让我
能够想象到他们对我的失望和绝望
可我无能为力只能选择冷漠

于是我原谅了他

图雅《不说了》入选理由

写得太真实了。这首诗非常充分地体现出了真实的力量，而且这种真实，不仅仅是所谓揭示人性之类的那种真实——人性之复杂，谁真能揭示？很多所谓的揭示往往很肤浅。这首诗里包含着深刻的复杂性，不仅仅有人性，更有人情，正是对人的情感的认知，令这首诗得到了某种超越性。这首诗写人的情感写得很好，这种好不是“抒情”抒出来的，诗人图雅没有抒情，但她却能让你摸到情感的样子。

轻，而震撼

——图雅

蔫倒的水植山芋
放在书桌上晒太阳
一个时辰左右忽然听到
支棱一声

它站起来了
初生的牛犊
从地上突然站稳不就是这样

图雅《轻，而震撼》入选理由

2020年，天津女诗人庞琼珍写的《百合》令人印象深刻；2021年，又是一位天津女诗人，图雅把一盆水植山芋，写得这么鲜活动人，这么令人欣悦，这么富于情感。是这盆水植山芋，唤醒了诗人本就根植于心的情感和诗性；是诗人图雅内心中充满生命力的热望，让她能看到这么动人的生命景象。最后那个初生牛犊的比喻，棒极了，画龙点睛。

高跟鞋

——王林燕

你说的高跟鞋
和性有关吗
我说的高跟鞋和性有关
女性的性
她是我的妈妈
嗒嗒嗒嗒嗒嗒
妈妈回来了
那是救赎的声音安全的港湾
父亲阴沉的脸锁住呼吸
嗒嗒嗒嗒嗒嗒
心早已冲出
双足和表情却需控制
妈妈回来带着春风
她要承受多少
才具足将我们姐弟仨
从地狱
带进阳光的力量
每一日都这样
我们默默在心里
奋力捕捉那个声音
嗒嗒嗒嗒嗒嗒
高跟鞋
和性有关
女性的性
她是我们的妈妈

王林燕《高跟鞋》入选理由

这首诗不仅仅有情感含金量，更有文化含金量。诗人在情感上的投入和深入在诗中自可看到，更可贵的贡献在于，重新开拓了“高跟鞋”这一女性意象的涵义，令“高跟鞋”这一意象摆脱了被男性定义的、被赏玩和被意淫的状态，令高跟鞋重新回到女性自身，回到纯粹的女性之美。由此，在一个孩子眼里，回到了她的母亲，与伟大的母性融为一体。

火车上

——王林燕

对床男人已入睡
普通 中年 打鼾
我躺下
调整角度和姿势
不让他看见胸部
不让他想象曲线
不让他听见气息
我把“女”藏起来
只留个“人”
躺在他近旁

王林燕《火车上》入选理由

这是生活中常见的情形，很多女性都会有这样下意识的行为。诗人意识到这是一首诗，于是这日常行为中的诗性就得以呈现。我们的日常生活中无时无刻无处不充满诗性，等待诗人们用敏锐的感知力和语言能力将其擦亮、显现。诗人王林燕写出了最准确，也最富有洞察力的金句——“我把‘女’藏起来/只留个‘人’”。

1942——王清让

一个日本兵
押着一火车的煤
趴在火车头上
架着一挺重机枪
穿梭在中原大地
如入无人之境

王清让《1942》入选理由

可能是一部电影的一个瞬间，也可能是一本书中的一个细节。一部电影不是一首诗，一本书也不是一首诗，但诗人看到了其中一个瞬间，一个细节，将其定格、放大，于是便有了诗。现在，整个世界聚焦于这个瞬间，这个瞬间的诗性所带给我们的，可能比一部电影更辽阔，比一本书更苍茫，而这正是诗的力量。

致西毒何殇

——维马丁

脸书告诉我
你今天不惑，
祝贺你！
去年你写诗非常好，
写了长篇小说，
看起来很棒！
脸书拿出来
我们当时合影，
在王维墓，
那棵大树之前
在那棵树下
我们多小！
我们都玩得很好，
都写了诗。
两年过去了，
好像十年了，
时代不同了。
那棵树
估计还在，
我们几个人
大家都活着
却感觉到
失去了什么，
不只是岁月。
希望你好！

维马丁《致西毒何殇》入选理由

又是一首外国人用中文写的诗，来自奥地利诗人、翻译家维马丁。这首诗非常中国，读来竟有某种中国古典诗歌的意境。一首短短的致友诗，其中包含着多重难以名状的情绪，有对友情的怀念，有对昔日不再有的怅惘，有对时代的忧伤，有对丢失事物的缅怀，有祝福，有叹息，娓娓道来，融为一体，万般滋味，化作绕指柔。其中有妙笔，尤其扣人心弦——“在那棵树下 / 我们多小！”。

说

——巫昂

我们在那个不大的房间里
互相追着说话
嘴对着嘴说，嘴对着脸说
嘴对着耳朵说，对着后脑勺和后背说
对着大腿、屁股和心脏说
对着胃说
面对面说，看着对方的眼睛说
闭上眼说，闭上眼并微微后倾说
一边起伏一边说
跪着说，回头说
抚摩着你的桡骨和尺骨的结合带说
被你全然控制着说
腿被你压在脖子下说
几乎睡着了说
雾气升腾且侵入的时候说
看不见火星也看不见金星地说
弯腰捡起那一张纸说
对着光说
不停不停地说
说成一块肉
把过往都铸上铁地说
唯恐分别后就记不清你的脸地说
抠出来词，变换一下位置
接着说
将一整组动词理论结合实践说

泪光盈盈地说
舌面干燥地说
冷与热交替着说
你命令我不要再说了
我还在说
像十二部莎士比亚外加五十二部法国电影
那么多台词量地说
因为担心记不住而来回说
因为害怕记住了而抹去重说
长叹一口气说
向着十九个方向说
将口水灌注在耳道中说
黑和白和清灰，交替着说
用妈妈的口吻说一遍
再用蜻蜓的姿势重复一遍

巫昂《说》入选理由

一首体现了巫昂强大写作能力的诗。太能说了，诗中的人太能说了，诗人也太能说了。关键是说得漂亮，说得精彩，说得精准，说得富有节奏和张力。诗人没有说出半句诗中的人到底说了什么，却足以让我们想象诗中的人在说什么。巫昂用语言完美地展现了诗中人的生活情态与内心状态。

在触摸你之前，我的手是隐形的

——巫昂

在触摸你之前，我的手是隐形的
这不代表我没有手
我的手稳定地固定在它们该在的地方
你以为接下来该有一句比喻句了吗？
亲爱的
不，比喻句不足以

形容我的手触碰你之前和之后的变化
那流动的盛宴就在你身上
我先是厨子
后是服务员
最后是食客

巫昂《在触摸你之前，我的手是隐形的》入选理由

一首甜蜜的诗，诗人甚至在诗中调皮地与读者开了个小玩笑，你们以为我要用比喻了吗？我偏不，可嘴里说着偏不，笔下却立刻哗哗地流淌出了比喻的华章。哦不，那其实是情感的华章，还有比这更甜蜜、更令人沉醉的触摸吗？

不管怎么样土豆就是要发芽

——乌青

在肥沃的土地里
土豆要发芽
在贫瘠的土地里
土豆也要发芽
这我知道
但是在厨房的角落
连土都没有
土豆依然要发芽
有希望的时候
它发出有希望的芽
没有希望的时候
它发出没有希望的芽
反正不管怎么样
土豆就是要发芽

乌青《不管怎么样土豆就是要发芽》入选理由

又是一首由语言形成的好诗，准确地说，是由语言的节奏和口气形成的。无论如何，土豆都要发芽，这不是一首诗，这是一个事实，但这个事实到了乌青的笔下，就成了一首诗。关键在于如何说出。

我的客人们

——西娃

我有不大的客厅
墙上挂着壁毯
几架书籍
几箱影碟与音乐碟子
几尊佛像

我很少在这里
迎接现实中的人儿
而我的客厅里
却有不断的客人

我从不过问他们来自哪里
也不问他们的名字
我们只用心和嗅觉交融

他们源源不断拿走我的孤独，寂寞
也吸走我的二手烟
此刻我正在煮面
突然趴在灶台上哭出声来
他们一同颤抖着
一遍一遍喊着我的奶名

西娃《我的客人们》入选理由

西娃常被视为是一位神秘主义的诗人，这首诗看起来又是一首充满神秘气息的诗，但就跟墨西哥画家弗里达从来都不是一个超现实主义者一样，西娃其实并不神秘，也并不超验，她写的就是现实之诗、经验之诗。对于很多人来说或许不存在的和无法确知的事物，在西娃的世界里，就是存在和确知，就是其现实世界的一部分。这不仅仅是所谓的灵性，更是一种价值观，一种认知事物的态度！西娃有强烈的感知力和情感力，让不可见的事物存在，让不被确知的事物获得确知。

当年的打狗事件

——向宗平

事情很简单
一九八〇年代的一个周末
乡政府的周乡长
在镇上碰到我
送我一捆白纸
“你的毛笔字好
写一写打狗通知吧”
随后的几个月
凡是在村社的砖墙上
飘着一张张杀狗令的地方
都能听见狗们
撕心裂肺的惨叫声

向宗平《当年的打狗事件》入选理由

一首忏悔诗，高贵的忏悔诗。在当年残酷暴虐的打狗运动中，诗人并没有亲手打狗，但是，就能免于罪恶吗？就能逃脱内心的审判吗？诗人无法逃脱，因为贴在墙上的打狗通知是诗人写的！他确认自已就是帮凶，就是会在多年后仍能听到狗的惨叫。这是觉醒，是文明的力量令诗人忏悔。这是一首属于文明的诗，力透纸背。

改变

——晓角

现在过的是大部分人的青春
吃饭，梳头，认认真真
睡眠里，没有梦。

月亮勤快
给几栋大楼浇水
浇在校服上
人就成了蓝的

晓角《改变》入选理由

来自内蒙古乌兰察布的少女诗人晓角，因家境贫困，一直到17岁都没有上过学，却因自学读书、写作，展现出过人的文学天赋，而得以改变命运，破格被大学录取。这首《改变》写的正是诗人初入大学后的心灵感受，写得真美，纯洁、透明、动人。我们已经很久没有在当代诗人的笔下，读到过如此美好的青春感了。因为珍惜，才能感知美好。

攒人生

——晓角

那时候我自学写文章
想着将来一定要当一个作家
我每天读一篇美文
背一首诗
锄地的时候在心里默念，复习
时间久了
感觉前景充满着希望
其实我依旧为上不了学而痛苦
但每天吃饭的时候一想
这辈子每天攒一厘才华
十几年攒成一点儿才华
一辈子成不了作家没什么
以后还有下辈子
下下辈子
总有一天
像我爸用来拉煤的钱一样
会攒够的
虽然不能确定那该是哪辈子的事了

晓角《攒人生》入选理由

当代诗歌越来越推崇真实，但是不要忘了，在真实的基础上，还有一个词叫“真挚”。晓角的这首《攒人生》，正是一首真挚的诗，朴素、真实、诚挚、饱含着热望，令我们看到一颗金子般的心。

乡村管风琴

——邢东

巴图鲁
营子村
教堂的侧屋
放着一架
快散架的
小管风琴
但仍能发出
空阔的
宇宙之音
有一年平安夜
教堂集会
我看见
县公安局
派来执勤的
老警察
坐着一把
红色的塑料凳子
在上面
弹了一首
东方红

邢东《乡村管风琴》入选理由

所谓纯诗，就是没有其他任何杂念、杂质，只有最纯粹的诗，诗里只有一种叫作“诗”的东西，而不需要其他任何东西作为一首诗的依恃。这首《乡村管风琴》正是这样一首口语纯诗，非常干净——语言干净，节奏也干净，所形成的诗意更干净。诗中的两个意象，一个是快散架的小管风琴，一个是红色的塑料凳子，如同画布上的视觉重点，令这首诗形成了非常稳定的内在结构。一幕老警察弹奏《东方红》的场景，令诗意生发和弥漫。

摘苹果的时候

——徐冬

在莫斯科郊外
在地拉拉
在看不见的战线
在摘苹果的时候
在鲜花盛开的村庄
一个卖花姑娘
在阿尔巴尼亚
第八个是铜像
在萨拉热窝
瓦尔特在行动
空气在颤抖
仿佛天空在燃烧
你如果在上世纪
七十年代生活过
你会这样接一句：
是啊，
暴风雨就要来了

徐冬《摘苹果的时候》入选理由

一首别出心裁的怀旧诗，全诗由苏联歌曲名、电影名，朝鲜电影名，阿尔巴尼亚电影名，罗马尼亚电影名，经典老电影里的著名台词连接组成，像一座精巧的艺术装置，一座座小小的纪念碑，对于经历过二十世纪七十年代的人来说，这首诗就是一个接头暗号。

银河

——徐江

我在想星空
可不可以没有星球
那只是大大小小的钢琴
连带它们的演奏者
在宇宙中一溜儿排开
在不同的时空
弹着同一首曲子
却又各演各的

徐江《银河》入选理由

闭上眼睛，想象诗人在诗中所想象的场景，倾听诗人在诗中所想象的声音，在浩渺的宇宙中，在黑色的夜晚，在无数光年的距离里……想象力固然可贵，但通向美好的想象力更能牵引我们的心灵，而这首诗中，有无限的美好。

五月西湖凉似秋

——旋覆

诗，直写眼前事
一千年后
有人说当时乃因
五月刮了北风
而似秋的，并不是打比方
那其实是雨后
来自西伯利亚的凉。

可以想象当天，鲜暖的西湖
一时彻底清冷了
济颠道济禅师，人寿欲尽
拎酒穿花
在空无一人的湖边
问明年自己何在
凉风吹透人身及万物
荷苞们含笑
纷纷点头。

好个西伯利亚！

旋覆《五月西湖凉似秋》入选理由

这是本届最佳诗歌100首中最具美学新意的一首诗，特点最为鲜明的一首诗，最能别开生面的一首诗。思接千载，打通古今，时空跳跃，浑然一体，古典现代，水乳交融。出家为尼后的旋覆，在其洞察力极强的生命体验基础上，心灵更为开放和辽阔，心境更为明亮和从容，内在心灵与外在世界的万事万物建立了更深刻的、融为一体的联结。

莲之力

——旋覆

早上莲花开了：
一只宋代的白瓷。
中午太阳晒，
它收了起来：
有力地。

旋覆《莲之力》入选理由

简洁，有力，美！一首美学境界和生命境界都很高的诗！出家后法号“妙觉”的诗人旋覆，简直是在用一种充满现代先锋诗歌生命力的方式，重新定义何为禅诗！

犹在镜中

——旋覆

长路漫漫
折折弯弯
湾里出现了一片荷塘。
荷叶田田，荷花稀依
夹在玉米田里。
从宽敞的公车里看——
就像经过一个……狱中荷塘。
又一次长路漫漫
老路
几乎平于四周
那是一片被拆迁的村庄
拆得干净，只剩齐整的房基，
日常的零碎全无。
像极了置景的舞台
假假的
就在手边。

现今我忆起这两帧画片
惊叹　所谓人生风景
真的是这样
——我们行驶在镜面上
美或意味，完全是无中生有。
而那时我在镜像上移动
在地图上
在地球上

很难说我不是逍遥的，
而且只好是逍遥的！

旋覆《犹在镜中》入选理由

好一个“狱中荷塘”，旋覆对具象事物的描述能力，精确、开阔、充满丰富的细节；好一个“犹在镜中”，旋覆进入抽象的形而上的能力，既本质而又自成奥秘，将诗歌推向玄远。由事物而起，由心灵而兴，在事物与心灵之间穿插翱翔，在具象与抽象之间纵横翩跹。

砸掌子
——雪也

不知道
小时候穿坏了
多少双布鞋
千层底被磨破了
鞋头被大脚趾
钻出了两个洞
母亲说
要是你两脚
都能砸上掌子
就好了
考取大学
买了第一双皮鞋
真的砸了掌子
把地球敲得
叮当响
不知地下的母亲
能否听见

雪也《砸掌子》入选理由

这首诗中有一个决定性意象——“砸掌子”！全诗因“砸掌子”这个俚语意象而化腐朽为神奇。诗中的情感是传统的，但“砸掌子”这个比喻太强大了，令传统的情感有了现代诗意之魂魄。诗人显然敏锐地意识到了这一点，用两处“砸掌子”把诗中的情感砸得非常瓷实。

数一数二

——杨黎

我从小就
喜欢数一
数二。但我都是
从三数起
我把一忘了
我又觉得二
比较二
作为一个数字
的开头
我难以启齿
还是三好
我虽然不知道
三好哪里
但我很愿意
用三
开始数。像一个女人
从乳头开始
像一次性生活
从下午开始
我喜欢下午
特别是
有小雨的下午
我和莲二嫂
在院子里
莲二嫂不是莲二

的女人
莲二没有女人
我也不认识
一个叫莲二的人
我只认识
莲二嫂。她二十年前
我认识她
二十年后我还
认识她
有小雨落在她的衣服上
二十年了
她美得像
没有
穿衣服。她其实
穿了衣服
但总像没穿
她真美

杨黎《数一数二》入选理由

杨黎式诗意构成的典范之诗。诗意在语言的推进展开过程中不断自动呈现。无诗意之起点，无诗意之落点，无诗意之聚焦点，无诗意之刻意和着力之点，都没有。诗意在杨黎舌头的翻卷中不断绽开。这种诗意形成方式，是当代汉语诗歌最独特的美学贡献之一，它依赖于一根如同吉他之弦般的诗人之舌，有个成语叫“巧舌如簧”，还有个成语叫“舌绽莲花”，说的都是诗人杨黎。

好多猫

——杨黎

院子里好多猫，肯定是错误。
我从院子外面进来，有点累，我在院子里，居然找不到一根空着的条凳可以坐下来休息。几乎每一根条凳，都长躺两三只猫。有一根还躺了七八只，我路过它们旁边，它们还冲我使劲地叫。
我养过猫，曾经和猫睡过一张床。这让我很气，一会儿又很怕。
我真的想坐下休息一下。
有一个大妈坐在条凳的一边，她低着头正在喂一只小猫。
小猫是乖。
我在她的条凳旁边坐下，看她喂小猫，还忍不住夸奖了一句。大猫也乖。她没抬头，只是冲我回了一句。
太多了还是可怖。
钱多了也可怖。她又回一句，然后直起头，叫了一声。
我听得很清楚，这是猫的声音。

杨黎《好多猫》入选理由

有不少诗人都在试图探索这种“不分行的诗”，通常人们会称之为“散文诗”，这种叫法太傻，怎么会是散文诗，跟散文有什么关系？一点关系也没有。它就是诗，只不过不分行。分行是诗人的呼吸方式，不分行呢？意味着换了一种呼吸方式。杨黎的这首《好多猫》，虽然没有分行，但依然是诗人的呼吸方式。当语言的容量因为不分行而变大，就需要诗人有更大的肺活量，否则呼吸就会被阻滞，节奏就会混乱，而杨黎显然有足够大的语言肺活量。

云眠

——杨黎

一个下雨的
夜晚
不是淅淅沥沥
是哗哗哗
我听一首
很抒情的老歌
听了好久
都听入神了
直到
杨又黎回来
他问我在
干啥子？我说听歌
他四处看看
又侧耳倾听
问我歌呢
我一惊，问他
外面还下雨？
没有。他说没有
今天就没
下过雨
我说原来啊，那是
昨天晚上的事
我依稀记得
歌曲非常打动我

我听着听着
就入了神

杨黎《云眠》入选理由

杨黎的第三首入选诗，三首中经典性最强的一首，也是本届最佳诗歌100首中的最强单首之一。提起杨黎，总要提到他的语言，但他的语言在什么状况下最为熠熠生辉呢？在叙述中。杨黎一旦进入叙述，他所有的语言天赋都会大放光彩，语感、节奏、口气、起承转合的结构……一个人就是一支乐队。本诗就是明证。

十一指

——叶臻

在工厂打工的表妹
被机器绞去了左手的小指
厂里赔了八万
有了这八万块钱
她哥的彩礼钱也就凑齐了
洞房花烛夜
她哥用右手摸他心爱的女人
是五指
用左手摸他心爱的女人
是五指加一指

叶臻《十一指》入选理由

诗人叶臻是处理现实题材的高手，在这个向度上，他几乎每年都有杰作，今年又有了。十行的短诗，结构非常精巧，内涵尤为沉重。悲愤的情感，不平之控诉，全都被浓缩在一根失去的手指上。彻底绞去那根手指的，不是工厂的机器，是男女不平等的吃人传统。

久违的鸟鸣

——伊沙

中湖公园
冬日里
稀疏的林间
有几声鸟鸣
父亲走后
久违的鸟鸣
仿佛北风
掩着耳朵
盗来的铃

伊沙《久违的鸟鸣》入选理由

这是一首绝句。这里所说的“绝句”，就是把句子写绝了的意思。谁能想到伊沙可以如此化用“掩耳盗铃”这个成语？并且在化用的过程中营造出了美丽、自然而贴切的意境。这一方面体现了伊沙非常活跃的语言创造力，另一方面又体现了其精确的语言控制力。倡导口语的伊沙，其实同时也是当代意象能力最强的诗人之一，他的意象纯诗，常有经典，《久违的鸟鸣》又是一例。

征服北极

——伊沙

第一批到达北极的
挪威人
幸存于第一个到达后的
士气高昂
以及回程中舍得吃狗

第二批到达北极的
英国人
牺牲于第二个到达后的
情绪沮丧
以及回程中舍不得吃马

伊沙《征服北极》入选理由

显然是从图书或者影像资料中得来的诗歌灵感，这种通过二手材料形成的写作难度非常大，因为诗人与事物的接触是二手的，很难形成直接接触的那种真实感、身体感。但伊沙这首诗却把二手材料写得见肉见骨，非常富有身体性。原因无他，因为他总能捕捉到事物最本质的诗意。当诗人能够直取本质时，连二手材料都可以变成可被直接接触和洞悉的活生生的事物。

犁过的土地——伊沙

从少年时代开始
我一直对
犁过的土地着迷
却又词穷
无法将之写出
直到此刻
我才知道
那叫分行的沉默

伊沙《犁过的土地》入选理由

一个比喻即成诗，这个比喻不仅漂亮而且厚重，无须太多迂回，足以直接成诗。犁过的土地是“分行的沉默”，能写出这个比喻的诗人，当然已深得诗歌三昧。更巧妙的是，诗人既是在以诗歌来比喻犁过的土地，又形成了以犁过的土地来比喻诗歌的效果。土地与诗歌，开垦与分行，沉默是它们共同的品质。

我姐夫的狗命

——一丁

我姐夫得了糖尿病
雪上加霜
还患上肠道癌
在哈市做了大便改道手术
他瘦成皮包骨
我们都以为他活不长
但他又挺了十年
走的时候也过了六十
他很小就没了父母
跟着他姐生活
他姐夫对他不好
不让他在炕上睡
冬夜里太冷
他抱着狗在地上睡觉
那条狗在他少年时给了他温暖
在他的晚年
我姐是另一条狗

一丁《我姐夫的狗命》入选理由

最后一句太狠了，狠得彻骨，狠得让人无言以对！这就是生活，有多少人过着的就是这样的生活！这首诗的写法很高级，前面一直在写姐夫，写得也足以令人动容，尤其是写到姐夫抱着的那条狗，更是令人唏嘘。如果到那里就结束，那就只是一首还不错的抒情诗，然而诗人还有一句，还有一个人，他真正要写的人，真正怜惜的人，只用了一句，最后一句，就写出来了。

爸妈的账

——一只妖果

琴是我妈买的
电脑是我爸买的
舞蹈课是我妈出的
英语课是我爸出的
话费是我妈缴的
学费是我爸缴的
离婚之后
关于唯一一个无法切分的财产
账单向来
泾渭分明
就连后来
我对我妈说：
我想割个双眼皮
我妈看了我一眼
当机立断
说：
眼睛
随你爸
这个钱
该他出

一只妖果《爸妈的账》入选理由

本届最佳诗歌100首中的最强作之一，深得口语诗之精髓。最强的口语诗往往是活出来的，是自己亲自活出来的，诗是长在自己身上的，这是诗人和事物最深刻的连接。只有是自己活出来的，才会有本首诗中“切分双眼皮”那样一个精彩绝伦的细节，活出来的细节！有此细节，这首诗就全有了，更何况，这位年轻的95后诗人在叙述的推进和节奏上，也都处理得成熟老到，且丝毫没有让自己沦入自怜自哀的抒情窠臼，一点也没有，她甚至写得有点儿幽默。不抒情，才是更强悍的生命。

立在地球边上放号

——游若昕

如果
我去参加
四川乐山的中考
他们的作文
“把____写进青春里”
我会写
“把佛写进青春里”

游若昕《立在地球边上放号》入选理由

出生于2006年的诗人游若昕，现在是一个中学生，所以她写的是中学生的日常题材，比如中考。但写得却非常老练，轻巧而幽默，带有戏谑般的反讽。只轻轻一个转身，一首诗便冒出来了。“把佛写进青春里”，可还行？

肾衰竭男人眼红什么？

——于斯

病房里新来的小杨
跟我聊起那话儿
问我还起得来不
男病人经常互相打听这事
我听到最多的回答是
“妈的，摆设，只是个摆设”
“别提了，成废物啦”
“成了个只会撒尿的东西了”
我一般会说
不一定，得看情况
有时候我不太愿意
说得太详细太深入
有一天广东诗人夫平
跟我说上帝发给我们的子弹
一样多，上帝不偏心
只不过我们这些性急的人
早打完了，操
那些还能打的
差不多都是蔫炮
我们不眼红
我知道他是安慰我
我说我就是眼红
过一会儿我又说
“好吧，我不眼红他们打炮
我其实是眼红他们尿尿”

于斯《肾衰竭男人眼红什么？》入选理由

有什么是不能入诗的吗？有什么是必然不能或不敢面对的吗？当代诗歌一再给出了答案，一切皆可入诗，总有诗人敢于坦然面对，坦然写出更多的真实。在这首诗中，当诗人于斯写到“我说我就是眼红”时，心灵的真实开始体现出其在文学中的力量；而再到最后一句，“我其实是眼红他们尿尿”，这力量已能震动人心。

阿里作家索琼的长篇小说稿件

——于斯

索琼这部长篇
写了好几年，
在无人区一个字一个字
用手写了几十万字
有一年索琼到拉萨
参加《西藏文学》笔会，
编辑问他：
“长篇稿子呢？”
“哎呀，被马吃了。”

于斯《阿里作家索琼的长篇小说稿件》入选理由

如果几十万字的手写稿是被自己弄丢了，那么就不构成诗，但几十万字的手稿被马吃了，这就是诗，非常棒的诗，非常精巧的口语纯诗，简约、干净、纯粹。

西街美少女战士

——袁玮

拜把子的事
你们有没有干过
我小学时和六个女同学
拜把子
拜成了美少女战士
复杂的仪式安排在放学后
挤在小卖部里
买小星星立体的贴纸
很珍贵
贴在额头上
进家门前要抠掉
这个组织
存在的意义
就是贴纸小星星

直到毕业后
月野兔姚蕊
后来跟我的男朋友谈恋爱
金星蔡佳丽
被篮球砸掉两颗大门牙
火星赵珊珊
被有钱的继父带到外省念初中
木星洪萍
爸妈离婚后跟瘫痪的奶奶住一起

土星孙厉是全班第一个
来例假的女同学
小学念完就去混社会
女孩子还能混什么
初中时在街角碰见过她一次
背半透明塑料大挎包
超短牛仔裤和
吊带小背心
小马路的十字路口
太旧了
瞬间在她身后褪成了土黄色
她已经是真正的美少女
她当然也是位战士
高中时就听说她死了
死于浪漫的帮派斗
也有人说她没死
只是做了大哥的
替罪羊

水星是我
隐隐厌恶
这个组织
被几个女人养大的我
懂

少女是贴纸
美少女
是有金粉的立体贴纸
战士是贴纸丢了
攒够三毛钱再买一个
——而少年
才是那颗小星星
后来
她们也曾遇到我
把校服搭在肩膀上
书包拖着地
走起路来含胸又晃肩
不男也不女
在高楼的阴影里
溜边儿走
我误以为
我自信

袁玮《西街美少女战士》入选理由

小星星贴纸、美少女战士，你以为诗人袁玮是在写自己的少年往事，是在怀旧吗？六个拜把子的少女，各有各的命运，你以为袁玮是在唏嘘命运，慨叹时光吗？当然，这些在诗里都有，但远非到此为止，袁玮写出了更深刻的一层，少女们不是小星星！她在六个少女的身上，看到的是女性……这是一首女性主义的诗。

得知其名

——袁永苹

那一年母亲在乡里的医院做子宫切除手术，
我和几个孩子在医院的后院玩。
我们玩得很陶醉，我们一直玩，一直玩，
像是要永远玩下去，玩进黑夜的铁骨头里去。
我偶尔会想起母亲在里面做手术的事，
感觉到有些疼，我在想子宫这个充满性意味的名字。
很久之后，母亲被推了出来，盖着厚厚的棉被。
只露出一张苍白的脸，像戴着面具，头上也盖着东西。
我感觉，她可能就要死了，所有的事物都聚集在
她那里，黑夜的光芒和小伙伴也吓得溃逃了。
我不敢靠近她，总觉得这个她是从另外一个世界
回来的，那个世界充满烧毁的茎秆和飘浮的幽灵。
母亲体内有间房屋被铲走，瓦砾和断壁残垣被一一清理。

多年以后，我被一种白色的蚕丝状的意识笼罩，
我得知那里有一块薄薄的绢丝手帕如同一道道门，
我的房间也被打开，修理，墙壁被反复刮擦——
金翅雀的嗉囊里曾经装满金秋的谷物。
我也看到别的女人带着她们的房子洗浴，逛街，
旅行……有些房子一直空着，有的已有居民，
有些房间有甜味，有些已经瑟缩、生瘤……
它们被镶嵌在下腹部与阴道交接的位置，
像一个悬置的国度与战后城镇，那里的灯火
曾明明灭灭，不停闪烁，遭焚烧，闹鬼。
许多时候，它们密不透风，孤立于混沌中。

许多时候它们鼎沸如同滚开的汤池，她们的日
　　轮转着
有些许意志和许多倾诉从流水潺潺中接连涌出。

袁永苹《得知其名》入选理由

这可能是中国当代女性诗人第一次如此直接、坚决、坦率地写子宫。有两个永恒的诗歌话题：写什么？怎么写？写什么往往意味着诗人的思想抵达了哪里，世界向诗人敞开了怎样的领地。怎么写则意味着诗人的美学境界走到了何处。对于袁永苹的这首诗来说，写什么？就写子宫，母亲的子宫，我的子宫，女性的子宫。这是必须被写的事物，诗人意识到它必须被写，所以才写得如此直接而坚决，动用了全部的心灵经验。2021年度汉语最佳诗歌100首，在选诗时非常倾向女性题材和女性主义，正是为了向这样的诗歌，这样直接面对的态度致敬。

小白鲢简史

——臧棣

在那一边，如果有人问起，
这将是一项绝对的纪录：
你的钓龄是从三岁开始的；
和同龄的城里出生的孩子比，
你的捕猎技艺开始得更早，
甚至深深烙进了童年的轨迹。
细长的钢色鱼竿，橘红色的小桶，
浅蓝色的网鱼兜，这器具的颜色
搭配得近乎完美；即便融入
岁月的布景，也不会轻易褪色；
每一次，它们轻微地颤动，
都会将我和你慢慢兜进
回荡着翠鸟欢叫的芦苇丛中。
每一次，腾飞的绿头鸭
都会成为晚餐上的重大新闻。
尽管口齿还有待完善，
但不到四岁，你已主持过
鸳鸯的出场。最惊人的消息
莫过于：没人教我，但爸爸
让我猜时，我第一次就猜对了——
羽毛好看的，个头大的，是公的。
每一次，“动物世界”的小尾巴，
在现场被抓住时，你的开心
都会进一步混入你的信心。
在你的钢琴课、跆拳道课、英文课、

绘画课开始之前，你的钓鱼课
已经让湖水的味道浓过了
街道的味道。我确信
你将永远记得我和你一起
发明的“绝活”：在罐头瓶里
撒入馒头渣，沉入湖水，
两分钟后，猛地拽出水面，
里面的小白鲢最多的时候，
竟然一次可以有七条。
而我也将永远记得你的
近乎哲人的小总结：这方法
倒是很好；但你依然喜欢用鱼竿
钓上来的小白鲢，而且那符合
你的原则，你更偏爱单数。

臧棣《小白鲢简史》入选理由

一首充满了生活经验，洋溢着生活神采的诗，一首用于纪念的诗！没有什么比如此众多的细节更适合用来怀念，没有什么比如此丰富的场景更适合寄托思念！因此那孩子永远是鲜活的，那个钓鱼小能手，那个会辨识鸳鸯公母的孩子，他拎着橘红色的小桶，和爸爸一起，在翠鸟欢叫的芦苇丛中，看见一只腾飞的绿头鸭……他背后的天空永不褪色。真想把这首诗复述一遍，那么多色彩，那么多动作，那么多童稚的话语，充溢在诗中。套用一句臧棣的句式：没有比具体更抽象的情感。

维茨纳峡谷简史

——臧棣

圣多明各老城的
酒吧入口处，几簇非洲百合
在同伴的感叹中已生动如
伴娘的艳舞，它们的蓝睫毛
挑逗着多米尼加的毒太阳；
每个阴影都擦亮过
一秒钟的灵感。来自西班牙的诗人
看着墨西哥诗人翻译的
我的诗歌说：他去过上海
和成都，但因为女友闹痢疾，
他很遗憾没能去北京。
为了减轻他的遗憾，身为北京人的
我，告诉他，我去过西班牙，
但因为突然牙痛，除了维茨纳峡谷，
也哪儿都没去成。他显得很惊讶，
身为爱旅行的西班牙人，
他表示自己从未听说过
维茨纳峡谷，也不知道它距离
马德里有多远。言下之意，西班牙
有许多好玩的地方，您为什么
单单要去那个地方？我知道
下面的话或许有点失礼，但还是
脱口而出：去看一位从未谋面的
老朋友，洛尔迦。“谁？”——
费德里科·加西亚·洛尔迦，四十岁以后

我已有点讨厌记全外国人的名字，
但《深歌集》的作者，就像一道海沟，
早已刻进了脑海。为了缓和对方的疑惑，
以及开始蔓延在表情中的怪异神色，
我赶紧解释说：1936年的一个深夜，
就在维茨纳峡谷，伟大的诗人
被粗暴地推下卡车，在长枪抵着
太阳穴的情况下，用破铁锹
给自己挖了一个土坑，
并在爆脆的枪声中躺了下去。
而我去维茨纳峡谷，既不是观光，
也不仅仅是凭吊；我的目的
很明确：就是要找到
那几颗邪恶的子弹，把它们
从大地的身体里取出来。

2019年10月 2021年5月

注：根据最新解密的档案显示，1936年8月，加西亚·洛尔迦被西班牙右翼组织长枪党秘密逮捕，随即被枪杀，遗体被草草埋入维茨纳峡谷的一处荒地里。

臧棣《维茨纳峡谷简史》入选理由

臧棣在诗中，耐心地、曲里拐弯地说了一件事；但他不是为了说这件事，他是要在这件事中，说另一件事，另一件事才是这首诗中真正的事件。臧棣在叙述中叙述，但他在叙述中建立的不是事件本身，而是他与洛尔迦之死的情感关系。在叙述结束时，情感突然而猛烈地爆发，令本诗陡然变得庄严并饱含热力。

人山人海

——张浩然

在太阳底下站着
站着　站着
我们就站成了凶手
我们互相看着
看着　看着
我们都看成了警察

张浩然《人山人海》入选理由

每一代都有这样的诗人，他一出现，其诗中的灵气就会让人觉得眼前一亮。灵气这东西装不出来也藏不住，往往在诗人年轻的时候体现得最清晰。90后一代中，张浩然就是这样的诗人。所谓有灵气，就是他对事物有感觉，特别敏感。这首《人山人海》就是这样，写的是在人群中的感觉，这感觉太棒了，直接构成好诗。

腿

——张浩然

数以万计的
腿
从
空中落下
漫无目的
东奔西跑
我抓住了两条
快速装上
跑去地铁

张浩然《腿》入选理由

又是一首感觉特别好的诗，脑回路带了电。若以绘画来比，这首诗有某种超现实主义的奇异感，内在气质尤其接近于比利时画家马格利特，非常具有场景感，形成了陌生荒诞的视觉效果。再重申一下什么叫“感觉好”，就是既对事物有敏锐而独特的感觉，写出来又非常自然，毫无用力痕迹。诗感语感双佳，方为感觉好。

林中小屋

——张猫

我画了一扇窗户
窗户里有一个线条模糊的男人
我和他坐在那里
整整一个下午
这是我构思的画面
如果我把那个男人
换成一个女人
如果不是画窗户
而是，画一艘小船
船的边缘，有几只鸟
现在它们开始唱歌了
或者，把鸟抹去
画几簇黑色的灌木紧挨着她
她的手那么古老
我跪在她的膝盖上
时钟仿佛树上的果实
悄悄滚落下来

张猫《林中小屋》入选理由

读这首诗，想起一个虽然被人用俗了，但其本意却非常美好的词——“诗情画意”。这是一首将诗的情绪和画的意境融为一体的诗。这样的诗也确实应该由张猫写出，她本来就既是一个很好的诗人，更是一个专业的画家。这首诗写的是画家构思画面的过程，在张猫头脑中，她每更换一帧画面，或者修改一处细节，就会呈现出新的情感。情感与画面，如影随形，景换情移，千变万化，一瞬之中，竟已经历万千，如同烂柯观棋，时钟如果实般滚落。

手

——张猫

奶奶有手，但她总是把手
放在坛子中，簸箕里，放在供桌的水果上
她把手放进火堆里扔砾炭
放进辣椒水里，搅拌，腌制
青菜和豆腐，帮她们重生
她用手播种，收割，编织
把手放在地上，埋葬自己的女儿
偶尔也会看到，她把手放在头上
梳理灰白的发髻，纽结，缠绕
直到有一天，她让她的手，消失在天空中
她用手指在云层上，轻轻戳了几个洞
雨，就落了下来

张猫《手》入选理由

越强烈的情感，越需要将其具象化，才能真正呈现。空洞的抒情，只会令情感变得廉价。抽象的诗意必须经由具体的意象来实现，什么是意象？事物就是意象。事和物，都是意象。意象凝结情感，呈现诗意。这首诗里有非常动人的意象，奶奶的手，以及奶奶的手经历的场景，诗人的情感凝结于这只手，奶奶的一生表现于这只手。这是一首非常饱满的抒情诗。

像刀尖往上一挑

——张侗

天已傍晚
跟在羊群后面的母亲
紧赶几步
站在李四的屠宰场旁边
把鞭子甩得响亮
两只调皮的小羊
停下，低头饮着
一汪汪的血水
母亲把鞭子抡过去
喊着回家喽——
她把喽字尾音喊得很高
像刀尖往上一挑
两只小羊跑起来跟上羊群

张侗《像刀尖往上一挑》入选理由

这首诗的诗眼就在母亲的这声吆喝上。如果没有这声吆喝，诗人将会错过这一看起来普通平凡的日常场景，但母亲的声音像刀尖般往上一挑时，突然就将诗人的心挑了起来，于是诗人重新看到了这一场景。看到了什么？还是这个场景，普通而平凡的场景，但已经不一样了。诗人将其写出，像刀尖往上一挑的吆喝尾声弥漫在这一场景中。

夜归

——张侗

加班到深夜
他发誓这次再不给开门
他就踹门而入
大吵一架
然后转身离去
再不回这家
天冷极了
甚至听见霜粒
唰唰唰落地的声音
他准备使劲拍门
可门虚掩着
他悄悄走进去
哐啷一声
心中的刀子掉下来
他走在一片月光中

张侗《夜归》入选理由

一共十五行，前面十二行都在耐心叙述，让读者跟随诗人进入情境，叙述得非常成功，确实令人有身临其境之感。最后三句，不，其实就用了一句，以一种非常形象化的表达，令整首诗的情感陡然变化和升华。“心中的刀子掉下来”，对诗中人来说，刀子掉了下来，内心重获平静和柔软，而对于这首诗来说，这句诗亮出了诗的锋芒。“哐啷一声”，用得也好，令读者能直接用身体感知到诗人内心的那种变化，亦能随之有一种如释重负感，甚至是开心喜悦感。诗中有各种情绪和情感的变化，但没有一句直接抒情，全都是形象化的表达。

获救者

——张侗

1979年春节前
父亲和我拉着地排车
到城里卖粉条
突遇暴风雪
半夜时分
离村口老远
就看见一束光
倔强而微弱地亮着
等父亲和我站在亮光里
母亲仿佛从井底的黑暗中
惊喜地跳出来
像获救者抱着我们
默默流泪
拍打着我们身上的雪

张侗《获救者》入选理由

诗中的情感，写得真挚、浓烈、朴素、动人。母亲手中手电筒的光，就是全诗的光柱，这是一首被情感的光柱照耀着的诗。无论是诗中的人，还是读者，都在这光亮中。而“获救者”这个比喻，用得太好了，在暴风雪之夜，父子二人终于平安归来，而等待他们的母亲，却更像一个获救者。这个感觉抓得太好了，构成了这首诗的情感重音。这是张侗的第三首入选诗，他的诗中有光。

比手

——张执浩

我越来越害怕在家人面前
伸出手来，这双手过于白皙
时常插在充满歉疚的口袋中
因无能为力而无力自拔
有一天晚上
全家人都围坐在炉火旁
只有我兄弟还在户外
就着尚未结冰的水清洗藕泥
直到我出门解手才顺道
把他喊进屋
天寒地冻，却并未下雪
我们哆嗦着
在水龙头下面洗净手
回到火炉边烤火
白炽灯静静地照着
六七颗亲人的头颅
热气在我俩的指缝间缠绕
仿佛小时候我们共用过的
那块经年的毛巾布
我兄弟突然伸出手来
拉过我的手，轻轻摩挲
而后笑道：“这才是手。”

张执浩《比手》入选理由

这是本届最佳诗歌100首中第三首写手的诗，另外两首来自巫昂和张猫。三首诗写的都是情感——各不相同的寄托在“手”上的情感。如果把三首诗放到一起看，会更有意思。张执浩的这一首中有格外动人的细节，他的兄弟突然伸出手来，拉起诗人的手，轻轻摩挲，然后笑着说，“这才是手”。这个细节特别厉害，但终究只是素材，不同的诗人会有不同的处理方法，呈现不同的美学效果。张执浩的铺陈和推进，令这个细节出现时，呈现出更为复杂和深刻的情感。

一个矿老板说

——赵克强

在他矿区
有个矿工的婆娘
比他豪横
麻将桌上
把牌一拍
“唧个？老娘打不起五十块钱的牌蛮
老娘男人下井回来
一天就有三百块钱
狗日的回不来
六十万赔偿款
最多三天
就到老娘手！”

赵克强《一个矿老板说》入选理由

赵克强的这首诗，具备了口语诗最厉害的特点，直接、鲜活。直接得近乎凌厉，鲜活得如同正在发生。赵克强是完全的口语诗人，与他相比，很多所谓的口语诗人操弄的其实是塑料口语。

叙利亚来的玛哈

——赵小北

和难民一起上课，并不是一件
很轻松的事儿
玛哈的丈夫就在窗外盯着她
看她有没有
跟其他男人说话
有时看不到他的号帽
也知道他在那儿
在窗外飘着
他累了，就蹲着，一支接一支地抽烟

但领救济金的日子
会变得相对轻松些
那时玛哈会把三百欧紧攥在手中
冲出教室，小跑着，跑到他的身旁

赵小北《叙利亚来的玛哈》入选理由

生活在德国的诗人赵小北，近年来的写作很受关注。她所写的难民题材系列诗歌，是汉语诗歌的重要收获。难民主题，是当今世界最重要的主题之一。在赵小北之前，还从来没有汉语诗人在这一主题和内容上有所建树，她是该题材的汉语第一人。赵小北写得也很好，很现代。既没有秀同情，也没有秀悲悯；既拒绝廉价抒情，又拒绝宏大叙事。而是真正进入具体的人、具体的场景、具体的细节，这令她的诗实现了更强大的表现力和更深刻的表现效果。

愤怒的西亚马克

——赵小北

西亚马克闯进了校长办公室
冲着校长莫妮卡大叫
你这该死的德国婊子
劝我老婆离婚，劝她摘下头巾
你告诉她，人人平等自由
艾琳，她只有五岁
每晚在电话里哭着找爸爸
我的心都要碎了
现在，你满意了？

赵小北《愤怒的西亚马克》入选理由

唯有真实最深刻。置身于真实的场景中，我们才会发现，隔岸观火式的抒情多么空洞，隔靴搔痒式的知识分子论述多么概念。《愤怒的西亚马克》这种写法，就是置身于事物中，让事物自己敞开其丰富而深刻的真实。无论这个世界如何定义正确和错误，诗歌都应该尽力呈现真实，呈现事物真正的样子。

等腿

——周长风

自卫反击战中
他把一条腿
丢在了前线
酒桌上
有人问他
现在有什么感觉
还疼吗
早就不疼了
他说
就是老做梦
做梦？
嗯，做梦
老做一种梦
我在前面跑
跑一阵就停停
等我那条
炸飞的断腿

周长风《等腿》入选理由

又是一首写腿的诗。本届最佳诗歌100首，写手的有三首，写腿的两首，另一首写腿的是张浩然的《腿》。两首写腿的诗，好都好在诗中的超现实。《腿》的超现实是基于想象，而《等腿》的超现实是基于现实，因此也就产生了完全不同的效果。这首诗更富生活的质感，诗的基础非常扎实，因此它超现实的那一下子就拔地而起，令整首诗峭拔挺立。

海风很咸

——周芳如

从海边往回走
那个残疾男歌手
在海堤上
正唱着我很喜欢的《焚情》
他竟然泪流满面
他到底有多少故事啊
站定听他唱完整首歌
我也泪流满面
我到底又有多少故事啊
低头扫了地下的二维码
给他付了五十元
我为悲伤买单

周芳如《海风很咸》入选理由

对于抒情诗来说，诗人自己非得动真情，然后诗才能真切；诗人自己非得有深入骨髓的感受，然后诗中的情感才能击中读者的心。《海风很咸》就是这样一首诗。诗中的情景很日常，语言很朴素，写得也并不用力，如同一次简单的诉说，但诗中的情感却就在这样的诉说中被拉到了满格。再有真情也得会写，也得能写出心灵中最敏感的东西，“我为悲伤买单”就是最敏感也是最致命的一句。

通讯录备注

——周芳如

为什么单身的女人
无论搬到哪里住
总会有一个坏掉的灯制
或不亮的灯泡
总会有一个滴水的水龙头
总会有一个漏气的煤气灶
她存在手机里年轻电工的电话
备注“来电男朋友”
修水管水龙头通下水道中年杂工的电话
备注“糖水男朋友”
供气公司的座机
备注“最燃男朋友”
也试过很幸运的
曾经碰到一个很好的男房东
以上的问题他都会解决也乐意解决
她备注“最棒男朋友”

周芳如《通讯录备注》入选理由

又是一首只有用纯口语才能写出来的诗，再次体现了口语诗与生活本身水乳交融的特性。生活本身的各种滋味，说是说不清楚的，文章是写不清楚的，道理是讲不清楚的，但是诗，可以把它写出来。本诗中交融了各种滋味，活生生的生活的滋味，唯有最活生生的语言能将其展现。周芳如把这首诗写得自由舒展，语感和节奏都特别好。

水煮石

——周瑟瑟

水中石
沉睡的婴儿
水煮石头婴儿
越煮越好看
越煮越生动
石头的生命
布满了微笑
睡梦里在妈妈腹中的微笑
沸腾的婴儿
静静等待分娩的那一天
等待水的大火熄灭的那一天
等待哇的一声大哭
水的油汁渗透进骨头
乌黑乌黑，而不是白色的漂亮的石头
更像一个水中的婴儿
喝足了水的油汁

周瑟瑟《水煮石》入选理由

一块水中的石头，像一个沉睡的婴儿，这并不算一个多么精彩的比喻，但诗人周瑟瑟却从这个比喻开始，启动了一场修辞和想象的盛宴，越写越来劲儿，越写越丰富，越写越生动，越写越漂亮，越写越热烈，那块石头越写就越拥有了活的生命。周瑟瑟用一种非常强硬的方式，强写一块石头，直到把它写活，这确实需要一把子写作的力气。当他把这首诗推进到“水的油汁渗透进骨头”这一句时，诗就像水一样沸腾了起来。

少年的幻想 一次次失败

——周亚平

“我们能否
把海浪烧起来”

“我们每个人
都必须把鱼竿装上火”

“我们不钓鱼
只烧海浪”

周亚平《少年的幻想 一次次失败》入选理由

周亚平的这首诗，在形式上非常陡峭，直取核心，毫无枝蔓。起势就很高拔，后面两段如果不能更陡峭锐利，就接不住了，结果周亚平不但全接住了，还以一句险似一句的隐喻，一句高似一句的意境，形成了锋芒毕露的效果。这样的语言形式正好对应诗歌的主题，充满青春快意，一往无前。

红红的，焦焦的

——朱韦

女孩在嚼一根
红红
焦焦的
烤肠
坐在外婆的
小三轮上
从山脚
往山上挪
夕阳在嚼一个
红红
焦焦的
外婆

朱韦《红红的，焦焦的》入选理由

好一个“夕阳在嚼一个/红红/焦焦的/外婆”，从小女孩手中的烤肠，到夕阳下的外婆，移形换影般的转换，鬼斧神工般的比喻，精妙极了。整首诗形象、生动、天真、美。说其“天真”，不是指小孩子的那种天真，而是这首诗中有一种心灵的天真，令整个世界都变得可爱了起来。朱韦生于2002年，又是一位00后诗人！

被一条鱼仇视的冬天

——左右

结了冰的缸里
一条不大不小的草鱼
一动不动
眼珠子
也目不转睛
直到阳光
一寸一寸铺射下来
冰
也一厘一厘融化
它像人一样
真的像人一样
长舒了一口气
将头露出水面
吐泡泡
泡泡越吐越大

一整天
它都在用带血的尾巴
不断拍打
像冰一样
厚厚的
玻璃

左右《被一条鱼仇视的冬天》入选理由

本届最佳诗歌100首的最后一首，来自诗人左右。这是一首生命之歌，写得非常有力，既写出了形，也写出了神。能写出形，说明诗人状写事物的能力强；能写出神，说明诗人的内心与事物发生了深刻的碰撞。那条鱼用带血的尾巴，不断拍打冰一样厚厚的玻璃，诗人不仅仅看到了这个场景，还将自己的内心融进了那条鱼尾，于是那条鱼也就拥有了心灵。

汉语先锋

2021年度诗歌资料

诗人的演讲：我为什么要写这样的诗

我的来路和去向

——何小竹

梦见苹果和鱼的安

我仍然没有说
大房屋里就一定有死亡的蘑菇
你不断地梦见苹果和鱼
就在这样的大房屋
你叫我害怕

屋后我写过的黑森林
你从来就没去过
你总在重复那个梦境
你总在说
像真的一样

我们不会住很久了
我要把所有的门都加上锁
用草茎锁住鱼的嘴巴
一直到天亮
你还会在那个雨季
用毯子蒙住头
倾听大房屋
那些腐烂的声音吗

这首诗写于1985年。诗中的那个“安”，就是我妻子的姓，她姓安。写这首诗的同时，还写了《葬礼上看见红公鸡的安》《一种语言》《大红袍》等十多首诗。我自已很激动，无法定义它们是什么诗，跟我以前写的那些模仿之作都不一样，没主题，好像表达了一些什么，但又说不清楚是什么。这时候就收到了周伦佑的来信，他说他正在筹备一本名叫《非非》的刊物，要发起一场“非非主义”诗歌运动，让我寄一些诗给他。我就把刚写的《梦见苹果和鱼的安》这一组诗寄给了他，他把这组诗编在了1986年的《非非》创刊号上，并加了一个总标题，叫《鬼城》。1986年，《非非》出刊的时候，我带着妻子从涪陵去了西昌，见到周伦佑，他问我写这些诗的来路是哪里，比如，艾略特、普拉斯、埃利蒂斯、金斯伯格、迪伦·托马斯……这些都是当时一些先锋诗人的写作来路，但他看不出我这些诗的来路。我就说来自马尔克斯的《百年孤独》，加上苗族的“巫文化”，以及个人的生活细节和胡思乱想。比如《梦见苹果和鱼的安》这首诗的直接灵感，就是妻子有一天醒来之后对我说，她做了一个梦，梦见了苹果和鱼。后来评论家把我早期的这些诗命名为“巫术诗”。

这是太阳

(之三)

第二首　太阳的阳

造句：

1. 阳光普照大地。

2. 高一（2）班有个谢晓阳。

3. 今天，物理老师在物理课上叫我们打开上册翻到23页第二章第一节：预习“阳离子”。

4. 我的舅舅在“红阳”三号当水手。

5. 星期三，我没去夜自习，偷偷去“向阳”电影院看了电影《阳光下的罪恶》，这是不对的。

6. 大扫除，我主动要求和班长去打扫又脏有臭的阳沟。

7. 农忙假，我在家帮母办阳春。

8. 阳痿……

我张大嘴巴

(之一)

我张大嘴巴。嘴巴，名词。

我张大嘴巴。嘴巴，宾语。

我张大的嘴巴能吃下一只苹果。嘴巴，主语。

我嘴巴里的苹果是张大了嘴巴吃下去的。嘴巴，定语和兼语。

苹果被嘴巴吃掉。被动句。

嘴巴吃掉苹果。主谓句。

苹果不能吃掉嘴巴，苹果吃掉嘴巴是病句。

我只能张大嘴巴，我不能张大苹果。并列复句。

如果苹果是嘴巴，苹果便被苹果吃掉，嘴巴便吃掉嘴巴。多重复句。假设。并列。

这是《组诗》中的两个片段，写于1988年，是严格意义上的组诗的结构和形式，标题就叫《组诗》。这首诗还有一个题词——献给蓝马。自从1986年我进入“非非”群体，读到了杨黎、吉木狼格、小安和尚仲敏的诗，对这个群体有了高度的认同。尤其蓝马的“非非主义宣言”及其“前文化”理论，给了我很大的刺激和启发，让我去思考并实践一种“非非”式的写作，《组诗》就是在这样的背景下写出来的。清除语言中的文化污染，超越语义，让语言还原到最本质最纯粹的层面。比如月亮，它就是天上的那个发光体，不需要有思乡、爱情、浪漫和哀伤这些附加的含义。有人说，“非非”的这种“超语义”的企图，如同提着自己的头发上天。我的回答是，一个诗人没有提着自己的头发上天的想法和勇气，还能叫诗人吗？

在昆明听张宇光谈西藏

张宇光，原来是《西藏文学》的编辑
我在昆明碰到他
他请我去打网球，请我
吃云南菜

张宇光，在西藏生活了五年

他说12月份
拉萨的阳光还是很灼人
因为那里空气稀薄
他最后告诉我
四川人在那里开了许多餐馆
于是我们就笑了起来
在拉萨完全可以说四川话

这是我1984年在昆明写的。当时，我和杨黎在成都经营一家夜总会，中途出了一点事情，我要离开成都，杨黎把我送到机场。但是去哪里呢？杨黎说，去昆明吧，于坚在昆明。于是，就买了一张去昆明的机票。到了昆明，于坚不在，去山里拍照去了，于是就找到了前面那首诗里写到的张宇光，他是于坚的朋友，也是杨黎的朋友。他把我安排在翠湖公园旁边的林业厅招待所，我每天就去翠湖公园的椅子上坐着读古龙的小说，太阳落山了回到招待所楼下，点一个炒菜，喝二两木瓜酒，回到招待所的房间，便躺在床上写诗。一周之后，我回到成都，也带回了《1994年冬在昆明》《在昆明与张宇光谈西藏》《在翠湖公园》等七八首我在昆明写的诗。杨黎看了这些诗，赞扬说，这是非诗，你在毁掉诗歌。这给了我极大的鼓舞。这样的诗，正是对杨黎所说的“诗啊，言之无物”的观点的写作尝试。

刘华忠，读到这首诗请你马上给我回信

三年前你从贵州到了北京
这我是知道的
你给我家里写过一封信
但信封上的地址模糊
我回不了你的信
我如果写北京刘华忠收
你肯定收不到
现在，只有等你给我写信
读到这首诗后
请注意结尾处的地址
成都高新区倍特翠竹苑

与石光华在成都谈论李白

李白是唐朝
一个了不起的诗人
他看见什么
就写什么
他想到什么
就写什么
他送别一个朋友
就要写一首诗
他写诗

就像说话一样
我们就这样
谈起了李白
在成都
在夜晚
在一个酒吧
我们一直谈论到深夜
反复的话题
是李白赠汪伦的那首诗
李白乘舟将欲行
汪伦把他送上了船
就这么一件事情
李白写了一首诗
你敢不敢这样
写一首诗
写成都
写我们饮酒
写石光华
写何小竹
写李白和汪伦

2001年初，在韩东的提议下，韩东、杨黎、王敏、吉木狼格、乌青、竖，我们一起创办了“橡皮”先锋文学网站，吸引和会聚起一大帮年轻的写作者。新的诗歌，在新的媒介（即网络论坛）上如鱼得水。“橡皮”也成了

“废话写作”的大本营。所谓“废话写作”，也就是基于杨黎的“诗，言之无物”的诗学理论，即：看上去说了很多，而实际上什么也没说，形同一堆“废话”。但“废话”这一称谓只是一个借用。本义上的“废话”与“废话写作”是有本质区别的。“废话写作”的“废话”，是取消诗歌写作的意义指向，以及抒情属性，让语言自身呈现诗意，即“叙述的诗意”。

当然，想清楚了我为什么要写这样的诗之后，落实到具体的写作，就不能带有理论和规则的痕迹，这也是我这些年追求的诗歌文本的“自然感”，就仿佛是偶然想到，随口一说。为了达到这样的自然，我遵循“像说话那样写诗”。它有口语的语法形态，但不等于口语。它不是生活语言，而是我写诗的语言。

一个问题

想想看
当我们扔掉手机
不再与二维码合作
不再依赖键盘
和屏幕
用脚行走在街头
让手握着手
眼睛看见眼睛
世界
将会怎样

这是我去年写的诗，写于人所共知的那个背景。这首诗不符合“废话”的原则，有隐喻，有借代，有意义诉求。事实上，这些年我写了许多带有隐喻，甚至是密码式的诗歌。

前不久，在接受“磨铁读诗会”编辑，诗人后乞的访谈时，她提了这样一个问题——你现在仍然以“废话”“言之无物”作为主要的写作观念吗？你对“言之有物”的、有较为明确的内容、价值和情感指向的诗歌怎么看？

我回答的是——我仍然认为“废话”和“言之无物”是诗最本质的属性。但是，在这一观念之下的写作，并非全然是“废话”的和“言之无物”的，没人做得到。对于有较为明确的内容、价值和情感指向的，即“言之有物”的诗，我认为只要写出了新意，没有陈词滥调，就是好诗。

应该去做一个专业诗人

——杨黎

我非常喜欢磨铁为我们设计的演讲标题，我为什么要这样写诗？这一问，完全问到了诗歌的头（男头）和腰（女腰）上。对不起，我用了比喻。一个反对比喻的人，偶尔用用比喻，它究竟说明什么呢？它说明传统是巨大的，我们很渺小。

要搞清楚我为什么这样写诗，其实比我们要搞清楚我为什么要写诗，更有价值也更艰难。我一直认为，一个诗人，真正的现代诗人，他必须搞清楚两个问题，一个是我为什么写诗？另一个（才是）我为什么要这样写诗。由于前者是观念问题，属于形而上的，每一个写作者一开始就需要回答。而回答的主要内容，就是我为什么要这样写。我认为，写作从来就有自发的写作和自觉的写作之分，一个现代诗人，必须是一个自觉的诗人。而一个自觉的诗人，首先就要搞清楚为什么写作和为什么要这样写作。如果搞不清楚，其写出的作品基本是次品。我一直看不惯这样的一些人，所谓为情而动，所谓有感而发，所谓灵感驱使，所谓我行我素……对不起，我又使用了比喻，今天究竟是怎么了呢？

自发的写作是业余的写作，属于票友。这是诗歌必须为人民服务的原因。而实际上不应该这样，诗歌是一门特殊的学问，必须有它的专业属性和它要展开的全新课题。至少它必须脱离大众娱乐场所。啥子人都来评人，啥子人都来嫖诗，说明这些人多么大言不惭。而自发的写作，会培养好多这一种人，甚至自以为是的诗人。现代诗歌之前，这样的诗人多如牛毛。

这些问题暂时说这么点，如果有兴趣学习、争论的人，我都很欢迎。在网上，我的收费标准是2000元一个小时，人数最多9人。如果在网下，吃住行管完后，5000元三个小时。多少人都可以。下面，我要具体回答我为什么要这样写诗。

要回答我为什么要这样写诗这个问题，首先需要回答，我究竟是怎样写诗的？或者说，我的诗究竟写得啥样？四十年了，我第一次回答这个问题。

1983年，我写了诗歌《怪客》。其实在这之前，我写了好多报废的东西。就新诗而言，我学过新格律派，但马上就放弃了。原因是太简单了，我几天后就可以以假乱真。然后我偶然看见了惠特曼，被这样自由的形式震撼。总之一句话，两年里，我看了好多，写了好多，基本对诗都烦了。

外国诗人的诗我烦了，甚至有些看介绍时还很喜欢的诗人，一读到翻译作品后，也非常烦。有些名人名篇，读到后那么烦。后来我知道，这些老外的诗歌，在老外那里都是要押韵的。而中国新诗人，格局小了，汉语不成熟。最主要的是，凡诗歌，不是啊啊开头，就是轻轻结束。比兴横行，意象泛滥。空洞，顺口，烦死了。

其实我差点不写诗了，我天天都在写小说。只是因为我字写得太差，写完了别人都不认识，我也不认识，我才又重新写诗了。只不过这次，我开始写故事。我放弃了押韵，然后发现文字与文字的组合，自然可以构成语言的声感。这是1983年，又过了两年，我将之命名为语感。它主要针对的是激情，所以这篇文章叫《反对激情》。

传统诗歌喜欢写的是感受，而且是以陈诉的句式，显示痛苦快乐恐怖等主观情绪的文采。而我写《怪客》时，抛弃了这一传统，直接写出事件，就是讲故事，我发现了一个比十年生死两茫茫更浓烈的结果。其实这些在古诗里也有，比如蓦然回首，那人却在灯火阑珊处。只不过这些天才的光芒，被数风流人物数漏了。

从《怪客》开始，我找到了讲故事的诗歌，我认为诗歌就得有事件。事件既是世界的，也是语言的，事件被讲述后，成为永恒，再被超越。汉语诗歌，终于进入了它的现代性。我自己比较满意的作品，就是《旅途之一》。不知道下面有多少人看过？但现在的诗歌写作，有好多人都是这个路子里出来的。

故事确定了我的讲述，我得用具体的文字展开，我更要用有细节的文字呈现，它们是当下的文字，甚至是我们随时使用的字与词。那时还没有口语，我只是找到了

“准确”这个坐标，厘定了我的讲述方式。

当有了新的节奏，就得为这个节奏设定理论基础。传统的以人类视角构成的修辞手段，突然暴露出它的局限和谬误。也就是说，反对比喻成了我新的努力和方向。写诗四十多年，这是我最大的收获。不仅仅对于诗，也对于我这个诗人。我的价值评判系统也被修正，我的眼光被打开，我作为一个人，而且超越了人，我太幸运了！感谢诗。

作为一个现代诗人，应该是一个专业的诗人。写“诗”应该写的，这是专业之一。用“诗”的内容写诗，这是专业之二。之三，去除语言的包袱、超越语言大限，这几乎就是我们写诗的目的、责任和乐趣。我将这称为应写之诗。但作为一个活人，在应写之外，还有必写之诗。比如，当我们面对疫情，面对俄罗斯入侵乌克兰，面对秋天洪水，生老病死，我们不发声吗？如果不发声，上帝不同意，佛陀也不同意。

应写之诗和必写之诗，一个是思想的，一个是身体的，谁也不能缺少。而一个好的诗人，一个现代性的诗人，他（她）就得应写和必写合一。这比啥子“天人合一”牛多了。

说了这么多，不知道表达清楚我为什么要这样写诗没有？不过有一点我可以肯定，就是我已经陷入自我吹捧之中。不好意思。

其实我是一个谦虚的人，我为观念争，但不为自己争。比如，好多人看了我的诗，说什么单一，说什么简单，甚至说我狭窄，我都懒得反击。当我面对我的作品，比如我面对《怪客》《高处》和《打炮》《错误》，我单一吗？当然，如果单一是向诗之心，我单一。正如简单是我的爱情，我也简单。狭窄嘛，就只有留给你们了。

待在之间

——劳淑珍

我为什么要写这样的诗？可能和我的身份有关。我是一个外来的诗人，走出自己的母语，在一个对我来说并不太熟悉的语言里写诗，不过我的一部分大概永远从外面被射进去。于是我，或者诗，就待在之间。也可以说，与我的工作有关。我是一个翻译家，用大部分时间把小说和诗歌从汉语里取出来，再让它们在我的母语——丹麦语——扎根。就这么简单地让一种语言通过我变成另一种语言。于是我，或者身体，就待在之间。

再来一次。我为什么要写这样的诗？如果在更深的层面上来回答这个问题，一切似乎变得不那么简单。甚至该说，我在连续三年努力回答同样的问题，然而每次给一个自己比较满意的答案，过了一段时间又觉得还可以从另一个角度接近，于是出现了新的答案。

这当然让我很迷惑，因为本来我写诗的一个原因是：我想更老实一些。于是这样没法老实而可靠地说话让我失望。之后似乎慢慢开始想，如果说到诗的话，那么，这个可以从很多不一样的方向接近的东西，大概就是诗本身：一种会变化，一种不稳定，一种自由和多元的空间。

幸好，我回到诗歌的路非常短，于是我可以在这里简单地介绍一下我是怎么开始的。我是2019年末写出我的第一首汉语诗，这里想给你们朗诵一下。(其实是第二首，但是，对，没问题……）诗是这样的：

整整一天
我都格外高兴
因为沈浩波说了
我是一个诗人
我的心怦怦跳
我说不出话呀！
因为沈浩波说了
我是一个诗人

然后发现
他那天在朋友圈分享的
最差一首
就是关于他那个丹麦的朋友

我不善于写诗
我却善于对诗歌说话
这可能是因为我爸爸
是一个诗人

这里不想讨论这首诗是好是坏，只想说这首诗和我的丹麦语诗歌相比，是非常地、可怕地不一样，也应该说那个有点不稳定的自己，更接近一种真正的我。(这里来告诉你们，我本来不是一个丹麦语诗人，我会经常写出几个有诗意的句子，然后判断一下，觉得我很对，我不是一个诗人。) 为什么这首诗不一样？因为躺在诗歌里的人（我）在一方面甜蜜而可爱，在另一方面露出她为什么一生对诗歌带着某种恨和轻视。另外，它是一首针对别人、在说话的诗，它是一个回答、一封信。也可以说就是那个“之间”让诗本身从一个我伸向一个你，或者更正确的说法是，从多层的我伸向多层的你，而在过程中，我和你被分开了，同样获得一个“之间”，一个可以互相触动的地方。对我来说，那个似乎很小也似乎很模糊的地方，它是我这些年一直在寻找的诗。

有了这首诗，你们也大概会明白，那一年我是怎么走的。我当时似乎觉得自己被骗了，活到四十几岁才发现我以为是诗的，本来并不是诗。于是突然非常认真地努力取消一切被学会的诗意，充满渴望地寻找那种甜苦而伸出的诗感。有时我完全失控充满愤怒地冲向诗歌的边缘想超过它、消灭它。同样面对自己的身体，很失望这么一年又一年受骗了，以为自己有自由却其实让自己受控。就这么想知道我身体的边缘到底在哪儿，以及诗歌在什么程度不再能算是诗歌。似乎这么努力超过诗和自我，寻找一个更真以及更直接的我。有时却走得太远，于是开始后悔，提笔努力认真地证明我可以写诗。2021

年初也写了这么两首：

冬天的乐谱仅仅含这一个音符

黑树枝灰云层之间
悬挂最后的小叶
一个完美的黑滴
静静地留在
树做的乱五线谱
只有这小小的音符
怎么也得拉出来
那么，延长乐音
拼命继续拉
不让它灭啊
捧在你手里你心里
fermata
fz
tremolo

2020.12.30

新年

现在我可真
需要你的诗
已经把一切杀掉

撕破，消灭，距离
直到什么都不在
抬头看世界
变灰
必须后悔再次
点一堆火，重新
凑近找温暖的
火花。使世界有色

怎么总是把疼爱的一切
踩灭，醒来后悔
弯腰拼命地寻找
还带着体温的碎片

2021.1.5

到了2021年我大概慢慢发现了我没法找到这么一个自我的边缘，更没法找到诗歌的边缘。没有什么具体的线让“我”和“非我”分别，也没有什么具体的线让“诗”和“非诗”分别，相反，我在把自己侮辱、撕破自己尊严的过程中，狠狠否定诗歌……努力完全失败，却在过程中似乎写了一个更自由而强大的自我，写了一些更充满劲儿的诗歌。当时我不是特别清楚这是我诗歌的核心。不过，在那种狠狠冲向诗歌的过程中，有一些部分我没法消灭，因为从身体之底太疼爱，舍不得。那部分就是我诗的那种走出自我伸向别人的动作，以及我2021年所寻找所探索就是那个伸张的手。那一年的很多诗是从别人的诗歌出发，或者从别人的诗歌吸出劲儿，或者……努力发现我哪时像什么推土机向对象开却没法停止于是把对象碾死，哪时像什么虚假的科学家假装自己可以客观地不参与看对象。我寻找的是那个平等，让一个你（对象）和一个我同时待在诗歌里，让这个你和那个我获得互相可触摸的地方。下面的这首《那么，舔舐我的灵魂》就是被放在另一个诗人的一首诗上，努力和那首诗交流，另外努力强调身体感，让那个疯狂的、快乐的身体不顾一切寻找一种自在而自由的身体声音。

那么，舔舐我的灵魂

那么，舔舐我的灵魂
舔吧，舔舔舔
舔得灵魂开始融化，继续舔
看我灵魂变成体液，继续
舔舐、吸吮，吸溜、吸进它
把我身体倒过来啊，让最后一滴灵魂
流进你的粗野喉咙，尽快，尽力，尽量，尽兴喝进我
把我身体全吸空了，来来来
我没关系，我没啥了，
我就让我这个身体
容纳茫荡荡的空洞

又从血肉酿出新
的一个漂泊泊灵魂
这个新的也就立刻
向你挤眼挥挥手
俯下虚体，举步旋转，哈哈笑

2021.8.3

这样的诗，我觉得是一种渴望从自己走出去在别人的诗上玩，用自己的身体玩，不再那么担心自己的尊严，不再那么担心自己的身份。我觉得，那就是一种待在之间的诗歌。

当然我今天在这里说的话，也只不过是一种感受。我刚刚从丹麦过来，离开丹麦之前，也介绍了一下一群汉语诗人，以及朗诵了他们的诗。在朗诵的时候，我就发现他们写的就是那么一个美丽而充满劲儿的诗，于是当然感动了。我当时用汉语写的第一首诗，之所以和我丹麦的嗓子那么不一样，就是因为我不再读丹麦诗人的作品，而是读中国诗人的作品。

以及我觉得，今天没法说得更具体。这个容纳更多人，这个张开的手，这个待在之间的诗，我这些年越来越疯狂地寻找，直到今年一月某夜写完的三首。三首从不一样的语言和不一样的地方寻找那个最小的触动之点。最后我想张开这么一个之间，从可懂到模糊，从汉语到丹麦语朗诵。在这么一个之间的过程中，我希望你们能看到一片雾，一个空间，一种不再愿意被扣在自我的语言的诗。

要散，要

夜里你的手在我的身体上
像闪烁的雨水在风里
一千万跳舞之滴

1.31

It’s only when it rains and
You walk into the light that
The air is just a living pifu
The raindrops diffusing pores
Really an invisible skin and
That’s what we are want will
Pifu pores væltende rundt
No inner outer me you
Just pores
Together
Slipping
Holes
connections

Oh yes, we can, 亲爱的

Gæssene
De overvintrer her
Som tabte breve der
Aldrig når frem
For eksempel den bog jeg sendte dig
Fanget og smidt væk
Fordi breve kan gøre os syge
(eller det der er værre)
Det kan de, jeg ved det
Men gæssene overvintrer her
Og af og til er natten fuld af
Ord som ikke kan tydes

诗，必须写得足够骄傲

——臧棣

曾经有一段时期，我觉得我是当代诗坛最受误解的诗人。我的诗，不仅被非议，被恣意羞辱，也被贴过各种可怕的标签。一个诗人能听到的最难听的，最恶毒的话，我都听到过。这里面，有粗心的误解，也有天生的看不惯。当然，也赢得过不少知音。但幸运的是，我从来就没被这些非议击垮过。不是说我有多么强大的心理素质，对所有的流言蜚语，有着与生俱来的天然免疫力。而是我本人也经常批评我自己。我经常会一个人对着镜子说：臧棣，不是我批评你。什么意思呢？就是反思自己，依然还没写到点上。对于诗歌写作，我很有韧性，但并不固执。我经常会审视自己的诗歌观念，从不认为自己接受的观念就是正确的。这么多年，我至少领悟到了一点：对于生命和诗之间丰富的关系，很可能，根本就不存在什么正确的诗歌观念。有的只是，适合你自己天性的，能激活你自己天赋的观念。所以，面对观念的分歧，我总要求保持足够的开放性。作为诗人，我要求自己的心态必须是开放的，这样，才能摆脱观念的束缚，去面对诗的可能性，去扩展汉语的可能性。

落实到自己的写作，开放意味着在诗的表达方面，我只看重诗的活力。口语也好，修辞也罢，只要有助于强化和深化当代汉语诗性的表现力的方式、方法、手段、措施，我都愿意吸收过来。正如二十世纪三四十年代，像卞之琳、穆旦、俞铭传这些杰出的前辈就意识到的，现代汉语诗性要解决的根本问题是新诗的戏剧性。追求现代诗的戏剧性，还可以更具体地解决两个问题：一、传统上，汉语的诗性太偏于安静。存在着一种倾向，将诗的安静和诗的智慧等同起来。而且这种等同，多半有过度道德化的趋向。比如，像朱光潜指认的，安静是东方最高的智慧。这当然不错。但在我看来，过分强调诗的安静和诗的智慧的关联，不仅是一种道德化的辨认，而且更不可预测的后果是，它限制了诗的活力。过分的安静，也就关闭了各种可能性。假如我认定，新诗目前仍处于自我塑造的阶段，它就不能写得太安静。它仍要通过增强诗的戏剧性来保持它的活力。这也是从大的方面，我赞同当代诗和口语之间依然存有丰富的可能性。不是风格问题，而是活力问题。二、传统上，汉语的诗性也被书写得过于纯粹。因为追求纯粹，所以贬低史诗的可能性。因为纯粹，古代诗歌基本上可以归入快诗的类型。好像一直有这样的误解，古代汉语诗歌是苦吟出来的，是反复“推敲”出来。这其实是三流诗人弄出来的意淫故事。古代汉语诗歌，在我看来，都属于快诗。都是建立在“天生我材必有用”之上的。而从我个人的观念出发，从我自己的诗歌抱负着眼，我觉得，现代汉语诗歌应从“综合的表达”寻找新的诗性机遇。综合的表达，必然意味着在诗的纯与不纯之间，更偏向诗的不纯。在诗的快慢之间，更偏向对各种迂回的、注重过程性的表达方式。就个人趣味而言，我现在更自觉地偏向慢诗的类型。这可能也是我的诗经常被人误解成“难懂”的一个原因。因为慢，所以产生了更多的语言的褶皱，措辞的叠加。这些或许都给某类读者的阅读习惯造成了不少的麻烦。所以，被斥骂，可能也是应该的。至少在这一点上，我认同今天的一个主题：诗必须向平庸开战。向自己的平庸开战，也向人性的平庸开战。这是当代诗在今天肩负的文化责任。

说到诗和修辞的关系，我也经常被诟病。在这方面，说冤枉，也的确很冤枉；说不冤枉，也的确不冤枉。其实，本来也没什么好澄清的。但既然在多次访谈中依然被追问，我也就再坦率一次。追求修辞，在我看来这是诗人的天职所在。诗圣杜甫早就有言在先：“语不惊人死不休”。不追求语言的惊人，一个诗人也就失去了意义。语言的惊人，其实是语言自身包含的各种可能性的一个缩影。语言的惊人，也是语言的活力所在。所以，从根本上说，追求修辞没有错。流行的当代诗歌文化中，还存在着一种恶俗的倾向，将诗的修辞和诗人的灵魂对立起来。好像存在着一个真相：诗人的灵魂高于诗的修辞。说重一点，这很伪善；说轻一点，这恐怕是一种典型的偷懒。在我看来，绝不存在高于修辞或可以脱离修辞的灵魂。简单地说，不是没有高于修辞的灵魂，而是对诗歌来说，最好把姿态放低一点，习惯于诗人的灵魂是用来服务于诗的修辞的。真正骄傲的诗人必须做到一点。至少我是这么要求自己的。诗人是语言的仆人。或者顶多，诗人是语言的骑士。诗人不是语言的主人。所以，对我来说，追求语言的惊人的可能性，意味着重新理解自我和生命的关系，更意味着重新看待自我和世界关系。语言的可能，是真正的可能。

另一方面，我也只知道，对修辞的追求存在着被反噬的情形。对修辞的追求，总有精力不济，或走入歧途的时候。但我是这样告诫自己的：这不是追求修辞本身的错。而是我们自己在某个环节上出现了问题。所以，在追求修辞的过程中，如果出现了问题，就积极找出问题，调整自我和语言的关系。毕竟，对诗人来说，自我和语言的关系是最首要的，也是真正需要面对的一种现实情形。

艾略特曾给诗歌下过一个定义：诗是生命意识。这个定义，曾在我最为困惑自己和诗歌的关系的时候，震撼过我。这个界定，至少对我起到了一种纠偏作用：诗不只是情感，诗不只是经验，而是人的生命静态中最复杂的一个状况。诗像一面深入人的身体的探视镜一样，反映着生命的意识。按现在流行的量子宇宙学，意识决定存在。这非常切合我对自我和诗歌之间微妙而复杂的关联的体验。这也促成了我的诗的视角，和很多诗人采取的方式不太一样。我很少停留在表面，我总喜欢深入题材的背后、对象的内部去感受生命和世界的关系。就表达而言，这会造成诗的呈现中的跳跃、中断、切换和叠加。诗的画面感，不再是平面的，而是一种动态的时刻都可能发生自我反转的空间结构。这可能也是所谓难懂形成的一个原因。在这方面，除了解释，恐怕到我这个年纪也很难做出彻底的改变。

最后，请大家原谅。这篇东西用来太多的“必须”一次。本来，对于诗歌的谈论而言，是应该戒掉“必须”的。尤其，目前这个时期，现代汉语诗歌虽然经历了百年的实践，有些东西看得越来越清楚了，但回到诗歌观念的角度，一切仍处于塑造之中，一切都还都有可能。所以，这里所说的“必须”，请容许我再次明确一下，它仅限于两种情形：一、如果我认定诗人是生命的原型，像布罗茨基指认的，诗就必须写出它的骄傲。二、从大的环境来说，面对当代人文领域始终存在的对当代诗的“边缘化”（诸如新诗之死，新诗是最大的骗局，大型刊物不发表诗），诗人必须写出汉语的骄傲。

我必须写这样的诗

——祁国

大家好！

又回到了798，二十年前，我用诗歌涂鸦的形式参加了第一届798艺术节。又回到了尤仑斯，十多年前，我的一本油印诗集，有幸在这里销售。那本手工制作、装帧粗糙的小册子，定价却创了当时的纪录，好在这里会聚着全国一流的读者，很快便一销而空。当代诗歌与当代艺术其实是一对表兄弟，这对表兄弟的大部分支持者其实是同一家子的人。我们很清楚：如果以行业而言，当代诗歌与当代艺术无疑是我们目前最拿得出手的，在世界上真正具有创造性的两个行业。

好，言归正传，今天的总主题是“我为什么要写这样的诗”，我的回答是“我必须写这样的诗”。同人朋友们往往都是从语言等诗歌内部问题来讨论，我换个角度，从“人、诗、世界”之间的“三角恋爱关系”的诗歌外部来谈。由于时间关系，下面只能无序地以我的几首小诗为例，非结构地、不完整地和大家一起随意聊聊。

第一首：

自白

我一生的理想
是砌一座三百层的大楼

大楼里空空荡荡
只放着一粒芝麻

这首诗写于1997年，那时还在老家盐城。我开了一家盐城最早的传媒公司，但当时很多人对“传媒”这个词的意思不是太懂，于是经常有媒婆找到公司来，她们以为传媒就是传达媒人的喜讯。其实我也不太懂，说是传媒公司，其实就是一家出各种怪点子的营销策划公司。但那时的我就跟马云一样自信，我的公司对标的是麦肯锡，还印在了公司宣传册上，好在那时的客户比马斯克还要自信，从没怀疑过我的点子低于麦肯锡的智慧总和。例如一家房产公司找到我，让我为其策划开盘，我一夜就想出24个点子，平均一个小时两个半点子。那时我觉得做生意太简单了，并预测以后会有更多、更大的楼盘找我开盘，我一闲下来就做地产模拟策划文案训练，其中有个课题是假如我建了一座三百层的大楼，该怎么完成这座大楼的业态与营销？我绞尽脑汁，但即使把盐城当时所有街道装进去也装不满，且租金超贵、能耗极大、管理成本奇高，最关键是几万辆自行车没地方停，好在那时汽车还较少，不然更麻烦，最后想出的点子是节约成本，取消所有业态，让所有楼层都空着，只在顶楼放一粒芝麻，让这粒芝麻有尊严地放在一个水晶盒里，供全球游客买票登顶顶礼膜拜，这也是对一个小小生命的顶礼膜拜，并把这座荒诞的排名世界第一高的摩天大楼命名为“芝麻大厦”，预计年客流量三千万，将带动整个盐城的腾飞。这份天马行空的策划文案足足写了上千行，后来灵光一闪，只取其中两句四行，就成了这首诗。

我之所以讲这么多，其实这个故事本身就是一个时代的缩影，而这首诗是从现实的商业策划文本抽离出来，就成了自有生命的当代诗歌文本。至今诗中的大楼遥遥无期，不过，这首短诗倒成了荒诞诗派的开山之作。这些年来已有近百篇自发的评论从多种角度评过这首诗，最新的评论认为这首诗是对当今房地产的最佳预言。特别怀念那个时期，人们充满着梦想，充满着想象力。

还是1997年，为了研究人到底是怎么回事，我去盐城动物园住了一年。通过对动物社会的活动考察，我得出结论：人很孤独、无聊。不过这期间，我却喜欢上了一只母狗熊，但它并不喜欢我，一见到我就用大屁股对着我。而一心喜欢我的却是另一个笼子里的一只公孔雀，它一见我就打开了屁股上的那把彩虹般的羽毛大扇子，但我却并不喜欢它，我想它很可能把我当成了女性。后来，饲养员告诉我，那只棕熊用屁股对着我，其实是在向我示爱，而那只孔雀本就是个同志。噢，太乱了，关系太复杂，但我却意外地从中悟到了人性的光辉。几年后，早晨起来刷牙，看着镜子中的自己，有了灵感，突然朗读了起来。

镜子中的脸

没
事干
就看看镜子中的脸

看着看着看到了我儿子的脸
看着看着看到了我儿子他女朋友的脸

看着看着看到了他女朋友她妈的脸
看着看着看到了他女朋友她妈的情夫的脸

我忙用水洗了一下脸
再看

注意，诗里面用了“她妈的”这个词，似乎是个双关语，但我并无道德批评的本意，而是一种会心一笑的纯粹幽默。

我的童年是在祖父的木帆船上度过的。那时的帆船主要是运送各种粮食，一年到头航行在苏北的错综复杂的运河上，从一个粮库码头运到另一个粮库码头，几乎跑遍了苏北所有的城镇。现在想想，童年即是我一生的序幕，映射了我一生的命运。后来的几十年，社会在不停地激烈变化，为了生存，我干过多种奇怪的职业，北漂过、海漂过，漂泊过多座城市，单就租过的房子不下几十种，有时夜里做梦梦到过几十个漂亮的女房东一齐追着我，讨要去年的房租。

这是我北漂时写下的一首诗。

做爱做到一半

突然懒得动
就趴在上面看起了报纸

看报纸其实也没什么意思
只是想找找上面的错别字

这首诗看起来有点搞笑，其实是一首很荒凉的诗。我似乎成了一个多出来的人。我决定重新加入人类，重新开始做人。2007年的夏天，去到浙江金华的深山里过起了野人生活。我赤身裸体，没有了名字，没有了性别，没有了时间，没有了文化；我终于回到了原始人类状态，我将一个人真正开端，我获得了彻底的解放。最大的感受是：人的生存自足是天赐的，并不需要他人的恩赐；人在爬行时膝盖必须着地，是跪着的，而动物不需要；还有就是大自然没有任何问题，根本不需要任何人为的答案。多年以后，我写下了这首诗。

每天我都要系一百次鞋带

其实
地球如果没有人类
会活得更好
或者说
地球有没有人类
无所谓
所以每次听到有人高呼
我们是地球的主人
我们要保护地球
我都会在激动的人群中
默默低下头
蹲下身
假装系一下鞋带

我惧怕各种“正确”，惧怕众口一词，也许是童年的漫游经历，我从小就养成了独立和自由的本能，不过，现实常常不太给我面子。我还是多出来的那个人。

一次酒后，挥笔而就。

在外漂泊至今，都快奔六的我每次从老家出远门，母亲都会问我身上有没有钱，并硬要塞给我一点钱。她总是说，你一个诗人，身上怎么会有钱，能不被饿死就不错了！还是久经风霜的老人懂得人间，她知道一个诗人的命运只是生活的一个标准答案而已。而我从一开始就对自身诗人身份的认同与意义，有着一份信仰般的合同。我愉悦地完成了我自己，没有什么比这个重要。

我对诗有一个基本理解：所有的艺术形式里唯一不能买卖的就是诗！所以诗是无价的，所以诗是纯粹的，所以诗是不会屈服于任何非诗因素的，所以诗才是所有艺术的宪法！如果哪一天诗可以买卖，诗人成为一项职业，那所有的艺术都将崩溃！

最后一首《诗人的意义》。

诗人的意义

2013 年诞生的镱原子钟
是目前最精准的钟
如果此钟
从 138 亿年前的宇宙诞生之初
就开始嘀嗒嘀嗒地走动
直到今天
也不会发生大于 1 秒的误差
也就是说
虽然不会发生 1 秒的误差
但还是有误差的

好的，谢谢大家！谢谢磨铁读诗会！谢谢尤伦斯当代艺术中心！谢谢前来欢聚的朋友们！

真实是一个最小的语言单位

——盛兴

写诗第十五个年头，也就是2012年，我第一次产生怀疑：世界范围内，我们引以为傲的那种超尘出俗、玄之又玄传统意义上的汉语诗意真的存在吗？又过了十年，也就是现在，我断定这种空寂的汉语诗意根本就是一种语言错觉，并不真实存在！汉语言亟须突破“大象无形”这种自命不凡回归到“言简意赅”这一基本工具属性上来，突破“故弄玄虚”这种虚无审美回归到“直接言说”这一现代诗歌形式根本上来。

汉语的“表象”和“自带涵义”特质使然，“拿着虚无当真实，则虚无翻倍；拿着真实当虚无，则真实秒变虚无”，不论是用书面语写就的还是用口语写就的，这就是当前汉语诗意存在的最核心问题。

复旦大学王德峰教授说汉语里有些词汇西方语言是无法翻译的，海德格尔妄图翻译《道德经》，结果三年都没翻译出来。比如说“缘分”二字，两个陌生的人走到一起，其中有偶然性也有必然性，令只讲必然性的西方语言为难，无法翻译；比如说“恩爱”，就是专指夫妻之间的感情，这种特指的感情之饱满也使平面符号一样的西方语言无法抵达。

陌生人不知能否相遇是偶然性，陌生人相遇了就是必然性，“偶然性中有必然性”就是缘分，看起来天衣无缝，但你有没有想过把这两句话合起来变成一句话“陌生人相见”，“陌生人相见”就只有必然性。我们的文化里面总喜欢把必然性前面预设一个偶然性，就像死之前预设生，顺利之前预设坎坷，喜悦之前预设苦痛，“不经一番寒彻骨，怎得梅花扑鼻香”，然后正正得负，产生一种虚空和虚无的感觉，这样才有深意禅意，这样才有张力意境，所以西方语言就无法翻译了。这其实是汉语的一个陷阱，也是一个深渊，汉语言往往是把一个东西“整没了”，“大象无形，大音稀声”是一个结果，而西方语言是“整出来了”，也就是“整有了”，“无中生有，点石成金”，新的美学产生。从《诗经》开始，预设的偶然性和结果的必然性之间对撞形成一个虚无空间，这种张力结构一直是诗意的主流结构，一直到今天，越来越多具有现代主义和后现代主义特质的诗歌出现，这种情况才略微有些改观，但仍占据绝对主流。

再有关于“恩爱”这类词汇。这个词最早出自汉朝苏武的《留别妻》：“结发为夫妻，恩爱两不疑”，就是说“恩爱”这个词的源头就是指夫妻之间的感情，并非在一种历史的文字演化中形成了对夫妻感情的专指。这是一件很扫兴的事情，就是说“恩爱”一开始就是指夫妻感情，然后形成一种词汇规范，一直沿用到今，这非常必然，非常理智，没有什么玄乎的，不是西方语言无法翻译，而是我们用汉语无法替西方语言翻译，或者是西方语言的翻译达不到我们的预期，一种对虚无的预期。再比如说“举案齐眉”，当然是有出处的，我们说“举案齐眉”是说夫妻之间“相敬如宾”，可笑的是“相敬如宾”这个成语也是有出处的，比如关于夫妻感情你再往下解释下去，“相濡以沫”是有出处的，连“相亲相爱”都是有出处的，一直到最简单的口语“夫妻感情很好十分好好得不得了”，才算是将这一词汇史终止。这种有出处的成语铺天盖地，源源不断，构成了一个看起来所谓博大精深的文化图景，使你难以走出来，你去查一查，连“铺天盖地，源源不断”都是有出处的。这种有出处的词汇西方语言当然是无法抵达语义的，你用英语去翻译“把盛饭的托盘举到眉毛这个位置”，这仅仅是个令人匪夷所思的举止，谁会想到是在说夫妻之间的关系呢？

就是说我们一直处在一种封闭的文字规范之中，自圆其说和自我标榜。这种千百年来的文字规范，又何尝不是一种道德戒律，直接教育我们什么是善的，什么是恶的，什么是对的，什么是错的。可以去查一下，我们现在使用的九成以上的成语词汇都来自古代，我们一直处在一种有“出处”的语境中，而且我们自觉地维护这种出处和规范，并逐渐形成了一种封闭的语言道德。

不久前，有人私信批判我不尊重女性，原因是我在诗中多次写到了“流产”。我们可以清晰地看到这件事情的本来面目：有些事情真实发生了，但对他人没有一丝波澜，但你将其用文字表述出来，就成为一个你的道德问题，可以说，当前我们的道德仍是一种语言规范。在另一个层面，关于“流产”二字女性来写就无关道德，男性来写就是不道德，因此道德还是一种性别语言规范，当道德成为一种性别语言规范，如果说女性的命运是深重的，当男性成为这种“深重”的语言表述者，同时也就站到语言道德规范的对立面，成为“深重”本身。

一方面，对必然性之前偶然性的预设，形成了一个稳定的虚无结构，这个虚无结构也可称作张力模型，另一方面，这种有出处的词汇因自带涵义而形成了一种语言道德规范，张力模型加语言道德规范，构成了当前汉语的全部诗意，万变不离其宗，概莫能外，不用举例子，这就是全部和所有。

也可以说，现在的汉语诗意结构已经全部用尽，并一再地重复，越来越寡淡味同嚼蜡，日益显现其虚无的本质。所以，更年轻的一代诗人，不按套路出牌，随性一写，往往给人以惊奇和惊喜，使我们大呼“天才”。

再次重申，传统意义上的汉语诗意并不真实存在，而是一种语言错觉，在很大程度上诗人对这种语言错觉是心知肚明的，对构筑这种语言错觉是处心积虑的和自发自觉的。

由此我想说，当代汉语诗歌在主干上仍是巨大的枯木一根，一小部分诗人的实验和探索，才使其发出了一点芽，具有了一丝丝生命体征。这种枯死和腐朽表现为，既有的美学符号和意象工具、修辞典范，没有新的美学产生，就是“僧推月下门和僧敲月下门”，推敲斟酌，“吟安一个字，拈断数根须”，这种语言上的受虐，徒劳、折磨和虚无。

用汉语写诗实际上是最省事儿的。比如说你写“寺庙”前的诗：你在寺庙前被挤掉了一只鞋子，你在寺庙前被偷了钱，你的脑袋被寺庙树上的鸟拉上了屎，你在寺庙的瓦檐下避雨，寺庙前的荫凉里有条狗看见你就狂叫之类的……这些事情看上去都有意义甚至是深意、意境，但其实这就是一种虚无，根本是“寺庙”这个词本身有意义，它是一个诗意的真理芯片，放之四海皆准，安到哪里哪里亮。

这种虚无美学的源头在哪里，是“只在此山中，云深不知处”的隐士美学，也是“人闲桂花落，夜静春山空”的寂寥美学，亦是不立文字，“迷人口念，智者心行”的禅修美学。我将这种虚无美学视为一种卑陋，明明彰显世俗功利，却称无欲无求，谓之为伪善；明明是最讨巧的文字游戏，却言玄妙无际，谓之为腐朽；明明空无一物，却说大道尽处是无言，谓之为卑陋。汉语几千年来所苦苦追寻的所谓诗意，就是一种卑陋的所在。而在我有限的阅读里，海德格尔之于《道德经》，加里斯奈德之于寒山的诗，很明显就是中了这种卑陋的毒。

面对这种卑陋，必须有一个决绝的态度，放弃幻想，才会让光明的东西、有生命力的东西照进来，通过多年艰苦诗写的磨砺，我认为和这种虚无的、腐朽的语言错觉针锋相对的便是“真实”。基于“真实”，就是基于诗人自身，这是一个巨大的命题，事关“何为诗？”和“诗何为？”在此暂不细述。唯有重新回到“真实”这一古老质朴的母题，才会有可能将诗歌引向诗人人本，引向现代，引向未来。

给大家解读一首诗。

鲸

马林索雷斯库

每当海面看起来沥青一样平静
鲸鱼就出来
给它洒水

这首用汉语翻译过来的诗再用汉语来解释，就是呈现了一幅海面风平浪静的绝美画面，或者再深一点便是“一个庞然大物微微地打破了平静”。但我也可以用最基本的工具语言去对这首我奉之为语言高山、大师之作、美学航母的诗作一翻精准解析。

“每当”是一扇窗，推开这扇窗才能看到海，没有“每当”，一切便只存在于闭着眼睛的想象。海面像沥青一样平静，我谓之为一种“深度比喻”，或者是二次比喻，神态比喻。海面像沥青，这是第一次；平静，这是第二次，第二次之后，实现了形合之后的神合；最后喻体本体合一，完美无瑕。而鲸鱼对应了平静之后，又对应了洒水，洒水再次对应平静，构成了一幅海面的实景图。从另一个角度来分析，语言的意思就是：假如海面不平静，鲸鱼就不会出来；假如海面不足够平静，就不像沥青；假如海面达不到沥青一样平静，鲸鱼即使出来也不会洒水！

通过这一精密机械解析，我并非想表达汉语言面上的高蹈、虚空与西方语言内在的精准精细与落实。而是想呈现在“真实”这个层面，汉语言和西方语言不应存在一个落差，不管是汉语言和西方语言都是表达一个意思的基本工具，不存在一个字、一个词你先天就比西方语言具有了深意和多一层意思，不存在西方语言无法翻译的禅意，也不存在汉语言不能抵达的幽默。这事关诗歌的现代性，也事关汉语言文学之未来，甚至事关人们能否真正走出语言的蒙昧。

汉语所谓意境的虚无感，从古诗词、白话文、新诗到当代甚至当下，一直穿越过来，这种虚无感一直在占据着语感的主流，诗意张力思维的主流，接下来我要举一个这种虚无感体现在一首现代经典中的例子。

火车

于小韦

旷地里的那列火车
不断向前
它走着
像一列火车那样

从“第三代”诗人的写作延续下来，有一种非常多见的面貌，内容平淡无奇但诗意却很足。平淡无奇的内容凸显的就是语言的形式之美，但我认为核心仍是内容，因为诗人要去选择一个自带诗意的内容。选择即创作，这就是从古人延续下来的一种虚无感，不是创造出一种新的美来，而是通过选择元素来营造一种氛围，我认为这仍是一种外部的、组合的、设置的形式美学。

就像于小韦这首《火车》，重要的是“旷野里的那列火车”，你要换成“街道上的火车”或者“旷野里的汽车”，你试试，诗意有没有打折扣？这种选择美学实质是把形式当内容，把内容当形式，但归根结底还是把内容当成了形式。把内容当成了形式这也没有问题，问题是内容和形式的分离，就是说内容和形式之间没有一个必然性，“旷野里的火车”是自带意境的，只需要用一种妥当的形式使其显现出来。这种形式与内容分离的虚无如同往脸上大范围地涂治疗过敏的膏药，当药膏涂过去，没有过敏的部分就没有感觉，过敏的部分就会疼。药膏好比形式，过敏的部分好比内容，大范围地涂抹当然就是虚无的。同时，这也准确地指出，虚无的实质是自我的缺失，是一副“无我”的躯壳。

我自己的一首被很多人称道的诗也是这样。

春天的风

河北的草绿了
河南的草还枯黄着

是因为春天的风
吹到了河北
还没有吹到河南

现在春天的风
正穿过河面朝河南吹去
因此
河南的草马上就要绿了

就是这样实实在在地搞形式，响当当地弄虚无，多年以后我不再喜欢这首《春天的风》。

再举一个例子，这首诗看似虚无而并不虚无，我非常喜欢的一首何小竹的诗，其与前两首之间的差别是形式和内容的一体化，形成一种充实、闭合的必然性，与虚无针锋相对。

镜子

何小竹

镜子运过大街
现在，它到了我的驻地
当我打开家门的时候
我看见了，我
正在打开家门

这是一个现实事件收获了语言美学的个案，在这首诗的外部环环相扣，各个环节死死咬住，内部则呈现一种汩汩涌动的暗流和节节攀升的机理。当我看到镜子运过大街的时候，我就知道它必然会经过我的家门，当它到达了我的住地，我就知道我必然会打开家门，当我打开家门，我就知道我必然会看见我自己，但我没想到是"正在打开家门的自己"，从镜子里看见我自己就是把这首诗闭环锁住了，而从镜子里看见"正在打开家门的自己"则把这首诗写死了，是写死之后的升天、成仙、成佛。我不说写到无言处之类的虚无，我说写到了有言处的真实和实在，"你只有打开家门你才能看见镜子里的自己，你先看见自己（我），又看到自己正在打开家门"。

这里头有一个核心是"自我"，"自我"的体现是真实的前提。

"你只有打开家门你才能看见镜子里的自己，你先看见自己（我），又看到自己正在打开家门"。由此我想说

一个事实的最小单元，也是一个语言的最小单位，在这个层面，二者达到了一个由“自我”实现的绝对平衡，这就是真实。

“从‘真实’层面来说，好诗就是要有一个标准，经得住分析和考究的标准”，这直指“说不出哪里好来”的虚无感，在这个标准下，不存在“说不出哪里好来”的好诗。

对于一个事件、一个事实，可以存在多种语言的表述形态，多个层面、多元化的语言呈现，但是这个事件、这个事实一定存在一个最小的单位，这个最小的单位真实不虚，坚实无比，看得见摸得着，不可撼动，它是一种真实、是一种超越哲学的存在，也是唯一可称之为诗意的东西。

我不强调这个语言最小单位为“诗意”，是为了将其与普遍意义上的“诗意”区分开，我更愿将其称为一种“存在”，是唯有诗歌才能抵达的“真实”。

首先，我想说没有纯现实的诗意，现实毫无诗意，也没有纯语言的诗意，纯语言就是符号，两者会在一个最小的现实语言单位达到一个平衡，达到这个平衡以后才具有真实的诗意。其次，一切事实和事物只要和语言达到平衡，必然会有诗意，平衡的诗意也就是真实的诗意。

事实篡改了语言，是指妄图单靠一个事实来呈现诗意，导致事实和语言的失衡，一个事实会有一个最佳诗意呈现方式，并不是怎么说都可以。反之，单靠语言来呈现诗意的时代当然应该过去了，那些文字游戏早已无法满足一个真正的诗人！

再举个例子，一个女人边哭边说：我还没欺负够你啊！作为一种现实和语言平衡的存在："我还没欺负够你啊"，这样一句连"你走了"都不用说，就知道她男人死了，而且感情张力也很足，这就是我所谓的平衡和精准，一个最佳状态，一个真实的极限存在，一种存在美学和存在价值。

有这样一个问题，"我还没欺负够你啊"这样一句话，之所以真实，其核心是"我"？是"还没"？是"欺负"？是"够"？是"你"？还是背后的"死"？我认为是"我"，这句话假如缺失了"我"，就没有存在的价值和意义，就没有灵魂，因此"我"如一枚钉子把这个最小的语言单位牢牢地钉在真实世界里。

这种真实，外在来说，不是一味高蹈追逐虚幻灵魂，也不是一再下沉趋向残酷现实，而是二者之间的平衡和协调。从内部来说，就是现实和语言之间融合达到一个饱和度，在"我"身上结出一个必然的果实，唯一的果实。用这个思维定式去推演出一个结果来就是：

一个事实只有一种真实存在，存在于一个最小的语言单位里，这个最小的语言单位之所以趋向"小"，是为了实现"我"的主宰，我只能主宰小于"我"的事物，只有我来主宰的才是真实的，才是诗意，所以，一件事物只能写成一首诗，诗歌到此为止。

之所以坚定而执着地把诗意追逐到这一形式极限，追逐到这个"小"得不能再"小"的意识形态，追逐到诗歌文本的悬崖绝地，这一切是因为我有另一个目的，这个目的便是“回归”，我想竭力提醒大家回归到一个根本性的问题上：

诗歌没有本质上的区别，有本质上区别的是诗人，我认为这是今天的诗歌亟须重树的一条常识，只有坚决地基于这条常识，不做他想，才会使枯死的诗歌命题重新复活生长，才会使僵化的诗歌观念得以人格化重塑，才会实现诗歌的文体价值到诗人人本价值的脱胎换骨。由此，诗人将成为真正的诗人，最为疯狂和自由的人，从而开启一个人性光辉闪耀的诗人时代！

对若干文本的活注解

——伊沙

上一届实际上是前年冬天，我也参加了演讲，是视频线上，无法到达现场。当时我作为大学老师不能离市。所以，我当时在线上读的时候，有特别想蹦出来的感觉。今天在现场，我能够回溯我当时的心情，特别想蹦出来，因为还是不一样的感觉。今天在现场就是会感觉舒服一点儿。我收到这个演讲题目之后，里所也暗示我说找一些诗。然后，我的演讲就不提供这个文字稿了，因为我上次就是写好的发言稿。有一年冬天，在哈尔滨，潘洗尘给侯马举行了一个研讨会。我当时就在现场做了一个书面发言，现场的人好失望啊，刺激了我。最失望的就是蓝蓝，她想听我的即兴。会上很多人对我的即兴有点儿期待，所以我这次就彻底没有稿子。根据文本，我说一点儿我想说的话。以前呢，书面我也写过。有一次无耻了，自己还注解过，所以今天上午我出现一个少见的情况，作为一个职业教师，任何东西肯定都要备课，但今天我就放弃了。我想再次看到一些文本的时候，想说什么我就说什么，不要预设那些我写过的话。

第一首是《地拉那雪》，我不读了，大家都随便看一下，《地拉那雪》写于1988年，它对我来说非常重要。

地拉那雪

地拉那洁白一片
地拉那冬夜没有街灯
地拉那女播音员用北京话报时
地拉那青年爱打篮球
可是你知道吗
地拉那下雪了
那时你走在桥上
皮夹克捆着你宽宽的身量
那时你告诉一个女人
要去远方架线　马上出发
地拉那的女人也描眉
嚼口香糖含混不清地说话
地拉那的女人不会脱衣服
在房间里她端给你黑面包
你在看窗上的冰凌花
外面的球赛赛得很响
直到最后拉开了房门离去
屋里还充满她不温柔的呼吸
在地拉那的深雪里

你走完我看电影的那个晚上
那些七零八落的脚印呵
地拉那的街灯亮了
在最后一根电杆上你一动不动
黑熊般的人群和火把由小变大
没准儿你还活着
外国电影都没有尾巴
宿舍停电的夜晚
我给你打电话　遇上忙音
拿起当日的晚报
北京——地拉那电线断了
地拉那那场鹅毛雪还下吗还下吗

1988

这首诗，如果跳出来看，就是我从此转入口语诗，这是非常难的。刚才在座的年轻诗人，向我展示过去版本的诗集，让我签名，这种感觉就像球迷对足球的爱。其实他们并没有想做什么，也不写诗，但就是那种版本学意义的爱，让我特别感动，我愿意跟他们说最真的话。

现在，我们来看写诗转口语还是不转，很容易。但是在1988年，在我就读的北师大，这根本不容易。没有任何外在条件的必要性。啊，我打击一下杨黎，打击一下何小竹，也打击一下那个时候已经成为口语诗人的人。口语诗的第一次浪潮，我在无数篇文章里说过：最高峰的时代在主流杂志上，在《诗刊》——1986年的十月号的《诗刊》上，太原诗会于坚占据了头条。有很多象征式的事件，代表第一次口语浪潮，将口语浪潮置于当时的巅峰。但是啊，在我当时所处的首都，我所在的北京师范大学没有任何迹象表明这一点。所有写诗的人崇拜的都是朦胧诗，依然是北岛。如果一个大学校园里的诗人在琢磨转不转口语，这是个可笑的事情。但它真实地发生在我的个体上。在这之前，我有个标志性的记忆：1987年的冬天北师大搞了一个很隆重的诗会，臧棣肯定记得。我读完自己过去写过的诗后（跟着朦胧诗学的），获得满场掌声，而我根本不知道那些诗好在哪里，为了迎接这个朗诵会，我在宿舍先读一遍，读了六首诗，他们帮我选了一首，结果我博得了满场的掌声，赢得了北师大诗人的致敬。有人问我注意到口语诗没有？我说注意到了，其实我那时候就在想要不要转口语。我当时特别地急迫，我写的诗是好是坏我不知道，但我知道它没有表达我的任何。

我们宿舍有个小提琴盒挂在墙上，我就写那个小提琴盒。宿舍走廊有个大妈在扫走廊，我会站过去，我不知道我要表达什么，但我知道，从儿时起的那个文学少年对文学的理解突然就颠覆了。1988年6月份之前，如果再往前推的话，大概有一年半的时间里，我创作很稀薄，我是在更早的时候写得很多，怎么讲？就是杨黎提到的自觉和自发！之前的诗，我也能找到口语的，但那是自发的。大多数还都是朦胧诗，学北岛，有密集的意象。

实际上，密集的意象如何结晶我也搞不清楚，我学艾略特都把我自己学糊涂了，我不爱诗了。然后就到了1988年，北师大有个非常厉害的老师，名字我不提了。那是1988年的6月9日。我生于1966年的5月19日，逢9就有好运。他在6月9日这天上课，我和徐江坐在第一排占座位，如果你不去，校外来的人都会把这个教室占满。后来学校给外来的人腾出一间空教室来听这位老师的课。老师出现时，我跨过横桌跑回宿舍，为什么呢？我觉得自己灵魂出窍了。我突然就知道我要写什么东西了，我怕这种感觉不翼而飞，凭借身体本能我写下了九首诗，其中就有这首《地拉那雪》，在这里我一定要感谢这么个人——王寅，王寅的一首《想起一部捷克电影，想不起片名》，这首诗种在了我心里，他的经验跟我完全呼应。我能想起这部捷克电影的片名是《更高原则》。在学校里，那是被德军占领的时代，一个小孩给希特勒画像，把他的胡子画成了八字胡就被枪毙了……并不是说你能感应你就能写了，是因为它在我心里种下了，种下了两年，在那两年的时光里，口语诗的感受也曾特别蒙昧。1986年，也可能是更早一点儿的1985年，我的中学同学在北师大就读，跟我讨论韩东的诗《你见过大海》《大雁塔》，我说这个人不会写诗。但是韩东在《我们的朋友》中的一句“在鸡汤面前痛哭流涕”，突然打动了我，这都是有一个非常真实的过程，我选择口语诗没有任何外在的功利性，口语诗的第一次浪潮在我身边感受不到。我只是觉得我生命里需要，我需要这样一种方式来自然地表达。

这个理由就是我让文学回到了我最基本的表达。不是说我瞎写了点儿啥，我自己都不知道好坏，还让周围的人帮我判断好坏，然后上台一读，底下掌声雷动，这是什么东西啊？这是骗术。

所以我当时就必须走上这条路，就是这首诗一下子把我打开了，打开的那天，我写了九首诗。接下来的两个月我天天都是这样疯狂地写。同年8月我回到西安，回到家也整理了一些诗，我过去投过一些，其实就发表过一首。在《飞天 · 大学生诗苑》，那是张书绅办的，它是大学生诗人的圣地，它毕竟不是《诗刊》，我当时投了二三十首，9月份发表的时候，张书绅要发我其中的十首，这在当时是违反编发条例的。而且八十年代的中国好像有个文件，标题是要分等级的，当时好像只有巴金的作品可以用初号字体做标题。结果张书绅给我定了个“伊沙诗抄”，咱实实在在地说啊，当时真是写疯了。《地拉那雪》大家读的时候会发现当时写得还有稚嫩的口气，魔头贝贝在世纪初的时候突然读到这首诗，就“幸灾乐祸”，啊，原来伊沙写过这么幼稚的诗！他不要高兴太早，因为半年之后我就写出了《车过黄河》。半年后我让你一生追不上，哈哈！这就是疯狂的、淬火式的写作。人一旦被打开就一定要抓住那种感觉，就像我当时一定要飞奔回宿舍写下那些诗，我一定要完成。

车过黄河

列车正经过黄河
我正在厕所小便
我深知这不该
我应该坐在窗前
或站在车门旁边
左手叉腰
右手做眉檐
眺望　像个伟人
至少像个诗人
想点河上的事情
或历史的陈账
那时人们都在眺望
我在厕所里
时间很长
现在这时间属于我
我等了一天一夜
只一泡尿工夫
黄河已经流远

1988

《车过黄河》的积淀要更多，它的灵感来自暑假。那时候张楚在我们的宿舍混，张楚那时候已经有点儿要发了，当然他还没到“魔岩三杰”的时代，但他已经有要发的迹象了，那个时候唱片公司要跟他签约。我们那时候有三个好朋友，就来北京想找张楚一起会合，一起来玩儿，我也快开学了。上车前我请他们大吃一顿，结果一上车三个人都要泻肚子，这首诗其实是泻肚的体验，三个人轮流抢厕所。这中间也沉淀了一段时间，10月份，在我女朋友的宿舍，她去买饭了，我在二十分钟之内写出来了。写出之后，这首诗它给了我所有的满足。读过这首诗的人喜欢它，我知道我自己写得好，我再也不会瞎蒙了。但是它很难正式发表，可它就像长了腿一样在跑，一直到2017年，《山花杂志》给我搞了一个回顾展，我提供了十首代表作，《车过黄河》才第一次在中国诗刊上正式公开发表。但它就莫名其妙地出现在中国民间的诗歌刊物上，后来在网上传播的。在这里也说一下，网络时代反而是让很多80年代、90年代的名作失效了。很多名作它过去是名作，现在的文学史还把它当名作，但实际上呢，没人怀念那些作品，但《车过黄河》经受住了考验。我感觉它的待遇就像崔健的待遇，上不了中央电视台，但它是最好的作品。我在自己还没踏出校门的时候就说：“我写出了这首诗，我就能毕业了，我能昂首阔步地走出校园。”这就是我当时的想法。

好，下面一首是《饿死诗人》。

饿死诗人

那样轻松的你们
开始复述农业
耕作的事宜以及
春来秋去
挥汗如雨收获麦子
你们以为麦粒就是你们
为女人迸溅的泪滴吗
麦芒就像你们贴在腮帮上的
猪鬃般柔软吗
你们拥挤在流浪之路上的那一年
北方的麦子自个儿长大了
它们挥舞着一弯弯
阳光之镰
割断麦秆自己的脖子
割断与土地最后的联系
成全了你们
诗人们已经吃饱了
一望无际的麦田
在他们腹中香气弥漫
城市最伟大的懒汉
做了诗歌中光荣的农夫
麦子以阳光和雨水的名义
我呼吁：饿死他们

狗日的诗人
首先饿死我
一个用墨水污染土地的帮凶
一个艺术世界的杂种

1990

这是我1989年毕业回到西安写的诗。饿死诗人是不是都能成为当代成语了？电视剧《人民的名义》里面有个混混都说这是一个饿死诗人的时代，挺好！这就是一首诗的能量，我写这首诗就是因为海子的死亡，这是最简单的动机。在当时那个语境里，大家都是这么领悟的，非常凑巧的是，这两首诗在海外发布了很久之后在1993年抵达了《诗刊》，别人都是发四首、六首、八首，给我放在了“青春方队”，就两首，据说还是某男副主编出差，某女副主编偷偷签发的，而且他俩是死对头，但是好人和坏人一看就对比出来了。但是在江湖上，那个男的是“好人”，女的就是“坏人”，但从（选诗）这个举动来看，我像受歧视一样发了两首，但其中一首不得了了，就是《车过黄河》。那个时候，四川有一个杂志里面说1993年8月号的《诗刊》竟然发表了伊沙的《饿死诗人》，中国文艺的春天来了。就像这个春天，一切都要复苏一样，所以这个诗就让我觉得口语诗就是带着示威的状态。因为海子的这个（死亡）扫荡力太强了，这种对死亡的膜拜，我记得最夸张的是当时有两个刊物，一个是《诗歌报》，一个是《诗神》(后来改叫《诗选刊》)，当时你要是不选海子的《麦地》它都不给你发，中国的诗歌一下子就回到了中世纪的那种农业景象，这就是海子的能量。我也注意到一些口语诗人，他们也变了，变法不同，有的程度高一点，多多少少都受到了点儿影响，包括往文化里去的，往经典里回归的、往抒情里回归的、往修辞里回归的，方方面面。我感觉特别孤独，感觉让人给算计了，把我一个幼稚的青年给撂这儿了。昨天我见到何小竹，我还和他说1992年我在李震手里看到《非非诗歌稿件集》，非非诗人还在写口语，说是前文化，其实还是在利用文化。周伦佑比较严重，比如他的《埃及的麦子》，其实他比海子更早写到了麦子，虽然他写的是埃及的麦子。那时候不敢叫《非非》了，要叫《非非诗歌稿件集》才能发布出来。

结结巴巴

结结巴巴我的嘴
二二二等残废
咬不住我狂狂狂奔的思维
还有我的腿

你们四处流流流淌的口水
散着霉味
我我我的肺

多么劳累

我要突突突围
你们莫莫莫名其妙
的节奏
急待突围

我我我的
我的机枪点点点射般
的语言
充满快慰

结结巴巴我的命
我的命里没没没有鬼
你们瞧瞧瞧我
一脸无所谓

在我20世纪90年代的诗里面，那个时期我的示爱者对我非常膜拜。那个时期我更像一个先锋派，就是因为《结结巴巴》这种形式实验，做得也非常极端。可能中国最早玩儿那个谐音的，大概就从我开始，比如“阳痿”“虱子”这些。而且跟20世纪80年代的那个实验不同，我是可读的实验，不是生硬的，我会从生活中找那个巧妙的结合点、巧妙的机缘。当然这一批作品没办法再沿袭到以后，它就是年轻时候那种精神、那种特殊阶段。我当时对语言、文本包括这种极端的实验非常迷恋。这个诗是一个代表，这个理念的发生就像1988年6月9日那天一样，我骑着自行车上下班，骑着骑着，脑袋里突然冒出这个念头，我能不能用结巴的语言写一首诗？我马上把自行车停到路边，在我的诗本上把这个念头先记下来，我就怕它不翼而飞，回去我就写了两稿，先写了一个非结巴版，再写一个结巴版。我很少一首诗写两稿的。

好，接下来我再展示三首作品。

感叹

用雪白的象牙牙签在牙缝里剔出一个字眼：希腊

希腊啊希腊！令我祖国的诗人心猿意马
希腊啊希腊！瞧我祖国的诗人使劲拉稀

1992

诺贝尔奖：永恒的答谢辞

我不拒绝　我当然要
接受这笔卖炸药的钱
我要把它全买成炸药
尊敬的女士们先生们

尊敬的瑞典国王陛下
请你们准备好
请你们一齐——
卧倒！

1992

使馆区的晚宴

在使馆区的晚宴上
有人在骂我
是我同胞中
写诗的一小撮
我并不在场
且远离首都
住在外省　那时
我正骑着单车
骑在回家之路
突然打了一个喷嚏
我想：他们骂我的
理由非常简单
——船票有限
而我也身强体壮牙口漂亮
是头潜在的可以明码标价的黑奴

1994

我这三年经历了三个阶段：危机（落难）、丧父、丧友。三年三个主题。丧友让我成了“反动分子”，你不要觉得我变了，其实我没变，你要是觉得我变了，你应该看看二十年前的我，我从一开始就是“反西方中心主义者”。这三首诗全能反映这一点，也有事实的诗意。我写的就是中国当时的现实。中国当时的诗人谁不认识谁啊？宇文所安把一个事实说穿了：我们认为北岛最好，他们就会跟着认为。有的人可能比较麻木，装作看不见，这座大山一直存在，只不过现在这座大山离我们越近，它就越是活灵活现，所以我告诉你我没变。这种文化理解其实不难，比如我当时崇拜马拉多纳，其中有一点就是反西方。

我觉得第三世界的一个国家的先锋诗人，反西方应该是其中应有的之一，一点问题都没有，你今天要跟我论战，我也一样，我一样可以承认这个事实，坚定不移。这就是过去的我，跟今天一脉相承。

再往下一首诗是《张常氏，你的保姆》。

张常氏，你的保姆

我在一所外语学院任教
这你是知道的
我在我工作的地方
从不向教授们低头
这你也是知道的

我曾向一位老保姆致敬
闻名全校的张常氏
在我眼里
是一名真正的教授
系陕西省蓝田县下归乡农民
我一位同事的母亲
她的成就是
把一名美国专家的孩子
带了四年
并命名为狗蛋
那个金发碧眼
一把鼻涕的崽子
随其母离开中国时
满口地道秦腔
满脸中国农民式的
朴实与狡黠
真是可爱极了

1998

这首诗，可能才说出我真正内心的语言，就是平等——平等的对话。没有哪一种文化高于哪一种文化。这首诗的状态对我来说就是布考斯基对我的影响。当我开始翻译布考斯基，也就是1995年以后的诗作里，我越来越关心底层，因为我们就是底层。这一点我是比较自觉的：一个是去文人化，一个是平民化。只是到了1999年，这首诗它突然鲜明地指出了这一点，也把同行的眼睛擦亮了，带起了底层关怀热，平民化热。

中国底层

辫子应约来到工棚
他说："小保你有烟抽了？"

那盒烟也是偷来的
和棚顶上一把六四式手枪

小保在床上坐着
他的腿在干这件活儿逃跑时摔断了

小保想卖了那枪
然后去医院把自己的断腿接上

辫子坚决不让
"小保，这可是要掉脑袋的！"

小保哭了
越哭越凶："看我可怜的！"

他说："我都两天没吃饭了

你忍心让我腿一直断着？”

辫子也哭了
他一抹眼泪：“看咱可怜的！”

辫子决定帮助小保卖枪
经他介绍把枪卖给了一个姓董的

以上所述是震惊全国的
西安“12·1”枪杀大案的开始

这样的夜晚别人都关心大案
我只关心辫子和小保

这些来自中国底层无望的孩子
让我这人民的诗人受不了

1999

然后，我说得简单点儿吧，演讲的时间不够了。

《唐》题记

与舌共舞
与众神狂欢

与自由的灵魂同在
诗，是唐的心

唐_1

兰叶在春天葳蕤
桂花在秋天皎洁
林中的风吹生了
一名隐者的喜悦
以草木自比的人
成了幸福的草木
自比为美人的人
就是堕落的男人

我之所以写《唐》，本来是想和历史对接，想和圣贤们对话。但一下子扩大了我的语言，我不是说从口语出发就要到口语为止，而是我来说出，我来带动所有的修辞，这点我是坚定不移的。我不是那种拼接式的。

再下一首是《无题》。

无题_1

一片雪花天上来
压垮了大中国

神经状的电网
电网状的神经

在《无题》里我想说的是，口语诗的方向太明确了，一旦意思确立，直奔目的的方向就太明确了，干脆无题，确定了无题以后，反而我的语言，或者说我写诗的过程更专注、更丰富起来。也正是这个时期开始，我的语言就恢复了很多修辞。我们曾经丑化过修辞，但是我们自己也偷偷地把修辞又捡了回来。这是一个明智的口语诗人、聪明的口语诗人应该做的吧！

再往下一首就是《梦》。

《梦（第一卷）》题记

大梦谁先觉？
平生我无知！

梦_1

我给舅舅写好了一封信
准备去邮局投寄这封信
母亲叮嘱："你把咱家的
电话号码写在信封背面。"

"信封上不许乱涂乱画！"

我很不耐烦地回应母亲
走在去邮局的路上
我还在想着此事：到底有无这项规定？
通往邮局的唯一的路
是我儿时常打巷战的那条小巷
迎面看见了我的舅婆
我叫她："舅婆！舅婆！"

她不理我
看我的表情就像不认识我似的
我这才恍然想起：她已经死了
死在我们家族多灾多难的1997年

我惊出了一头冷汗
赶紧掏出手机拨通家里的电话
对着母亲嚷道："妈，我现在相信有鬼了
我在街上看见死去的舅婆了！"

手机里传出母亲的声音十二分保真：
"儿子啊！你怎么忘了呢？
妈也早死了——
跟舅婆同一年死的呀！"

好多口语诗人离不开现实，包括刚才有人提到"事实的诗意"，盛兴说，"你没理解事实的诗意"。我想说的不是“事实的诗意”，而是“构成的事实的诗意”，它对诗意的浓度一定是有要求的。很多错解的人，往往就是这样。误解反而对他（误解的人）有用。很多人就把“事实的诗意”理解成事件的诗意，我说这诗意就来了，反而把他救了。当然有些人也会质疑，为什么我的梦乌里巴涂的，你的梦为什么那么清晰呢？它不是梦实录，它是一个创作，它是梦元素的一个创作，我小心地厘清自己的梦，如果实在厘清不了那就算了，我做的梦更多，实际上我睡眠不好。

最后一首《乌托邦》，又回到那个话题——关于俄乌，谁的立场如何如何，有人为此还翻脸，我想说那些想翻脸的人丢不丢人？我在此之前写过一个《乌托邦》，里面是我访俄之行的收获，诗里面充满了批判、怀疑以及自身的反思。

乌托邦

“通灵的鸟儿会给我答案”
让我以帕斯捷尔纳克的诗句
开篇

今晨
将我唤醒的鸟儿
都发俄语特有的卷舌音
与我眼前耳畔的

雁塔晨钟
渭水欢唱
构成辉煌的交响

长安
我不断回归的
永远的出发点

我这么一个作品都写了，我在俄乌战争中，作为一个新闻的消费者，我的表态还重要吗？所以我就觉得还是做回诗人吧。做回诗人最重要，其他东西都不重要。时间肯定超了，谢谢大家！

诗随生活走

——春树

为什么我写这样的诗，可能是因为是诗歌来找到我的，或者说是我抓住了生活中我认为重要的一些感觉，把它们写成了诗。

从一开始写诗，我写的就是口语诗。早期诗歌的题材有一部分是跟喜欢摇滚乐有关的，也有一部分和学校或者与童年生活相关。早期的诗，节奏比较快，与当时我的生活状态也很相符。那时候我特别喜欢听节奏很快的朋克音乐，有一批诗就是边听歌边写的。当时也急着写完发在网上给人点评，所以所有的诗都一气呵成，不会有什么改动。

生命不容等待

喝一杯泡着阿司匹林的水
一刻不停地抽着烟
我能去问谁生命的意义！
亲爱的未知名的朋友
你可比我现在更快乐？
也许我们能相聚
一丝不挂走在野外的荒凉的
　　小道上

应该比穿着内衣在床上吃西瓜来得好
有些歌我听不懂它的歌词
但那里面的力量
比铁还凉的力量
是不需要用语言来了解的
给你的 给你们的 给男人的 给妇女们的
这首歌是唱给你们的
唱给我们的 包括在大街上走着的 在呼吸着的
在迷惘着的 在享乐的 在痛苦的
每一个人
我们永远只是一个人

2001.9.29

和全磊聊天有感

不需要爱我的你和不需要爱你的我
你是新一代的Rage你是新一代的Zack
舞台上的你唱的和舞台下的我想的
肯定不是同一回事

“人不要幻想着去行动”
萨特说过
反抗 自由 音乐 巡演
房子 车子 结婚 其他的

这样的摇滚生活
洗掉文身
你就是一个干干净净的人
我的脑子被灌了水
保持距离以求安全

2001.7.22

当然，还有一些诗也关注到其他内容，比如这首写于同年的。

没有想法
——写给江姐等

不要跟我提什么腥风血雨
我没见过也不相信
滚烫的愁苦从一千年前
的时空
倾倒过来

也许我们是
心心相印
的人啊

不同时代

有对肉体
的不同
折磨

我只觉得此时我的痛苦
和当初他们的一样多

2001.10.2

年轻时的迷茫、痛苦、思索，我诗里都写过，劲头儿十足，可能是当时气血旺盛吧。我的诗里是有思考的，我也喜欢在诗里自我解答，似乎一首诗就是我与自己对话或与想象中同类对话的一个结果。这是我现在总结的，我写的时候没想这么多，要是都想明白了，可能就不会写下来。当时主要是有特别多想表达的东西。当我找到节奏感时，找到一个点，我就把它写成诗。如果我找到想表达的，但并不适合诗的形式，我可能会写成小说或者散文，总之不会浪费掉这个想法。

有想法不难，只不过是要把它们赋予我的特色，用我自己的口气写出来，诗里要充满我的个性。我总喜欢一首诗得让人看出来是我写的才行，要是写了一首诗没有我的特点，那我就觉得这首诗白写了。当然，在早期，这不是什么问题。

等到了中后期，进入了更成年人的生活，生活变得比较同质化——其实也就是无聊了——以后，这问题会清晰起来。不过我想还是有许多素材可以写，每个人眼中的世界都是不一样的，童年的感受也是不一样的，把它们写出来就好。对于青春期理想的幻灭，对于成年生活的无奈，对于社会的批判，都是我的素材。幻灭当然很难受，它会导致自怜、虚弱和无力，但只要这是真实的感受，还是有必要写下来的。能写下真实的幻灭感，真实的无聊，也是一种力量的体现，也可以说，是写诗给了我能量，它们是相互转换的关系。

早期的诗，我特别喜欢用长的题目，喜欢用反讽的，或者引用某句歌词，诗的内容也有很多与当下的风潮或者流行词有关，但后来我越来越喜欢用更短、更简练的题目，也不太喜欢诗里出现太多流行化或可以被“文明”总结的东西，玩儿过那些形式化的写法，我现在更喜欢朴素一点的诗。在阅读上，我现在更喜欢读读唐诗宋词，也喜欢一遍遍读我以前喜欢的诗人的作品，因为是汉语写作，所以我很看重诗中的独属于汉语的意境。

早期我从摇滚乐中得到力量，中期忘了，可能是友情，现在就是异国他乡的每天的日常生活。这种地理位置的不同其实也是一种思维模式的不同，总会有新鲜感和撞击。我承认，我所阅读过的书、看过的电影、听过的音乐、去过的地方并没有全都成为我的素材，更不是所有给过我启发的事物都影响了我的创作。写诗就是一个吸收、过滤（选择）、创作的过程。过滤和选择，其实是很关键的一环。需要找到一个合适的形式来承载现在的所思所想。诗人要选择符合自己性格的写法，我觉得我挺逗的，在严肃的一面之后还有非常逗、喜欢调侃的一面，所以我的诗里有时候也会出现比较逗的句子，上次我在德国柏林读我的长篇《我已成仙，快乐无边》时，台下的听众都被逗笑了。这本来是首充满思辨的诗，但其中有几段确实很逗，比如“喝酒的人 / 和抽烟的人 / 本来就不该 / 说服对方 / 放弃”。

我挺喜欢2012年以后写的几首诗，比如下面这两首。

冬天的万寿路

移动的是疾驶而过的汽车、骑自行车的路人和走路的我
一动不动的是楼房、树木、发红的夜空和停在树丫上的
乌鸦
它们一动不动
似要与静物
融为一体

纸飞机

“姐姐，帮我捡一下东西行吗？”
一个男孩从栏杆内
叫住正过路的我

我顺着他指的方向
捡起那架白色
纸飞机
原来他在和小伙伴儿们玩纸飞机
飞机却冲出了院子
跌落在路边的树坑里
在马航还在失联的今天
这架纸叠的飞机
让我内心复杂
我弯腰小心翼翼捡起
像捧着生命
递给他
“谢谢”
小男孩笑起来
手一扬
飞机再度起航

2014.3.16

大概从2018年开始，我有个想法，其实也是在纽约的洪君植提出的，要新编一本80后的诗选。以前我编过三辑《80后诗选》，距当时已经过去十五年之久，真应该再总结一次。我的想法得到了李勋阳的支持，我们又找了宋壮壮，三个人经常在网上碰头讨论，2020年这本诗集终于在磨铁出版了。从两年前开始，我在柏林开了堂

《中国当代诗歌鉴赏与写作》的课程，也读了很多之前我没读过的诗。我问自己，你希望自己的诗歌呈现出一种什么样的整体面貌？写一首好诗不难，写一段时间的好诗也不难，但一直走在自己的写作道路上、构建自己的写作版图很难。答案是：第一要当自己，别太在乎别人的看法；第二就是要把自己的作品写得像自己。我的个性就是追求心灵上的自在，不愿意自己被任何外物所占有，我生活里的关系也是秉承着“合则聚不合则散”，所以有很多写聚散离合的诗，我在诗里可以写破，但在日常生活里不喜欢说破。

要想有写作的冲动，保持心灵的平衡很重要，既要敏锐，又不能过于沉溺于感觉，要找到自己喜欢的和带给自己灵感的事物。我忘了谁说过，可能沈浩波说过吧，“春树一痛苦就能写出好诗”。确实如此，那说明我当时的心灵不麻木，是敞开的。但谁想一直痛苦呢？咱也想在欢乐的时候能写出好诗。不管是痛还是乐，写作时的状态要稳定，或者说那种愤怒不能超出自己对文字的掌握能力。如果情绪太饱满，就得小心感情泛滥，要冷一点，让诗的温度降下来。相反的情况是，感受的力度不到，太温暾，也不行。最重要的是，诗里的感情要符合现实里真实的感觉。前几年过得挺挣扎的，表达欲爆棚，我写了好多诗，从去年5月到现在，我心情好多了、平静多了，写得也就少了。我不着急，反正这是一个长期的事儿，只要诗跟上自己的状态就行。

当了妈以后，我的诗多了当母亲的题材，我觉得这就是我生活的一部分，很值得写。对我来说，没什么题材的高低，只要触动了我就行。我写了一批跟馅饼有关的诗，还写了许多我所看到的其他女性的诗，成年女性的日常生活，在年轻时我的诗里几乎是缺席的，因为我的视野也只能关注到我更感兴趣的部分。只有“看见”，才能够书写。这首《伤疤》就是其中一首。

伤疤

一个女人正在桑拿室
躺着蒸桑拿
我铺开浴巾
也躺了下来
听到那个女人发出沉沉的呼吸声
像是睡着了
她躺着
丰满结实的乳房和壮硕的身体
蜜糖般的肤色
像大地之母
我把手轻轻盖在
自己那道
剖宫产伤疤上
又轻轻挪开
我也闭上双眼

享受着温暖和舒适
让自己尽量
什么也不想
第三个女人推门进来
向我们打招呼
“你好”
我蜷起双腿
给她让了点地方
我们赤身裸体而躺
三种肤色
同样静默
第一个女人离开时
我睁开双眼
一眼看到那个后来进来的女人
漂亮的乳房
而左乳是一道扭曲的伤疤
她都经历了什么？
我们继续躺下
我们的身体
就是我们的经历
写满我们的故事
我们避而不谈
我们非常满足
此时此刻

我们享受着燕桑拿

2018.3.2

诗随着我的生活走，而不是我为了写诗刻意去选择和制造一种生活。我只能写这样的诗，这些诗里有我的喜怒哀乐，有我看到的眼中的世界，我希望它们是能让人一读再读的。

我为什么要写这样的诗——旋覆

1

磨铁读诗会的slogan是“不能没有诗歌”，特别好！诗歌是必要的，它们的必要也是必然的，必然必要。我是想说，不完全是人类的心灵主观需要诗歌。还有，人类的心灵客观上也喜欢生产诗歌。

一般我们认为心灵有三个层次，感性、理性和觉性。在“诗歌时刻”，三者一起作用，生产出了既有感性的愉悦和慰藉，又有理性的深刻和通达，同时又有难以名状的灵慧和真理之光的语言作品。这样的时刻，是人类心灵的美妙成就，它们喜欢去做。

西方有个巴别塔的传说，其实东方也有，而且含义更为深邃，就是女娲补天。五色石，意思是五行/五大，它们阻绝了觉性的灵慧，使人类局限在了感性和理性的身识。诗人，可能是天生来做连通工作的——只是并不像传说中那样，觉性的灵慧要去外面/天上寻找。它们在，只是被阻隔了。

其他的艺术形式，也会有类似情况。但是能把这三方面精要地展开，又融合得那么好，体积又那么适当，而且作为材料的语言又是这么家常亲切的东西——这么说没有精英之嫌吧，请考虑到诗和歌是并置的——我觉得诗歌是最贴近心灵、能够全方位满足心灵需要，同时心灵尚没考虑到的也时不时地给予了的一种艺术形式。

2

作为我个人来说，在“不能没有诗歌”之前，还有一个“不能没有”，就是不能没有觉性和追求觉性的人。我所学习的这个传承，就是专门开发觉性的——只是我资质太差学得太慢，可以说不太敢高声讲出这件事来，很矛盾，很不好意思。所以当沈浩波在授奖词里敏锐地指出“禅意”的时候，我又不敢冒领，又不敢不领。

不知道大家同意不同意，在我们看来，真理一直存在着、运行着，在一切时空中，在人类生命的本源处。对它的发现、证悟，是人类持续进行着的一项特别的事业。不同的角度，有着对它不同的称呼，觉性、道、佛性、空性、自性、真如、心性……“禅”也是。每体悟一点点，它就照亮一部分生命真相，翻涌出一些隐而未显的东西，体现在表达里，我们往往称之为禅意。而有的人，天生具备体悟力——诗人可能正是这样一个族群。所以，就算有的诗人不太搭理“禅”“禅意”，其实也常常和它们暗通款曲。正所谓“诗是禅家添花客，禅是诗家切玉刀”。

诗人是通灵者，这好像是个老生常谈。当他们通的是真理之灵、觉性之灵，这个世界不能没有诗歌，就含有了最最严肃的含义。倒着看，有的诗流传上千年几千年，大面积深入人心，不是因为“情动于中而形于言”那么简单。在价值坐标体系中，有的价值是感性标出的，有的价值是理性标出的，还有些价值是觉性标出的。我个人觉得，中国文化的特点就在后者。

而诗人又是那么鲜活的一种通灵媒介，有不同的个体经验、思维方式和美学倾向，以及各自不同的通灵方式，所以你看他们，各有平等、公正、慈悲、睿智、清纯、沧桑、神气、率真等样貌。这些融进各自的诗歌作品里，构成了各自的魅力通道。近真理而又具百千魅力，就是诗歌。

我想起民国时期有位诗人林庚，他年轻时是清华大学的物理高才生，后来偶然在丰子恺的漫画里读到了几句诗，恍然而弃物理，他觉得诗歌“能于一瞬见终古，于微小显大千”，“希望通过诗歌实现人生的解放”。——无论引用不引用他，我都觉得诗人是以其超越性而被称之为诗人的。而超越性并不来自感性和理性，而是觉性。

我在向诗人表达敬意。请不要理解为自卖自夸，我的爱好者这个身份远比诗人更恒久。

3

基于以上的内容吧，我不再认为诗歌是文本。这个变化也是悄然发生的，此刻我才用这句话把它固定下来。

文本是诗歌在时间中的状态，就像树叶书签和活的树叶的区别。

有一件事因为诧异，我一直记得，就是诗人丁当有一批诗，是某一晚在宾馆里写的，此前他没写过诗。我无法想象有人第一次、一口气写很多诗，而且那么好。2019年某一天，我摸出了纸和笔，一口气写了好几首，写得意犹未尽，还说，今天先这样吧，明天再说。这样的事在我身上本来是全无可能的。自那以后，我可能在无意识中，暗自体会着觉性和诗歌的关系，断断续续中好像有了一点心得。也因此才发现，一直以来自己都不太认识诗。

前段时间，因为要给薄薄的诗集多补充点内容，我写了不少诗，从来没这么多产过。我看到了灵感的样子，像天外来客，起到照亮、指出的作用。看到了理性在其中像建筑结构，起建立作用。看到了感性的生产和需求最多——它让你改动这里那里，增添这个那个。而觉性可能是灵感的支持，怎么说呢，打个不恰当的比方，它像WI-FI信号，有了它，时空深处的灵感会在心识的屏幕上投出朵花影来，诗人再来用叙述塑造完成它。完成得如何是一回事，而这朵花是神花奇花妙花还是一般的花，已经被先决了。当然也会有完全没有WI-FI的情况，那时冒出的可能是图库里的旧花。

对于这朵灵感花影，诗人是猎者，同时又是被猎者，猎者要警觉，被猎者要松弛，既松弛又警觉，成了决定性的东西，并不容易的。

因为这样的经验，我不太在意写得好不好了，因为我个人能把握的只是一首诗中“文学”的部分，那部分居然是小额的。

4

“写怎样的诗”不是关键，关键是怎样地写诗——是哪位前辈说过的？它的含义真是很微妙。

以文本来看待诗，意味着它是以文本为中心的、含有一定追求性的、聚焦的。我通读过贾岛的诗，想找出一首跟“松下问童子”同样好的一首来，没找到。我总结他是个特别有文本追求的人，他的“怎样写”里充满了他强烈的自我对文本的追求——追求/聚焦即设限？在禅悟的角度，确实是这样的，或同样的。

很可能诗歌需要放弃这些追求。太自我，恰没了自我。太追求，恰失了追求。是的，禅悟之路的情况正是这样。

《史记》里有个李广射箭的故事，说夜间打猎时，突然看到一物，他以为是老虎，不假思索射出一箭，天亮时去看，箭深深插进石头，箭镞都没进去了。“将军神力啊”，他想再试试，结果无论如何都不行了。夜间那一箭，是觉性在起用。自然状态下，它在我们生命中是散点式存在的，存在，但无法安排、使用。如同灵感或某次如有神助的写作过程，它们的出现不由诗人控制、做主。

散点式存在是觉性的一个内部特征，它的外部特征是与创造力密切相关。一个众所周知的例子是牛顿在苹果树下顿悟了万有引力。由于这个例子的重要性和场景性，广为人知，但其实科学史和艺术史上的所有重大创造性瞬间，都与之类似。

那些想做主的人，将松弛又警觉的状态稳定下来。比如形意拳、箭道、琴道的学习者们，他们所记录的方法虽不同，心法却通通是“放下”“放下放下”，那个过程里，他们不停地体会着觉性的神妙和无奇。诗人不拜师，也鲜少有记录“为什么这样写”的记录，我所知道的是杨万里，他禅修过，后来写诗突然开了挂，姜夔形容为“箭在的中非尔力，风行水上自成文”。形容得很棒——不是他杨万里的本事，是觉性的作用。杨万里不是个天才诗人，是后天开发的，李白是公认的天才，但“凤凰台上凤凰游”，跟崔颢的“黄鹤楼”比，李白居然也是有自卑的，真是文章千古事，得失寸心知！

还有个古琴的故事，说的是一张树王做的琴，一直深藏皇宫，因为一般的琴人弹不了，驯服不了，人琴分离。直到伯牙出现，伯牙轻轻抚动，不仅驯服了，还发挥出了神木应有的妙不可言。醉心不已的皇帝问，为什么你可以。伯牙说，其他的人只顾着弹自己想弹的，我只是让琴自己发挥，究竟伯牙弹琴，还是琴弹伯牙，我也分不清了。这个典故我也印象很深，是不是诗人同样的浑然一体，造就了中国诗歌的高级？

我想再次回应一下“禅意”的说法，禅意仿佛已经是个死去的概念。可在当代汉语诗歌，我认为禅意在等待着被定义。这么说也不对，它在持续地被定义之中。有很多诗人，他们的诗里有着量级很高的禅意，只是没有被称呼为这个名字。

最后，给大家分享一首我的诗，《细雨》。

细雨

这个秋天
下了几场毛毛细雨
恍惚之前、往年都没有过
新奇的
熟悉的
无边丝雨
让我理解了复古派
也更理解了先锋派：
走在这样的雨中
忍不住祝愿以后、
下月、下一季、下世纪
还有这么好的雨
当彼时此地的人们
走在山坡
为雨停下
坠入诗的时空
不能让他们有一丝失落，细雨的精神
清柔、自在、滋润、淡然，甚至无情等等等等
没有向他们全部敞开

写诗能减轻痛苦吗

——张何

这个问题我经常问自己，千万次地问。我的回答是：不能。

最近与两位编辑通过微信交流，一位说“总体有点灰暗，可再发几首格调明亮的来”，另一位说“选了绿色部分的几首”。我非常理解他们的难处，更感谢他们对待我诗歌的认真，让我肃然起敬。有好多编辑看到我这样的诗歌，读几句大概就不会再往下读了。身边有几个朋友也说，我的诗歌中痛苦和悲伤太多了，“绿色”的部分很少。最近在整理时，面对自己曾经的诗歌，想选出“格调明亮”“绿色”的诗歌，自己都犯难了。

我不后悔写这样的诗歌，以后还会继续这样写。我认为我写的诗歌就是格调明亮的，至少我的诗中能够寻找到“微光”。

曾经有一段时间，我写丧葬题材的比较多，朋友颇有些忧心忡忡地说这样的诗歌写多了，会不会把自己写废？

一场葬礼刚刚结束

那些纸活被随便堆在一起
轰隆一声
火焰腾空而起
那些童男童女
纸牛纸马
看着亲人
有说有笑地远去
摇晃着站起身

玩具

纸活店老板从来不给
两岁多的儿子买玩具
他让儿子
和纸马纸牛纸鹤玩
和纸桌纸楼纸轿玩
看不见孩子了
老板也从不担心
孩子一准是藏进那堆
童男童女中

这两首诗写于2013年春天。我写这样的诗歌，并不代表我的生活充满和遍布着泪水和无尽的伤痛，只是我写我看到并认为值得写的那部分。这样的部分似乎是属于我的。我只怕没有写好，只怕把生活中的真实写到诗里失真了，只怕没有真诚地抵达生活的本质和真相。其实穷尽我的一生和笔力，也无法抵达生命的真相。这样想的时候也显得很绝望，也感到一个诗人的无奈和蚁力的枯竭。

写不好诗，是因为我还没有学会从这样的生活中抽离，还没有捕捉到或者很好地呈现形成生活和真实生活之间的张力，我经常让自己成为诗歌故事中的人。我们诗聚时也常谈到我身上的这个问题，每个字都是真实的，每句话都是真实的，每个细节都是真实的，最后我再强调整件事都是真实的，甚至还原当时的场景，可把所有的真实细节组合起来，写到诗歌里去，却无法呈现出诗歌的真实，包括也无法呈现出真实的情感，显得虚假，而且毫无诗意，干巴，简单，僵硬，线性叙述。好多时候，我只是在写“像”，而不是写“是”。

在超市

一只被五花大绑的螃蟹
踩着许多
被五花大绑的螃蟹
挣扎着
正从26.8元区
向36.8元区
艰难爬去

这首就在写“是”。这两年有朋友说我的诗歌中多用比喻等修辞，是否江郎才尽了？修辞像苹果外面的那层包装纸，吃苹果的时候，能连纸一起吃吗？我经常警醒自己。

有时候我也奇怪，为什么我的眼里常看到这样的生活。但庆幸，至今我还没把自己写废，没有沉溺挣扎在痛苦中。

年龄大就尝试着写一些“绿色”的诗歌，像这首：

获救者

1979年春节前
父亲和我拉着地排车
到城里卖粉条
突遇暴风雪
半夜时分
离村口老远
就看见一束光
倔强而微弱地亮着
等父亲和我站在亮光里
母亲仿佛从井底的黑暗中
惊喜地跳出来
像获救者抱着我们
默默流泪
拍打着我们身上的雪

对于我来说，写这样的诗歌，像乡亲们熬好的晚饭，家常而温暖，在日常生活中发现了“非常”。这样的诗歌有人依然读出了泪。可生活中我并不是煽情的人。我希望自己成为生活在老运河岸边的乡亲们生活的忠实记录者，为乡亲们代言，替他们喊出独属于他们的声音，让更多的人听到，抵近乡亲们生活的真相。我无法成为他们生活的讴歌者，也不会成为悲情的倾诉者，只会被他们的生活感动。我所写的每一首诗，大概可以成为我生活在他们中间的呈堂证供吧。

非常感谢我生活的小城有我们太白楼诗群，我诗歌中存在的缺陷，几位同人毫不客气地指出来。呈现细节，是用诗歌记录历史的正确方式吧。这些细节从自己的生活中来，带着呼吸与温度，并且饱含着生命本质的东西。我的诗歌大多写日常生活，细节写好了成了诗，大多数流于平实、单薄而庸常。叙事的成分大于诗意，还无法抓住或提炼出“事实的诗意”，无法形成强大坚硬的诗核，写得太多太满，变成了“故事诗”，缺少来自生命感受的独特表达。有时笨拙到生活是什么样就怎么写出来，好像就是原始呈现。有人常说我的诗哪像诗，写的都是大实话。直接叙述能呈现强大而直拳似的力量，但有时候反而不到位，这样直接的叙述可能割裂诗意。如果有些暗示或曲折可能更好。所以有时候自己看着就笑了，我是在用一个细节写一个故事，还是在写一首诗。显然我懒惰而平庸地在写一个故事，牺牲的恰是诗歌。这样的时候还挺多。

我想写得明白，语言自然、朴素、简洁、准确，像和自己的母亲说话一样，不虚伪，不夸张，不设防。语言最善于伪装了。和家人不需要说重话狠话，不需要大声说话，不需要故弄玄虚，不需要伪装饰弄。和家人说话有无限的生长性和伸展性，八十多的母亲有些耳聋了，我和她说话也不需要大声，似乎我这里一张嘴，母亲就知道我要说什么。我喜欢这样的准确与用心的交流。平实朴素的语言入诗非常难，用一目了然看得懂的口语写诗反而更难。越是口语的想写好越难，像快速地从一地豆粒中挑出饱满圆润的几颗，当然非常难。但这样的难事值得我尝试着去做。

改变自己的诗写方式，必须改变自己的视角和思维。二十多年了，几乎一成不变地一直在写这样的诗歌，我是否在巩固已有的东西，因为这样做的人通常都是老人，害怕失去，让人看到我的老年心态？但我相信诗人永远不老。回到老家，我喜欢陪着父母在自留地里种菜收菜。我想诗歌写作把我带入精神的自留地，在这个时代很难找到这样无污染、接地气、真实而又能自己做主的事了。虽然这样的事不能减轻我的痛苦，甚至让我看到了更多的痛苦，痛苦并写着，不是更清醒吗？我需要这样的清醒，虽然自己还不是一个自觉的诗写者，但可以让我更有激情地生活着，思索着，成为被诗歌改变着的生活的建设者而不是旁观者缺席者。

写这样的诗让我在生活中寻找到一束光，找到走回自己内心的路，这样的写作会更有意义。

永远在清空经验重来的过程里

——里所

大概在2017年、2018年，也就是我来“磨铁读诗会”工作之后的两三年里，诗歌彻底成为生活的常态化存在，我开心地意识到我的诗歌发生了变化，有新东西进入了我的诗，过去在诗歌里显得过于紧张严肃的我，开始想要胡写乱写，在诗里玩一个游戏什么的，也加快了写诗的速度。于是有了像《豪猪》这样的作品。

豪猪

一个男人发出奇怪的声音
冬夜我从他身边快步走过时
豪猪，这个词跳了出来
醉酒让一个人接近了动物
不，接近了我想象中的动物
我什么时候见过一只真正的豪猪呢
从来没有

2018

这是一首忽然跳出来的诗，从撞见诗里的场景，到写完，只需要一分钟。现在重看这首诗，觉得它很好玩，有一种关于“诗是什么”的神秘性在里面。诗是那个喝醉的男人吗？诗是豪猪这种动物吗？诗是存在我想象之中、从未亲见的豪猪吗？都是，又都不是。我有点喜欢这种用几行文字创造出来的诗意空间，它可以在字面上，又明显在字面之外。它的语言是日常口语，类似我在心底自说自话，没有任何修饰的东西。但其实在这之前，我以往的很多诗歌，都建立在一种“经典意识”上，我也在很长时间里都认为“诗应该有诗的样子”，把诗看得很重，并希望写出那种很像诗歌的诗，强调情感的张力、内容的厚重、语言的密度，比如《星期三的珍珠船》。

星期三的珍珠船

当秋天进入恒定的时序
我就开始敲敲打打
着手研磨智慧的药剂
苦得还不够，我想
只是偶尔反刍那些黏稠的记忆
就足以沉默
要一声不出地吞下鱼骨
要消化那块锈蚀的铁
我想着这一生
最好只在一座桥上结网
不停地画线
再指挥它们构建命运的几何

我必定会在某一个星期三
等到一艘装满珍珠的船来

2015

这种诗是我在最初写诗的那些年里，主动追求的诗。复杂的情感推动密集的语词，整首诗构成一种对当时生活的象征。从自我出发，处境和情感经历在词语层面做了转化和置换，实现一种自我救赎和激励。《星期三的珍珠船》看似语言复杂，但其实它是一首脱口而出的诗。它跳出来的速度，和上面那个豪猪差不多快。这首诗写在2015年中秋，在这之前我经历了创作休眠期，有两三年写得特别少。那天我和三个朋友深夜走在一座桥上，路灯下看到桥面上挂满了大大小小的蜘蛛网，特别壮观。那么多蜘蛛在同时结网，每一张网都很精致，都是一个布满几何体的迷宫。我当时有一个念头，想着如果我也可以像蜘蛛一样，专注地结网，对情感、对自己的精神世界，都能全神贯注，过往发生的痛苦的事情，也许就能避免或绕开。当时我忽然觉得万事万物都有智慧，蜘蛛都比我有智慧。不知道谁提议说，我们可以就这些蜘蛛网为元素来写一首诗。只有我当真了，其他人都没写。在那个末班地铁上，这些句子开始在我脑海里打转，我很快写在了手机备忘录上。

不知为什么要想象自己是一个在秋天磨药的人，但苦真是没有尽头，所以很生气又自负地说“哭得还不够”。

这种写法对我来说并不很难，甚至可以说它有一套公式。语言再复杂，也都是为表达情感服务的，而且即便对修辞有强烈追求的时候，我也非常看重语言的明晰、通达，首先是说人话，说心里话，不是为了造词而写，也不是为了一两行漂亮句子而写。有段时间，生活就是那样的，而我整个人又确实都陷进其中。《霜降之夜》也是那时的作品。

霜降之夜

霜降的雨水此刻在响
我**释放的盐**挂在脸上还未洗去
早早就躺下了，床头的灯光照着
那个疯狂而疲倦的场景慢慢退去
我们都豢养起猛兽，柔软下来
你虚弱地陷在椅子里
读了一段白天的日记
这是个完美的世界，因为我们还能
击溃对方
多么费解的矛盾：我们的精神
并没有融进，我们的身体

我们不停追逐着它
充沛的花冠，脱尽了水分

在霜降之夜
我已交不出我的性，用于救你

2015

前几天重读这首旧作，忍不住标记了一些，都是写作的时候略有思考或停顿的地方，也可能是初稿写完之后，反复修改过的地方。"我释放的盐"，不知道那时候为什么会这样写，就是说在哭嘛，却来了这么奇怪的一句。今天很难写出这样的句子了。

这种风格写得比较透彻飞扬，是到了2017年写《喀什》这首诗的时候。

喀什

牌楼下几个卖旧货的
维吾尔族老人
揣着手蹲坐成一排
黑帽白髯
像几只歇脚的大鸟
尚在隆冬
老城的天空通透如冰块
散射着白色的寒光
不远处的铜匠铺叮当作响
那些挥手嬉戏的小孩

从风中飞落到屋顶的鸽子
猛地回过头来咩叫的
短尾绵羊
都按着某种神秘的旨意
铺排在巴扎之上
喀什的天空是一个巨型放大镜
这座被太阳和月亮
共同搅拌的城市
一直在飘浮着上升
如那些老者呼出的热气
如必定受难的灵魂

2017

专注于一个场景，剪切最必要的元素，语言准确但必须独特，对动词和形容词格外挑剔，依然是用内在的情感去推动整个长镜头的运转。一直到2017年、2018年，我都很习惯这种写法。这也为我建立了某种辨识度，也不少作品被评价为有写作的耐心、拿着显微镜照看世界和内心等。但那时起，我逐渐意识到表达的局限性，真的不是所有感受和经历，都能被以这样的方式呈现出来。我所拥有的这个工具，太有针对性了，它只是在面对纯粹的激越情感和高峰体验的时候才有效。那生活里的其他东西呢？那些细小的、一闪而过的？那些粗鄙的、可笑的？那些令人愤怒和抗拒的？等等。我需要新的表达，新的工具。

但事实上，为了打破自己最习惯的表达，找到新的表达，我一定写过很多特别不好的诗，草稿纸应该能丢满整个垃圾桶，后来换到手机备忘录里写，烂诗、废诗也多到撑爆手机内存。写诗永远是很难的，诗人永远在清空经验重来的过程里。四五位原来常一起写诗、交流的朋友，一度对我的写作表达过深切的担忧，他们一方面觉得我和沈浩波走得太近，而沈浩波是一位风格化非常显著的诗人，有着很强的审美渗透力和美学侵略性——“不要被他影响，不要被他的诗歌观念吞噬”；另一方面，他们认为我之前的写作已经显露了极好的天赋，认为我不应该轻易放弃对词语、意象的追求与营造，不应该去写那些简单的、碎片化的口语诗。

虽然我承认这两方面的意见都很有道理，并且我一直很相信自己能随心所欲地写，不会盲目听劝，但因为那时能交流诗歌的朋友不多，四五位已经构成了一个很大的比例，他们的“担忧”确实困扰到了我，令我一度陷入了自我怀疑，每天都气鼓鼓又焦虑地想着我应该写什么样的诗呢？什么样的诗才能构成我最独特的诗人自我？也许就是从那个时候起，我结束了开始于2006年的自发性、本能性写作，进入到对诗歌的专业性有更多思考的阶段，越思考，问题就越多。

除了像开头提到的《豪猪》那首诗，接下来我想继续分享几首诗，来展示我试图做的一些实验，以及作品风格的变化。

一只卧在柿子树下的白猫

跳到我怀里
开口说道
我能为你直播赚钱
见我惊讶得两眼发直
它接着说
我还会讲各地方言

2023.2.3

这是最近的一首诗。写一只梦中的小白猫，而且还是别人梦中的。是朋友讲给我的，我置换为第一人称写了下来，前两天我问朋友是否还记得这个梦，他说完全忘记了。我自己很难定义这首诗，写完也不知是好是坏，唯一知道的是，这个画面太好玩了，我应该立马把它写出来。

新的人生

打扰了，需要贷款吗？无押金，出贷快
宽带不限流量，买一年送一年
请问是李总吗？邀请您参加
在济南喜来登大酒店举行的
全球经理人高端论坛
亚运村租房了解一下

你好，你的房子准备出租或出售吗
你有一张免年费的信用卡可以领取
整体家装现在七折
……
尊敬的女士，请您一定不要挂断这个电话
只需要耽误几分钟的时间
您就能开启新的人生

2018

完全来自生活，相信每个人都遭遇过推销电话的轰炸，以至于都倦于接陌生电话。但这些电话里，又带着我们时代的信号。这种将各种信息拼贴式地组合在一起的诗，我后来也写过一些，很有趣的，并且这种写法能容纳进很多现实世界里的东西。如果隐去作者，给没有读过我诗歌的人看，他们也许很难相信这首《新的人生》和《星期三的珍珠船》同属于一个作者。

下面这首《跨国惨案》对我来说，是拼贴写法的延伸版，也是从生活的现场之中，迅速抓取触动到我的信息，快速做了某种整合。

跨国惨案

平静的午后跨国电话
我和在法国的译者莫沫

隔空校对帕拉
读着《1957年的新闻》
智利，学生上街游行
莫沫忽然在电话里失声尖叫
狂怒的法语夹杂着几个
我能听懂的 No
入室抢劫？厨房失火？
终于莫沫带着哭腔回到手机前
她说不好意思
它又抓住了一只小鸟
整个夏天它总是在抓鸟
让它接受抓鸟不对
就好像让人接受呼吸不对
一样难
对不起里所
我是在说我的猫
希望那只鸟是在装死
希望它还能活
我愣了一下说 OK
我们来看下一首
《死者独白》
“请勿在我坟墓前偷笑
我随时可能跳出棺材
出现在天空”

2020

我们已出版了一本智利诗人帕拉的诗集《反诗歌》，就是莫沫翻译，我校译的。这首诗记录了我和莫沫一起通过电话远程工作的场景，并且在这首诗里，我想实现一种剧场效果，一切元素在里面都是可以交叉变换的：中国、法国、智利，诗人我、译者莫沫和我们的翻译对象帕拉，忽然出场的猫和鸟，帕拉诗歌里1957年新闻中的智利学生，念着独白的死者，一起构成了一个文学性很强的时空。这是用之前那种精细化写法，写不出来的诗。

男母亲

我总说他像小豹子
这没什么新意
女人喜欢把她们的男人
形容为豹子、虎、小狗
他的乳头就是这些动物
鼻尖的颜色
每当我像婴儿轻轻舔过
他就有了母马、鹿、绵羊
湿答答的神情
他小腹疝气手术的疤痕
仿佛做剖宫产时留下的
而我正好来自那里

2019

不同于像《霜降之夜》那样用幽闭、缠绕的方式写爱情和情欲，《男母亲》完全写在了明面上，这首诗里依然有很多细节，但在这里，一就是一，二就是二，不再使用转换和变形了。

怎么办

我不知道该拿这些
没吃完的土豆
怎么办
前些天他们
是呆头呆脑的
小孩子
现在
她们每一个
都是
发了芽的妈妈

2022.3.28

很小很轻的一首诗，从发芽的土豆，到发芽的妈妈，但也是不得不写的一首诗。

如上。当变化已经成为事实之后，我必须接受我真的变了，如我所愿。孙悟空有七十二变，他依然有个本我，只是当他扮演任何一个变体的时候，都必须很投入。胡写乱写的时候，我也始终试图去找自己在诗歌中的那个本体，那个面目最清晰的我。一直到今年，我恍然觉得，我在诗歌里找到了速度、轻，甚至还有一些难得的幽默，但好像弄丢了耐心、紧张感、隐秘感。转念我又想这些实验依然是阶段性的，它们属于现在，且不知道会将我的诗带往何处。重要的是我不仅仅是在复制2015—2017年那个所谓最好的我。因为这事儿没完，活着，就继续写活着的诗，通向未来的诗。

无论怎么写，诗歌都只能是从我身体里长出来的，我是一个什么样的人呢？我见很多诗人都写过题为《自画像》的诗，我还没写过，想在这里试着形容一下：大方得体的时候和社恐自闭的时候一样多；向内向内向内，所以叫里所，但又不甘心只困在自己的世界里，于是试图向外向外向外；热烈，饱含情欲，同时也理智，禁欲而冷漠；喜欢把梦境和现实混为一谈，喜欢接收这个世界的各种信号，并进行误读。哈哈。这样的里所，谢谢大家！

事物之外无诗歌

——沈浩波

一、从上帝到事物

中国主流的诗歌认知体系仍然停留在上十八个世纪和十九世纪初，停留在欧洲大陆的浪漫主义和象征主义的审美观中。艾略特的伪现代主义令象征主义美学极大地进一步残留在当代诗歌中。浪漫主义和象征主义最大的特征在于，自我凌驾于事物，主体与客体二元对立。

纵观欧美的诗歌传统，在宗教统摄的时代，上帝凌驾于人，则诗人为奴仆，对上帝的赞颂是诗人的使命。文艺复兴之后，上帝后退，则人的意志凸显，诗人开始僭越上帝的位置，事物为其奴仆，为其抒发情感的道具和作为象征对应物的工具。

从文艺复兴到浪漫主义，从浪漫主义以降直到艾略特的诗歌，你能看出任何真实的事物本身吗？这些诗全都在所谓诗人精神世界里发生，是一种主观的虚妄。诗人取代了神灵和上帝的位置，把自己当成新的神灵，凌驾于事物之上。主客体二元对立的世界是一个假的世界！因此，如果从现代意义上来看，浪漫主义和象征主义的诗歌，就是一种假的诗歌。

从上帝到人，上帝与人的关系，人的主体性的确立，人类花了多少年才得以确立？这是欧洲的主题，是从文艺复兴一直到20世纪初的人类哲学与艺术的主题。

那么从20世纪开始到21世纪，什么是诗歌的全新主题？是人和事物的关系！

上帝、人、事物。这是一个渐次下降的过程。什么叫“向下”，这就叫“向下”。这也是一个权力逐渐后退的过程，是一个祛魅的过程，是一个不断抵达真实的过程。

当上帝凌驾于人，则诗人为奴仆。当诗人后退，事物呈现，诗人与事物开始建立平等的关系。

当人和事物，主观与客观的关系被重新确定，全新的审美才得以展开。在诗歌领域，这一改变的大幕从庞德的意象主义开始生发，经由威廉·卡洛斯·威廉斯的发展、明确与创作实证，再经由二十世纪五六十年代美国先锋诗歌运动的强力推动，渐渐衍变为诗歌的常识。

庞德等人提出的意象主义原则中，第一条便是：直接表现事物。这是嘈杂不定的意象主义运动中最有价值的观念，也是欧美诗歌史上石破天惊的观念。

而威廉斯则更坚决地提出：不要观点，除非它在事物中（可以更激烈地翻译为：要事物，不要观点）；威廉斯又说，我的诗歌理论是，诗源于直接环境；威廉斯还说，没有什么象征是可以被接受的。

与庞德在自己所开的诗歌新风和英国诗歌传统的之间

左右横跳、摇摆不定相比，威廉斯更为坚决和激进，并通过其一生之写作真正践行了其主张，最终影响了整个二十世纪后半叶的美国诗歌。

庞德与威廉斯，才是诗歌现代性的真正开始。

在地铁车站
庞德

这几张脸在人群中幻景般闪现；
湿漉漉的黑树枝上花瓣数点。

(飞白　译)

红色手推车
威廉·卡洛斯·威廉斯

那么多东西
依靠
一辆红色
手推车
雨水淋得它
晶亮
旁边是一群
白鸡

(袁可嘉　译)

巨大的数字

威廉·卡洛斯·威廉斯

在密雨中
在灯光里
我看到一个金色的
数字5
写在一辆红色的
救火车上
无人注意
疾驰
驶向锣声紧敲
警报尖鸣之处
轮子隆隆
穿过黑暗的城市

(赵毅衡　译)

从威廉斯开始，诗终于不在远方。既不在宗教意义上作为彼岸的远方，也不在作为主观意志对应物的象征的远方，甚至不在距离的远方。就在此刻、当下，事物和经验的现场，身体的现场。

十九世纪到二十世纪美国著名哲学家杜威说："经验被用来指自然界中所有活跃的相互交换。经验情境之外不可能有思考的存在。"在诗歌的语境中，我更愿意将

“经验”理解为，诗人与事物之间的直接关系。

当事物凸现，诗人和事物再也不是彼此对立的主体和客体的关系，而是共同构成了一种具体经验。诗人和事物在经验中成为一个整体。脱离人的主体，则事物无法显现；脱离事物，则身体无法存在，则人无法成为具体的个人。个人和事物统一在一起，再也没有主客之二元对立。

当人不再将自己当作普遍的人、整体的人，而是作为一个“个人”，则他就不再在事物面前拥有上帝般的强权。如此，事物才终于能够显现他本来的样子，与人平等的样子。当事物显现，人终于置身于具体的环境中，才终于成为具体的人，成为“个人”。

成为“个人”的诗人，就是成为普通人中的一员，他再也不是所有人的集合，不是人类中被选中的贵族和王子。诗人不再是骑士和王子，诗人是他自己。当事物上升，则人的主观性必然要后退。这是人终于成为人、成为“个人”、成为他自己的方式。

当自我过于强烈，乃至膨胀，诗人的心灵将不再能够聆听事物，诗人抚摩着自己的心，但却失去了心灵赖以成长、赖以获得坚实情感的世界。

当自我过于收敛，趋近于微弱，无法与事物形成相互作用，身体无法与世界形成撞击，又会使其丧失富有质感的生命体验。

不要夸大或强调自我，不要哪怕最轻微地夸大或强调自己的情感，每一次夸大或强调，都是一次浪漫主义的

复辟。浪漫主义当然也是一种美学，但它是一种落后的美学。

诗人闭嘴，则诗呈现。这里的诗，乃是真实的诗性，事物的诗性。但诗人的心智当然就在其中，融于其中，与事物密不可分。“我”不再是强权，而是整体经验的一部分，是经验者，也是将这种经验通过命名而呈现出来的创造者。

二、诗人与事物的关系

当诗人不再妄自尊大，不再利用、无视和贬低事物。诗人便试图与事物建立起新的关系。

诗人平等于事物，诗是诗人与事物之间的相互运动。

诗人需要直接进入事物，事物才会在诗歌中确切地、本质地浮现。当诗人确证了事物的诗性，事物才能反过来重新赋予诗人现代意义上的人性。事物成为事物，诗人成为人。

诗人将心智贯注进事物，将情感交融于事物，将身体投入与事物的相互运动中，甚至自身成为事物的组成部分。所有这些，重构了主观与客观的关系，诗人与事物的关系。

不同的诗人，与事物之间建立了不同的关系。**从某种程度上，对诗人来说，有没有能力与事物建立起一种独特的关系，正是一个诗人有没有独特性和原创性的体现。**

我们因此可以找到一个判断和观察诗人的视角（或者

判断和观察一首诗）——他和事物建立起了怎样的关系？他和事物之间有着怎样的距离？他用什么样的语言形式和诗意构成方式实现与事物之间的关系？

比如威廉斯，他直接面对和凝视着事物，或者说，他试图看到事物本身，真实的事物和事物的真实。因此在他的诗歌中，事物仿佛初次出现在世界上，闪烁着新鲜的光泽。他是最早认同事物本身之诗性的诗人，这是最根本的原创。其诗歌有一种特别的迷人之处在于，事物自身的诗性是如何在他的叙述性语言中表现（呈现、浮现）出来的。这种表现（呈现、浮现）的过程既直接而又巧妙，既简洁而又丰富。他与事物关系直接而真实，这要求他取消修辞，放弃隐喻。

威廉斯奠定或完善了现代诗歌很多方面的美学原则，比如直接表现事物，比如形成了具体、及物的诗意根基，比如对客观的强调，比如“不要观点，诗在事物中”，比如“呈现”诗意，比如开始使用口语，比如现代诗语境中“叙述”的运用……但威廉斯更多是一个凝视者，其身体很少参与进事物，他谨慎地保持着与事物之间的距离。

再来看毕肖普，大部分时候，她是事物的观察者和归纳者，试图重新为事物命名，她用心智介入和塑造事物，身体并未投入，主观意志大于了事物的客观。这样的姿态，要求她必须通过丰富而结实的意象，在明喻、暗喻和转喻中实现诗意。在这种方式下，她与事物的关系是修辞式的，是间接的。但在她最动人的一首诗《在候诊室里》中，她将身体投入事物之中，她就在事物中，她成了事物的参与者。这首诗的语言及构成形式，因此便明显与她的其他诗歌产生了区别，意象在后退，叙述在上升；间接的修辞在后退，直接的身体感受在上升。

在候诊室里
伊丽莎白·毕肖普

在马萨诸塞州的沃塞斯特，
我陪康歇萝姨妈
去看她预约过的牙医，
在候诊室里
我坐着等她。
那是冬天。天
黑得早。候诊室里
全是大人
保暖套鞋和大衣，
灯和杂志。
我姨妈在里面
好像待了很久
而我边等边读
那本《国家地理》
(我认字) 并仔细地
研究上面的照片:
火山内部，

黑黑的，而且堆满灰；
接着它就从
火流中溢了出来。
奥萨和马丁·约翰逊
穿着骑马短裤，
缚带靴，还戴着木芯头盔。
一个死人吊在杆子上
——“人肉。”船长说。
尖脑袋的婴儿
用绳子一圈又一圈地扎紧；
裸体黑女人，脖子
像灯泡卡口
一圈又一圈地缠着金属线。
她们的乳房都很吓人。
我就这样一直翻过去。
我羞得不敢停下来。
然后我看了看封面：
那黄色的纸，那日期。

突然，从里面传来
“噢”的一声痛苦的叫喊
——康歇萝姨妈的声音——
不是太响太长的那种。
即便是我知道她是个
傻里傻气、害羞的女人；

我也一点不惊奇。
我本该发窘，
却没有。让我
十分惊讶的
倒是我：
我嘴巴里的声音。
连想都不用想
我就是我那个傻气的姨妈，
我——我们——正在落下，落下，
我们的眼睛粘到
《国家地理》的封面上，
1918年，2月。

我对自己说，三天后
你就要七岁了。
我这么说是想制止
从滚圆、旋转的世界
堕入寒冷、蓝黑色
空间的幻觉。
但我感觉到：你就是我，
你就是伊丽莎白，
你就是她们中的一员。
为什么你也应该算一个呢？
我不敢去看
我是什么样子。

——我不能往上瞧——
我斜着眼瞥了一下
浅灰色的膝盖，
裤子、衬衫和靴子
还有灯光下
各式各样的手。
我知道并没有发生
什么怪事，也不可能
有什么怪事发生。

为什么我应该是我的姨妈，
是我，或是另外一个人？
有什么相似之处——
靴子、手、那熟悉的声音
我感觉到它在我的喉咙里，甚至
那《国家地理》
以及那些可怕的下垂的乳房——
是否把我们联系在一起
或者把我们变成了一个人？
多么——我不知道
该说些什么——多么“不可能”……
我怎么会在这儿，
像她们一样，还听见
一声痛苦的喊叫，它本可以很响
很难听可为什么没有？

候诊室里很亮
而且太热。它正在
一个又一个
大而黑的波浪下滑动。

后来我又回到它的里面。
那场战争打响了。外面，
在马萨诸塞州的沃塞斯特，
是黑夜、泥雪和寒冷，
而且它仍然停留在
1918年2月15日。

(丁丽英　译)

再比如布考斯基，完全将自己投身于事物，如同巨石投身于激流。这种方式开创性地拓宽了事物的涵义，生活即事物，事物即生活。自我与事物的关系发生了重要变化，“我”被分裂为两个我：一种是主观的“我”，即作为创作者的诗人本身；另一个“我”是参与构成事物的“我”，是事物的一部分。诗人需要高度的理智和情感的统一，来处理这两个“我”之间的关系，令主观不至于过于凌驾客观，令自我并不大于自身所参与的事物的真实。布考斯基的诗意准则，是抵达事物的真实，而不是主观化的夸大自我的浪漫主义。

你

布考斯基

“你这畜生”她说:
“你的大白肚皮
毛茸茸的脚丫子
你从不剪指甲
这双肥手
就像猫爪
亮闪闪的红鼻头
就像我未曾见过的
世上最大的球
你射精就像一头
鲸鱼从它的背孔
朝外喷水

“畜生畜生畜生!”
她吻我:
“早餐你想吃什么?”

(伊沙　老G　译)

金斯堡在这一点上就很明显地滑向了浪漫主义，在他最著名的长诗《嚎叫》中，其实现诗意的方式是意象、叙述与抒情的混杂。其高昂的激愤情绪和强烈的批判感，令这首诗至少从表面上看，是一首主观自我高度膨胀的浪漫主义作品。但《嚎叫》最终并未沦陷于空洞、陈旧的浪漫主义，因为在这首诗中出现的事物，同样强大，不但强大，而且具体，不但具体，而且是那种充满生活细节和充满私人性的具体。诗中所展示的事物，正是金斯堡自己和他的朋友们真实的生活本身。他在《嚎叫》中，堆砌般地穷举了几十个生活场景和大量的生活细节，这些场景和细节充满了私人性甚至隐私性，这些构成了诗歌的坚实底座，冲抵了浪漫主义抒情的空洞与公共性。这是一首身体撞击现实，撞击得嘭嘭响乃至头破血流的诗歌，身体的真实、客观、个人化，与作为抒情主体的自我的激昂与膨胀，构成了一种奇异的关系。**我对这首诗中疯狂的浪漫主义抒情持保留态度，但这首诗中自我与事物的关系构建得非常独特**。《嚎叫》中的事物虽然也都是生活中的，但它不是布考斯基的那种普通人的生活，而是被金斯堡精心选择的，可以被标签化和贴上文化符号的生活，这样的选择，带有某种浪漫主义的公共性，显得并非真正的日常。但也因为如此，我们可以说，金斯堡在他的一些诗中，尤其是长诗中，他的事物不是生活本身，而是更具社会性的现实。他让作为庞然大物的社会现实事物化了。或者说，他令现实成为事物。

在威廉斯那里，事物相对静态，是一种可被面对和凝视的狭窄意义上的事物。

在金斯堡那里，强大的社会现实成为事物，他与事物之间的关系紧张而激烈，充满了身体撞击感。

在布考斯基那里，生活即事物，事物即生活，自我在事物中。在这样的诗里，诗在生活中，就如同诗在自然中！

与布考斯基不一样，深度意象派诗人往往更追求诗在自然中，这就使得诗与自我拉开了一些距离。罗伯特·勃莱和詹姆斯·赖特与事物的关系是意象式的，他们通过意象进入事物。他们的意象并没有完全臣服于修辞，因此依然带有相当程度的直接性！

晚月

罗伯特·勃莱

下弦月把它的光映在我父亲的农场，
现在它的一半暗着，挂在残噬它的西天。
大地含着石块，由它们在黎明时哼唱。
当我转身入屋，我看到了自己的影子投在门闩。

(冯默谌　译)

加里·斯奈德更彻底地投身于自然，请注意，他是“投身”于自然。他与自然的关系更为紧密，融为一体，更有一种身体关系，他获得了事物的细节，感知到了事物的生命，生长的生命。因此他的诗意实现方式，当然有意象的，但叙述的因素被拔到了更高的位置。只有叙述，能让诗意处于一种生长的状态。很多时候，他都是一位极富耐心的叙述者。

通过上面对几位诗人的简单勾勒，可以看出，**从庞德和意象派开始，美国现代派诗歌令诗意的实现方式发生了根本的改变**。意象与象征的区别，以及在它们背后，人与事物的关系的变化，就是这种改变的本质。这意味着对西方诗人对诗歌的重新定义。

关于意象的定义五花八门，无论是庞德、艾略特还是威廉斯，好像都没有特别简洁、明晰而精准的定义。“意象”一词，是“意”和“象”的有机结合，“意”是诗人的内在意志和情感，“象”是诗人直接面对的事物。但我们通常用“意象”一词来表现其中“象”的含义。**在我看来，一切与诗人的主观意志发生审美关系的事物，都是意象**。

庞德对意象的理解，更多是在“物”的层面，是“物象”。但威廉斯丰富并且拓展了“意象”的含义，它令事物中“事”的一部分也开始呈现，我们可以叫它“事象”，不过他在这一点上推进得并不充分。

如果我们把基于“物象”的窄义意象，作为一种实现诗意的方式，并将其命名为“意象”方式的话，它就更对应于“物”，因此也就容易通往对物的形容，对词语的执迷，对明喻、隐喻、转喻等修辞化方式的运用。

那么，从威廉斯发端，为表现“事象”的需要，当代诗人需要发展另一种实现诗意的方式——叙述！

这就构成了现代主义诗意实现的两大方式：意象与叙述。

二十世纪二十年代以来，诗人与事物的关系，大体对应着以上四种诗意实现方式。

有的是纯粹意象的，比如勃莱、特朗斯特罗姆。

有的是在叙述上获得强大能力的，比如布莱希特，尤其是布考斯基。

有的诗人，将意象的方式更多地指向了词语和修辞，构成了意象的修辞化，他们与事物的关系也因此是修辞化的。

当然更多的诗人，选择意象与叙述的混合。

三、事物之外无诗歌

神性在人性之中，人性在事物之中，都不在任何高高在上之处。绝无凌驾于人性的神性，亦无凌驾于事物的人性。**作为一名诗人，我反对任何高高在上的东西。**

我无法接受的诗歌是，诗人将自己的主观性无限抬升，将自己僭越为全知全能的上帝的位置，蔑视事物的存在，取消世界的微妙、复杂和不可知。这是一种虚妄而粗糙的浪漫主义。

而我认为最坏的诗歌，对事物的客观性和诗人的主体性同时采取最无知和虚伪的态度，为一种虚假的诗歌目的进行矫饰和滥情。这是一种既无自我，也无事物的全然的虚假。而中国官方诗歌所认同的那种所谓浪漫主义和现实主义（包括批判现实主义）大抵就是这类东西。

在我所认同的现代诗歌中，作为诗人的主体和作为事物的客体，同时平等而强大地互为镜像般地存在。**诗人主体的强大，不能超越事物作为客体的强大，不能超越事物的客观性。而事物强大的客观，亦不能损耗和磨灭诗人的主体性**。永恒存在于主观与客观的交织、印证、对峙、凝望、束缚、反抗、和解、碰撞、击打所产生的生命效果之中。

有一种现代诗歌是：事物就在这里，在它本来存在的位置，事物正在发生，发生即永恒。这样的诗歌，试图拨开覆盖于事物之上的层层迷雾，返回事物的真实，令事物重新获得存在与永恒。然而何谓真实，真实是主观与客观高度统一后的共识，通过对心灵的祛魅，达到对事物的祛魅。也可以反过来说，通过对事物的祛魅，实现对心灵的祛魅。

特此说明

威廉·卡洛斯·威廉斯

我吃掉了
放在
冰箱里的
李子

那可能
是你
省下来

当早点的

请原谅
它们很好吃
那么甜
又那么冰。

(傅浩　译)

我遇见一个天才

布考斯基

我在火车上遇见一个天才
大约六岁
坐我旁边
火车
沿着海岸风驰电掣
我们来到海边
然后，他望着我
说：
“海一点都不漂亮”
这是我平生头一回
认识到
这一点

(伊沙　老G　译)

还有一种现代诗歌是：事物不在这里（此处）。事物藏在语言之外。事物在语言的空白里，并因这种空白而构成对隐匿事物的诗意凸显。这是对事物存在性的否定，也可以说，是用否定的方式，对不可确认的事物存在性进行确认。在这种诗歌里，语言的作用是在为某种强大的空白（隐匿的，消失的，或空虚的）勾勒轮廓。

红灯亮了

杨黎

红灯亮了
远方的小丽
红灯亮了之后
又熄了
红灯熄了之后
又重新亮了
一盏普通的红灯
高悬在空中
那远方的小丽
红灯熄了以后
又重新亮了
红灯亮了
红灯亮了

2022新年献词

何小竹

这么多伤心事
看不下去
也得看
我已看到第9页
你呢

又有一种现代诗歌是：确信事物的存在，但诗人有义务让事物超越其原本的存在，而进入一种诗人想象中的超越式的存在。诗人通过语言的魔法，通过渲染、修辞，提升，将事物抬离地面，进入某种形而上的幻境。而这幻境具有强大的人文能量，甚至是宗教能量，它可能意味着崇高、神秘、幻灭、微妙、幽深。

格里高里单旋律圣歌

韩东

唱歌的人在户外
在高寒地区
仰着脖子
把歌声送上去
就像松树
把树叶送上去

唱着唱着
就变成了坚硬的松木
一排排的

鸽子

伊沙

在我平视的远景里
一只白色的鸽子
穿过冲天大火
继续在飞
飞成一只黑鸟
也许只是它的影子
它的灵魂
在飞 也许灰烬
也会保持鸽子的形状
依旧高飞

我自己最心仪和不断追求的诗歌是：诗人与事物构成了一种更强烈的关系，诗人参与进事物，甚至成为事物的有机组成部分，在与事物形成的直接碰撞与交融中，构成一种化学反应般的诗性，这种诗性，具备某种“瞬间的深刻”；又或者是诗人参与进事物，并通过语言对事物进行重新构建，在这一过程中，令事物实现自身的抽象，形成某种具备强烈延展性的“深刻的抽象”。

接下来分享我的四首作品。

在波尔多的一个酒庄

主人在向我们介绍
他家酿的梅洛红酒
他是个基督徒
他说葡萄酒是耶稣的血
这时我听到窗外
漫山遍野的葡萄树
举起干枯的手，齐声唱道：
不，是我们的血

花莲之夜

花莲之夜
寂静的
海风吹拂的夜晚
宽阔
无人的马路
一只蜗牛
缓慢地爬行
一辆摩托车开来
在它的呼啸中
仍能听到
嘎嘣
一声

玛丽的爱情

朋友公司的女总监，英文名字叫玛丽
有一张精致迷人的脸庞，淡淡的香水
散发得体的幽香。名校毕业，气质高雅
四英寸的高跟鞋，将她的职场人生
挺拔得卓尔不群。干活拼命，酒桌上
千杯不醉，或者醉了，到厕所抠出
面不改色，接着喝。直到对手
露出破绽。一笔笔生意，就此达成
我承认，我有些倾慕她
有一次酒后，借着醉意，我对她的老板
我的朋友说：你真有福气，这么好的员工
一个大美女，帮你赚钱
朋友哈哈大笑："岂止是我的员工
还背着她老公，当了我的秘密情人
任何时候，我想睡她，就可以睡
你想一想，一个大美女，驴一样给我干活
母狗一样让我睡，还不用多加工资
这事是不是牛逼大了？"
我听得目瞪口呆，问他怎么做到的
朋友莞尔一笑："很简单，我一遍遍告诉她
我爱她，然后她信了！"

在山中

车上的五个人
都陷入了沉默
谁都不知道他会
将车开到哪里
什么时候停下
刚才我们
已经有过争论
三点的时候就有人说
我们可能走错了
但他淡定地说
放心吧，没错
四点时吵得更加激烈
但他的双手
坚定地握着方向盘
令我们的争吵
变得毫无意义
现在已经五点了
天色向晚
浓密的树荫
令盘旋的山路
变得更加昏暗
我们四个都已经知道
他开错了

我们也知道
他知道自己开错了
并且他肯定也知道
我们知道他开错了
没有人再说话
车上一片安静
汽车如同无人驾驶般
继续前行

身体投入事物，令诗人的心智与事物之间的运动构成了生活，构成了经验。对事物的参与，要求诗人具备更强大的叙述能力；事物的真实与身体的投入，都在呼吁一种语言的直接、真实和生动，于是口语成为唯一的选择。语言不是无源之水，语言来自身体。口语是最富有身体性的语言，是最真实的语言，是呈现个人投入生活的所有真实经验的最佳语言。

2023.3.15

2021年度“磨铁诗歌月报”·导言汇编

均由沈浩波执笔

诗人要有自己的身体

磨铁诗歌月报2021年第一期导言

本期最佳女诗人：里所

本期最佳男诗人：杨黎

2021年的磨铁诗歌月报，拖到4月才发布第一期。还好，总算发布了。这当然是由于我的拖延症和工作太过忙碌，但更重要的原因是，越来越多的好诗，越来越多能写出好诗的诗人，如同一股股清泉，漫山遍野地汩汩涌出，令我顾此失彼，总想多读一些。但实在太多了，前三个月的好诗，一期无法容纳。

汉语诗歌，正处在前所未有的繁盛中。

本期最佳男诗人是杨黎。如果我说，杨黎进步了，他的粉丝估计要打我，在他们的心目中，杨黎早就是中国最好的诗人。但是且慢，我也认为杨黎是中国最好的诗人（之一），但我还是觉得，这两年的杨黎，超过了此前的杨黎！这么好的诗人仍然在突破自我，超越自我。

杨黎越写越自由，他正在实现自己关于诗歌的一切想象。他的语言乌托邦越来越成为现实。我永远不认为存有完全取消意义的语言——最好的语言，既可以超越意义，也可以回到意义，还可以形成意义、发明意义、刷新意义、改变意义。杨黎有最柔软的舌头，因此他的语言，是会跳舞的语言，是如微风吹拂般的语言，自由地吹拂，吹向一棵树、一块石头、一群猫、一颗人心，如同抚摩，转瞬又飘散。

一个好的诗人，必须拥有完全属于自己的语言，你不能操着一口和别人一样的语言。但是还不对，不仅仅是语言，应该这么说，诗人必须拥有自己的身体。有自己的语言不代表有自己的身体，有自己的身体却必然已经拥有了自己的语言。杨黎正是那种有身体的语言诗人。在杨黎的诗中，我们越来越看到那具独属于他的身体：柔软，轻松，安逸，舒适，自由自在，裸身游弋。

杨黎这几年一直抱病，在此祝他早日康复。

而里所则有着完全不同的诗歌身体，有紧张感和尖锐感，有为了冲破束缚而形成的张力，又有一种沉厚之力，下沉的温柔与上升的欲望杂糅纠缠。

我一口气选了里所九首诗。既有情欲之诗，又有情感之诗，既有喷薄如火之诗，又有温润如水之诗，既有如刀片般锋利之诗，又有敦厚如卵石之诗。她正在成为一名身体感越来越强，内心的情感越来越充沛的诗人。进入2021年的里所，正在全方位地形成自我。

前几天我和里所一起，去南京参加第一届“先锋书店诗歌奖”颁奖典礼。晚上在酒吧，她喝多了，对着毛焰和宇向抱怨，说我平常读她的诗时，对她太严苛，怎么狠就怎么说，变着花样批评她。她说的是实情，作为朋友和磨铁读诗会的同事，我读她的诗读得最多，批得也最狠。但是，我更想对她说是，她一定会成为我们时代最出色的诗人之一，不是那种偏于某种狭隘风格的诗人，而是那种充满广阔气象的诗人，因为她有一具强健、丰沛、温暖而又紧张的诗歌身体。

女诗人比男诗人写得好

磨铁诗歌月报2021年第二期导言

本期最佳女诗人：唐果

本期最佳男诗人：空缺

事实上本期有两位女诗人，都有四首好诗入选，都有资格获得本期最佳女诗人的称号——唐果和劳淑珍。

劳淑珍一如既往地保持着锋利的身体、精妙的意象和独特的灵感。她有一个写好诗的水龙头，只要稍往内敛里写，形成内部的紧张感，轻轻一拧，好诗就会从她的身体中淌出来。我觉得她是那种全身都长着诗歌细胞的诗人。

而唐果这一期的几首诗，是真正的生命之诗，充满生而为人的那种灵魂之钝痛。作为朋友，我宁愿她不写这样的诗；作为同行，我又应该为这样的诗向她致敬。她写得勇敢而深沉。勇敢乃是袒露灵魂的勇敢，深沉乃是灵魂的底部发出的声音。她让我听到了那种声音，听到了那种身体像一件沉重的钝器般，砸落在世界上的声音。生命的脆弱和坚韧，尽皆包含其中。唐果以前的诗，时而灵动，时而俏皮，时而又冗杂，我一直都知道她是个好诗人，但她作为一个好诗人的形象，却总有些含糊不清，各种不同的美学在她的诗里搅拌成一团。但从去年开始，再到今年的这一组，她越写越清晰，越写越精粹、结实、饱满。更重要的是，她在写活出来的诗，灵魂里的诗。

最佳女诗人有两位在竞争，最佳男诗人空缺。其实不仅仅是这一期，很多时候，我都有这么一种感觉，除了几个中国顶级的诗人外，在当下这个正在发生的诗歌现场，在更普遍的诗歌日常中，女诗人的表现正越来越比男诗人出色。

这一期还有两首我印象至深的杰作也都来自女诗人。宇向的《残酷的画》和春树的《为了自由你愿意付出多少代价》，一首是生命之诗，一首是母亲之诗。两首诗都写得深刻，境界都高。

所以，

要比身体的敏感和心灵的幽微吗？

要比语言的精致和笔触的细腻吗？

那么，要比对生命的感知和对爱的理解吗？

要不，比比看待世界的深刻度和复杂度呢？

哦，我就是随便提出来比一比。我当然知道，这种判断和评价是情绪性的、阶段性的，或者就是在针对某一些诗人。我不会说是哪些诗人，但肯定都是我熟悉的那些。不妨揽镜自照。说不定能照出自己的粗糙、简陋、鄙俗和肤浅呢。

诗里要有真东西

磨铁诗歌月报2021年第三期导言

本期最佳女诗人：赵小北

本期最佳男诗人：盛兴

先做个说明，因为第三期的编选和出刊又迟到了，本次编选的选入量就更为庞大，我又几乎同时编出了两期的量。这一期只放出了其中一部分，另一些诗人的佳作将会在下一期尽快发布。

如果要从今年新涌现出来的诗人中，选出最值得重视的一位，我会毫不犹豫地选择赵小北。

我此前从未听说过这位旅德女诗人，现在也对她所知寥寥。《三个A诗歌排行榜》和《口语诗周刊》这两个诗歌公众号先后力荐了她的作品，两次阅读都给我留下了强烈的印象，我意识到，一个重要的女诗人出现了。

赵小北真正意义上切入了国际诗歌题材的深水区，她的难民诗歌系列，是近年来汉语诗歌足以填补空白的重要收获。从她的诗中可以看出，她和那些来自伊朗、叙利亚、阿富汗的难民有诸多生活交集，她在他们之中，因此才能写出真正的切肤之感。身体在哪里，诗才能写到哪里。

对于诗歌来说，观念和美学固然重要，题材和内容也同样占据永恒的位置。新的题材，新的内容——赵小北的诗具有很强的内容感，这就是诗里有真东西——不断赋予汉语诗歌新的价值。更何况，就观念和美学而言，赵小北也毫不逊色于国内的一线诗人，她拥有非常自如的口语能力。赵小北的口语，不是那种千人一面僵硬板结的公共口语，有着明显的个人辨识度，舒展开阔，充满体温。

本期我一口气选了盛兴六首诗，这家伙连续数年每天写六首的疯狂与偏执正在得到厚报。

2020年我曾经在很长时间有点怀疑盛兴这种强迫式硬写的有效性。我深知盛兴的美学追求，更有些担心在这种近乎固执的美学追求之下的写作，会不会导致某种单调和狭隘？但我并没有对盛兴提出过上述担忧，因我更深知，诗人之路皆孤绝之路，走得出与走不出，一线之隔耳，或近在眼前，或远在天边！

而盛兴在2021年的写作，正在逐渐给出足以振奋人心的答案。在“真实”与“身体”这两大密不可分的美学向度上，盛兴皆已写入纵深，并且越写越开阔与丰富。我将更加坚持我的看法，盛兴的写作，盛兴的美学追求，是近几年汉语诗歌最重要的现象之一。

越来越多的诗人通过各种先锋诗歌的发布平台进入我们的视线，《口红诗歌》《两只打火机》《口语诗周刊》《嘀嗒诗歌》等，都已经成为我们的重要选稿来源，很多新的面孔和年轻的声音从中涌现，在此向所有此类专业的先锋诗歌平台表达感谢和敬意。也再次提醒诗人们多向“磨铁读诗会”的投稿邮箱投稿，好诗太多，实在选不过来，投稿诗歌依然会被优先读到。邮箱motiepoems@163.com，投稿要求详见文末。

好诗人只负责写作

磨铁诗歌月报2021年第四期导言

本期最佳女诗人：张猫

本期最佳男诗人：张侗

在里所和后乞的反复催迫下，2021年的磨铁诗歌月报第四期终于出炉。已经11月了，才出第四期，我对自己也大无语。总之是拖延症和求全求完美的心态在作祟。目力所及范围内，写得好的诗人越来越多，一个个还越写越亢奋，我的存诗库里还趴着很多来不及细筛的诗，还有很多诗人的每月作品没有被打开细读，很多遗憾只能在此后几期月报里尽量弥补。

虽然晚了，但我相信质量会让大家满意。本期选入了八十首诗，不乏令我啧啧赞叹之作。

本期最佳女诗人张猫，是一个既熟悉又略显陌生的名字。我更熟悉的是作为画家的张猫，在微博和微信早就互相关注，我喜欢她的画作，功底扎实而又自成风格的抽象画，有自己独有的色彩和对形状的理解。张猫一直在写诗，我也一直在读张猫的诗，但此前很少选发，老觉得与她的画相比，她的诗好像少了一些更扎实的东西。这次读她2021年的一大组，拍案叫好，感觉她如同脱胎换骨，突然就把诗写成了。

张猫的这组诗，内涵非常丰富，写得沉稳而灵活，生动而细腻。具象、抽象、意象，样样都娴熟，结合得既自然又严谨。她的叙述推进能力和呈现事物的能力，一下子变得非常扎实，令我惊讶于这种变化是如何在她的写作中发生的。其诗歌中情感的浓度和深度，以及诗意的微妙与闪光处，都清晰可辨，这体现出她是一位可以被长期信赖的、心灵根基扎得很深的诗人。我当然在其中看到了她作为一位画家的特质，这令她的诗歌具备了与众不同的形象感和抽象能力。

本期最佳男诗人张侗，是山东太白楼诗群的代表诗人之一。太白楼诗群里的这几个山东汉子很有意思，有点儿你方唱罢我登场、轮着写好、交替上升的意思。在磨铁读诗会的选诗印象中，先是天狼，再是岳上风，然后是寒玉，现在是张侗。但好像都有点儿缺乏更稳定的输出。本期我一下子选了张侗六首诗，并且我觉得，张侗目前展现出来的势头，是一种诗歌整体段位上升后的体现，这令他有可能持续停留在高位。

之所以这么说，也是因为其诗歌中显示出的丰富性。技法的丰富，令他不再是一个手段单一的诗人；情感的丰沛，令他展现出了温柔而敏感的爱意，这使他的诗歌充满了光亮，具有了真正的力量。

张侗在2021年佳作不断，颇有铁杵终于磨成针的意思。好的诗人往往都是这样炼成的，数十年如一日，一步一个脚印，日积月累，笔耕不辍，精研诗艺，叩问生活……对于这样的诗人来说，把诗写好就是最高之理想，无论在光亮中，还是在黑暗中，没有什么比写，继续写，不断写，写得更好来得重要。

不久前有人问我对诗坛有什么看法，我说，从来不存在一个统一的所谓诗坛，每个诗人都有他自己的诗坛，我有一个诗坛，它无比美好。

我说的诗坛正是由我所读到的这些好诗和他们背后的诗人们组成的，比如这一期磨铁诗歌月报的入选作品和背后的诗人们。当很多人还在混所谓公共诗坛，还在斤斤计较于名利得失，并展现出令人哑然失笑的文学史焦虑时，在我的诗坛里，诗人们懒得操心这些事——他们负责写作！

好诗人只负责写作！

诗歌的重量、质量与能量

磨铁诗歌月报2021年第五期导言

本期最佳女诗人：空缺

本期最佳男诗人：朱庆和

朱庆和是资深的70后诗人。近年来的写作越来越多地引起了大家的关注。他是一位着力于描写生活中的爱、温暖与善意的诗人。在我看来，这是一种自觉度非常高也是难度非常高的写作追求。不光得有诗人心灵深处对于善和美的认知、洞察和理解能力，还需要在写作中不断抵达真实，以避免外露的抒情所造成的矫饰和滥情。在这种要求下，真、善、美之间其实构成了一种写作的张力。本期我选了朱庆和三首诗，每首都写得内敛而又有温度。我往往更信任这种追求诗歌中心灵重量的诗人。

现代物理学深刻地揭示了质量与能量的关系。质量是能量的等价物，从这个意义上来说，质量即能量，质量就是内敛的能量，能量就是外显的质量。我觉得这对于诗歌写作来说，同样具有启发意义。

在物理学中，质量与重量是两个不同的概念，但在我们的日常表述中所说的重量，其实往往说的正是事物的质量，这二者互为同义代指。那么对于诗歌来说，是不是也存在这样一种重量、质量与能量的关系呢？

对于诗歌来说，是否具备重量，心灵的重量和精神的重量，无论如何都将构成其诗歌是否具备足够文学能量的重要指标？

而除了心灵与精神的重量外，诗歌文本本身的质量如何构成？如何构成其坚实度？如何构成其密度？当我们要抵达抽象时，为什么要先抵达具体？在具体中才能实现真正的抽象或者具有能量的抽象；诗歌写作的最终追求当然是形而上的，形而上是一种精神能量，但是质量、重量、坚实度、密度等却都是形而下的，唯有形而下的质量和重量，才能形成形而上的能量。

以上，是借着讨论诗歌中的心灵重量这一话题而随意发散出的一些想法。我姑妄言之，大家姑妄一听。